EL INFORME KRINAR

Una novela de la saga Krinar

ANNA ZAIRES

HETTIE IVERS

♠ Mozaika Publications ♠

Publicado por Mozaika Publications, una marca de Mozaika LLC.

www.mozaikallc.com

Traducción de Isabel Peralta

Portada de Najla Qamber Designs

www.najlaqamberdesigns.com

ISBN-13: 978-1-63142-502-8

Print ISBN-13: 978-1-63142-503-5

PARTE UNO

CAPÍTULO UNO

Dos años desde la invasión.

No me podía creer que ya hubieran pasado dos años desde la invasión, y que todavía no supiéramos casi nada sobre los alienígenas que habían tomado el control de la Tierra.

Frustrada, me quité las gafas y me froté los ojos, al notar el cansancio de haber estado mirando la pantalla del ordenador todo el día. Durante las últimas dos semanas, desde que decidí ponerme a mí misma a prueba escribiendo un artículo de investigación sobre los invasores, había escudriñado hasta la última línea de información disponible en internet, y lo único que tenía eran rumores, una serie de relatos poco fiables de testigos oculares, algunos videos pixelados de YouTube y las mismas preguntas sin respuesta que al principio.

Dos años después del Día K, los K, o los krinar, como ellos preferían hacerse llamar, suponían un enigma casi tan grande como cuando llegaron.

Mi ordenador hizo un ruidito que me sacó de mi ensimismamiento. Al mirar la pantalla vi que era un e-mail de mi editor. Richard Gable quería saber cuándo tendría el artículo sobre los cachorros siameses que le debía.

Al menos no era otro de esos correos electrónicos tipo "el cielo se está desplomando" de mi madre.

Suspiré y me froté los ojos de nuevo, intentando evitar distraerme pensando en los chiflados de mis padres. Ya era bastante malo que mi carrera todavía no hubiese despegado. No tenía ni idea de por qué todos los reportajes de pacotilla acababan siempre en mi mesa. Había sido así desde que empecé en el periódico, tres años atrás, y ya estaba más que harta de ello. A los veinticuatro, tenía casi tanta experiencia en escribir sobre noticias reales como un estudiante en prácticas.

¡A la mierda!, había decidido el mes anterior. Si Gable no quería asignarme trabajo de verdad, yo misma encontraría una historia. ¿Y qué otra cosa había que fuese más interesante o controvertido que los misteriosos seres que habían invadido la Tierra y convivían ahora con los humanos? Si podía descubrir algo, cualquier cosa, que fuese cierta sobre los K, eso me ayudaría a avanzar mucho en demostrar que era capaz de manejar historias de más relevancia.

Me puse las gafas de nuevo y escribí un correo rápido a Gable, solicitándole un par de días más para terminar el artículo de los cachorros. Mi excusa fue que quería entrevistar al veterinario y me estaba costando ponerme en contacto con él. Por supuesto, era mentira. Había entrevistado al veterinario y al dueño en cuanto me pasaron el encargo... pero quería evitar que me mandaran otro artículo de segunda durante unos días. Así tendría tiempo para explorar un tema interesante que me había encontrado en mi investigación de ese día: los llamados clubs-X.

—Hola, pequeña, ¿tienes planes para esta noche?

Al oír aquella voz conocida, levanté la vista y sonreí a Jay, mi compañero de trabajo y mi mejor amigo, quien acababa de entrar en mi minúscula oficina.

—No —dije alegremente—. Voy a ponerme un poco al día con el trabajo y luego vaguearé apoltronada en el sofá.

Él exhaló un suspiro dramático y me lanzó una mirada de fingido reproche.

—Amy, Amy, Amy... ¿Qué vamos a hacer contigo? Es viernes por la noche, ¿y tú vas a quedarte en casa?

—Todavía me estoy recuperando del fin de semana pasado —dije con una sonrisa cada vez más amplia—. Así que no creas que puedes volver a arrastrarme a salir tan pronto. Una noche de fiesta al mes al estilo de Jay es suficiente para mí.

La fiesta al estilo de Jay era una experiencia única que consistía en múltiples chupitos de vodka al principio de la noche, seguidos de varias horas de ir de club en club, rematadas con una cena/desayuno en un restaurante coreano de los que abren las veinticuatro horas. No le mentía al decirle que todavía me estaba recuperando... la combinación de vodka y comida coreana me había causado tal resaca que más bien se había parecido a un mal caso de intoxicación alimentaria. Apenas fui capaz de salir arrastrándome de la cama el lunes para ir a trabajar.

—Oh, vamos —intentó engatusarme, con una mirada igual que la de un cachorro en sus ojos castaños. Sus tupidas pestañas, su cabello rizado y sus finos rasgos hacían de Jay alguien casi demasiado lindo para ser un tío. De no ser por su constitución musculosa, habría parecido afeminado. Sin embargo, la cuestión era que así él atraía a mujeres y hombres por igual... y disfrutaba de ambos sexos con idéntico entusiasmo.

—Lo siento, Jay. Otra semana será. —Lo que de verdad necesitaba ahora era concentrarme en mi artículo sobre los K... y en los clubs secretos que supuestamente frecuentaban.

Jay dejó escapar otro suspiro.

—Muy bien, como quieras. ¿En qué estás trabajando ahora mismo? ¿En el artículo de los cachorros?

Titubeé. Todavía no le había hablado a Jay acerca de mi proyecto, sobre todo porque no quería quedar como una estúpida si no podía encontrar una buena historia. A Jay tampoco le encargaban muchos artículos jugosos, pero a él no le importaba tanto como a mí. Su objetivo en la vida era divertirse, y todo lo demás, incluida su carrera periodística, iba en segundo lugar. Opinaba que la ambición era algo que solo era útil con moderación y no se esforzaba más de lo estrictamente necesario.

—Es solo que no quiero ser un vago total... por mis padres, ya sabes —me había explicado una vez, y esa afirmación resumía perfectamente su actitud frente al trabajo.

Yo, por otro lado, quería algo más que simplemente no ser una vaga. Me molestaba que el editor hubiera echado un vistazo a mi cabello rubio cobrizo y a mis rasgos de muñeca, y me hubiera encasillado de forma permanente en la sección de noticias triviales. Habría creído que Gable era un sexista, de no ser porque había hecho lo mismo con Jay. Nuestro editor no discriminaba a las mujeres; solo hacía suposiciones sobre las capacidades de las personas basadas en su apariencia.

Al final decidí confiar en mi amigo y le dije:

—No, no es el artículo de los cachorros. En realidad, he estado investigando para un proyecto propio.

Las cejas perfectamente delineadas de Jay se elevaron.

—¿Sí?

—¿Has oído hablar alguna vez de los clubs-X? —pregunté, echando un vistazo rápido a nuestro alrededor para asegurarnos de que nadie nos oiría. Por suerte, las oficinas que rodeaban la mía estaban vacías en su mayor parte, con solo un becario trabajando a la otra punta de la planta. Eran casi las cuatro de la tarde de un viernes, y la mayoría de la gente había encontrado una excusa para salir pronto aquella tarde de verano.

Jay abrió mucho los ojos.

—¿Clubs-X? O sea: ¿los clubs para xenos?

—Sí. —Mi corazón latió más deprisa—. ¿Has oído hablar de ellos?

—¿No serán esos sitios a los que van a ligar con los K los que están locos por los aliens?

—Aparentemente. —Le sonreí—. Acabo de enterarme hoy mismo de que existen. ¿Conoces a alguien que haya estado en uno?

Jay frunció el ceño, una expresión que parecía fuera de lugar en su rostro normalmente alegre.

—No, en realidad no. Es decir, siempre hay eso del "amigo de un amigo de un amigo", pero nadie que yo conozca en persona.

Asentí.

—Vale. Y tú conoces a medio Manhattan, así que esos clubs, si existen, son un secreto celosamente guardado. ¿Te imaginas el reportaje? —En mi mejor voz de locutora, enuncié dramáticamente—: ¿Clubs nocturnos alienígenas en el corazón de la ciudad de Nueva York? ¡El *New York Herald* les cuenta las últimas noticias sobre los K!

—¿Estás segura de que es buena idea? —Mi amigo parecía escéptico—. He oído que esos clubs están cerca de los Centros K. ¿Estás diciendo que hay alguno en la ciudad de Nueva York?

—Creo que sí. Hay ciertos rumores online sobre un club en Manhattan. Quiero encontrarlo y ver de qué va todo eso.

—Amy… no sé si es una gran idea. —Para mi sorpresa, Jay parecía más inquieto que emocionado, y su ceño tan poco característico se hizo aún más pronunciado—. No querrás meterte con los K.

—Nadie quiere meterse con ellos, y por eso todavía no tenemos mucha información suya. —Mi anterior frustración volvió. Me molestaba que todos se mostraran tan intimidados aún por los invasores—. Lo único que pretendo es escribir un artículo objetivo con datos sobre ellos. Específicamente, sobre sitios que presuntamente frecuentan. Seguro que eso está permitido. En este país todavía existe la libertad de prensa, ¿verdad?

—Tal vez —dijo Jay—. O tal vez no. Personalmente, creo que hacen desaparecer cualquier información que no quieren que se haga pública. Antes lo normal era que lo que se subía a internet se quedara allí para siempre, pero ahora ya no es así.

—¿Crees que podrían eliminar mi artículo de alguna manera? —pregunté preocupada, y Jay se encogió de hombros.

—No tengo ni idea, pero si yo fuera tú, me concentraría en el artículo de los cachorros y me olvidaría de los K.

ERAN CASI LAS OCHO DE LA TARDE CUANDO ME TOPÉ CON ello: una mención sobre la ubicación de uno de los clubs-X en un foro de sexo poco conocido. Estaba enterrada en medio de la larga, y bastante improbable, narración de la experiencia sexual de un tipo con un grupo de K. El sentimiento de éxtasis que aquel hombre describía me sonaba sospechosamente parecido a un subidón causado por las drogas, aunque había historias similares esparcidas por toda la red, dando lugar a todo tipo de rumores sobre los invasores... incluido el del vampirismo.

Yo no me los tragaba, aunque claro, gracias a la obsesión de mi madre por las teorías de la conspiración más descabelladas, yo desconfiaba de los rumores por naturaleza. Me gustaban los hechos: por eso mismo había estudiado periodismo en vez de dedicarme a escribir ficción.

Según el relato de ese hombre, había ido al club justo después de cenar en el Meatpacking District. Nombraba el restaurante donde había cenado, y luego escribía que el club estaba justo al otro lado de la calle.

Y así, sin más, había conseguido una pista.

Me levanté de un salto, agarré el bolso y salí corriendo de la oficina, saludando con la cabeza al conserje al pasar.

Parecía que mi noche de viernes estaba a punto de ponerse mucho más interesante.

CAPÍTULO DOS

—No tienes por qué venir conmigo —le repetí a Jay por quinta vez, lanzándole una mirada exasperada. Había cometido el error de mandarle un mensaje de texto para contarle mis planes, y se había presentado en mi puerta veinte minutos después, vestido para salir de fiesta pero haciendo todo lo posible por disuadirme.

—Si tú vas, yo voy —dijo, obstinado—. No creo que ninguno de los dos debiera estar haciendo esto, pero pequeña, estás loca si crees que voy a dejar que vayas allí tú sola.

—Solo quieres que cite tu nombre en el artículo —bromeé, poniéndome cabeza abajo para aplicarme espuma en el pelo. Mi pelo rubio cobrizo era liso y fino por naturaleza, pero con el producto suficiente, podía sacarle algunos rizos sexis. Normalmente yo no pretendía parecer sexy, pero en este caso, era importante. Los K no solo eran de apariencia humanoide, sino que tenían un atractivo de infarto... y según lo que había leído online, les gustaba que sus compañeros sexuales humanos fueran casi tan guapos como ellos.

Estaba bastante segura de que no cumplía ese criterio, pero esperaba que con un montón de maquillaje, y llevando lentillas en vez de gafas, estuviera lo bastante mona como para que me dejasen entrar en el club.

—Nuestros nombres *serán* la historia —dijo Jay con voz sombría—. Ya lo estoy viendo: *Dos periodistas desaparecidos, vistos por última vez cazando alienígenas en el Meatpacking District.*

—Oh, por favor. —Me enderecé y comencé a aplicar rímel en mis largas pestañas castañas—. ¿Desde cuándo tienes miedo de ir a un club? Si tú estás siempre haciendo locuras...

—Sí, pero lo hago por diversión, no para demostrarle mi valía al idiota de nuestro jefe. Y no hay cantidad suficiente de bebida ni de fiesta comparable a infiltrarse en un club de sexo para extraterrestres. Eres capaz de ver la diferencia entre fumar un poco de hierba en plan recreativo y esto, ¿verdad?

—Sí, sí —murmuré, dando brochazos de colorete a mis pálidas mejillas—. Como te he dicho, solo te he mandado el mensaje para que alguien supiese donde estaba. No tienes que venir conmigo.

—Sí, sí que tengo que hacerlo. —Jay me lanzó una mirada de "¿en serio?"—. Eres la única chica que tengo como amiga. ¿Crees que dejaría que te raptaran y te llevaran en una nave espacial?

—Viven en Centros K de aquí de la Tierra, tonto. —Le sonreí a través del espejo—. ¿Por qué iban a llevarme en una nave espacial?

—¿Quién sabe? —dijo él, dejándose caer pesadamente en mi sofá—. Tal vez les gusten las rubias monas de ojos verdes que llevan gafas al trabajo para parecer más listas.

—Mmm, sí. Soy justo su tipo. —Me reí y alisé con las manos mi vestido azul ajustado. Con mis caderas redondeadas, no tenía exactamente madera de modelo, pero en general me gustaba mi figura. A eso contribuía que mis ex-novios parecían haber disfrutado de que mi trasero fuera más bien redondeado; uno de ellos incluso había afirmado que esa era su parte favorita de mi cuerpo.

—Nunca se sabe —insistió Jay—. En serio, Amy, me encantaría que lo reconsideraras. ¿Te das cuenta de que te pueden hacer absolutamente cualquier cosa en ese club y que nadie los detendría? Nuestras leyes no se aplican a ellos. Pueden matarte, y nadie pestañeará, tratado o no tratado. Entiendes eso, ¿verdad?

—Claro que sí. —Estaba empezando a cansarme de esta conversación. A veces Jay podía ser como un perro aferrado a un hueso—. No nací ayer. Sé lo peligrosos que pueden ser los K. He visto esos videos de ellos despedazando personas y he leído los relatos de los testigos oculares. Pero somos periodistas. Se supone que debemos investigar historias, descubrir verdades importantes y sacarlas a la luz, incluso si existe un riesgo. No elegimos esta profesión para poder estar escribiendo sobre cachorros siameses, ni bodas de la alta sociedad, ni cualquiera de esas mierdas que Gable nos asigna. Tenemos que estar haciendo reportajes reales, Jay... y esta es nuestra oportunidad.

Me detuve, y lo miré fijamente.

—Yo voy a hacerlo... y puedes unirte a mí o irte a casa.

CAPÍTULO TRES

—De acuerdo, este es el restaurante —dije cuando nuestro taxi aparcó frente a un hotel de aspecto elegante. Según Google, el restaurante estaba en la azotea del edificio—. ¿Y ahora qué?

—Ahora nos vamos a unas cuantas discotecas de verdad y nos olvidamos de esta locura —dijo Jay, saliendo y abriéndome la puerta—. Ya estás vestida para la ocasión; estará genial. No lo pasaremos bomba, igual que el fin de semana pasado.

Solté un suspiro de exasperación.

—No pienso repetir lo del fin de semana pasado durante mucho tiempo. Ya te lo he dicho. Y no hemos venido aquí para ir de fiesta; estamos aquí para observar.

—Claro, por supuesto —Jay sonaba molesto—. Solo vamos a observar tranquilamente a unos cuantos alienígenas, a quienes no les importará en absoluto que queramos sacar a la luz sus secretos.

Lo ignoré, tratando de averiguar dónde podría estar ese club "al otro lado de la calle". A mi alrededor, la zona estaba abarrotada de gente guapa. Meatpacking era *el* distrito de clubs nocturnos de Manhattan. Las modelos, los famosos, los ejecutivos de Wall Street y prácticamente todo el mundo que era alguien, socializaban en las calles empedradas y en las barras vanguardistas de los clubs, tratando de eclipsarse mutuamente con sus bolsos y ropa de diseño. De varias puertas abiertas brotaba la música a un volumen atronador, y las chicas borrachas se tambaleaban sobre altísimos tacones, riendo y flirteando con cada tipo que se cruzaban.

Tenía que admitir que los K habían sido listos colocando su club aquí; en medio de tanta gente tan bien vestida, hasta un krinar podía pasar desapercibido.

Al estudiar el edificio del otro lado de la calle, vi a un grupo de mujeres altas y de piernas largas que se acercaban a una sencilla puerta de color marrón. No tenía ningún letrero, nada que indicase de qué clase de establecimiento se trataba. Una de las mujeres llamó y la puerta se abrió, dejando entrar al grupo. Entonces, inmediatamente, se cerró.

Mi instinto de olfatear exclusivas se puso en alerta máxima.

—Allí —dije, cogiendo a Jay por el brazo y prácticamente haciéndole cruzar a rastras la concurrida calle.

—¿Cómo lo sabes? —En su voz asomaba una pizca de ansiedad—. ¿Has visto a uno de ellos?

—No. —Ignoré los bocinazos de los taxis al cruzarme por delante de varios de ellos—. Pero creo que he visto a unas mujeres que podrían ser su tipo.

—¿Su tipo?

—Parecidas a los krinar —expliqué, sorteando a la multitud de la acera—. Altas, guapísimas... igual que supermodelos.

—Eso no quiere decir nada...

—Mira, solo intentamos esto y ya veremos —le interrumpí, deteniéndome frente a la puerta marrón. Me volví hacia Jay y le pregunté—: ¿Listo?

—No —me contestó en tono lúgubre, pero yo ya estaba llamando a la puerta.

Durante unos segundos, no ocurrió nada. Luego la puerta se abrió sin hacer ruido, mostrando un estrecho pasillo.

—Vale, allá vamos —le susurré a Jay, y entré.

Él me siguió sin mediar palabra.

Mientras recorríamos el pasillo en silencio, podía sentir cómo se me aceleraba el pulso. ¿Era posible de verdad que los pudiera conocer en persona? ¿A los invasores que solo había visto por la tele?

El pasillo terminaba frente a otra puerta, esta de color gris metálico. Estaba cerrada, así que volví a llamar con los nudillos, sin saber qué otra cosa hacer.

Y luego esperé.

Y esperé.

Y esperé.

—No creo que nos dejen entrar —susurró Jay al cabo de un minuto—. Tal vez deberíamos irnos.

—Aún no —respondí con otro susurro. No quería admitirlo, pero ahora que estábamos allí, también estaba empezando a ponerme nerviosa. Empezaba a darme cuenta de la enormidad de lo que estábamos haciendo. Si este era realmente el club-X del que había oído hablar, al otro lado de esa puerta había seres de otro planeta... de una antigua civilización que supuestamente había sembrado la vida en la Tierra.

Tenía el corazón atascado en la garganta.

Reuniendo todo mi valor, volví a llamar y grité:

—¿Hola?

Jay tragó saliva a mi lado de forma audible, y su rostro palideció.

—¿Hola? —volví a gritar, esta vez más fuerte. Nerviosa o no, no pensaba marcharme hasta intentarlo todo.

—Amy, vámonos...

La puerta se deslizó, abriéndose silenciosamente.

Allí había un hombre, ocupando con su cuerpo corpulento la mayor parte del umbral. En la penumbra, todo lo que podía distinguir de su rostro eran sus pómulos altos y una mandíbula que parecía haber sido tallada en granito. Sus ojos oscuros brillaban por debajo de unas espesas cejas, y su ropa era de un color muy claro, casi blanco.

Aturdida, lo miré fijamente. ¿Podía ser...? ¿Podía ser que él...?

El hombre sonrió, y la blancura de sus dientes destacó brillantemente en su cara bronceada.

—Bienvenidos —dijo con suavidad, y se hizo a un lado, indicándonos que entráramos.

CAPÍTULO CUATRO

EL CORAZÓN ME GOLPEABA FUERTE EN EL PECHO AL cruzar el umbral, con Jay pisándome los talones.

En el interior, la habitación era grande, estaba poco iluminada y completamente vacía. No había ni muebles ni otras personas... excepto por el hombre que nos había abierto la puerta. Él se quedó allí plantado tranquilamente, observándonos con su mirada oscura.

La puerta se cerró detrás de nosotros.

Me sequé disimuladamente las manos sudorosas en la parte delantera del vestido, esperando que el hombre no notara mi gesto nervioso.

—Hola, ¿qué tal? —dijo Jay, adelantándose para ponerse a mi lado. Para mi sorpresa, la voz de mi amigo era firme, y en su cara había una sonrisa provocativa—. Hemos oído que aquí había una fiesta. ¿Es eso cierto?

El hombre tardó un momento en contestar, disparando mis niveles de ansiedad. Cuando lo hizo, su voz profunda estaba cargada de regocijo.

—Podría decirse que sí.

—Genial. —Jay le sonrió—. Para eso hemos venido.

Sentí una oleada de admiración por mi amigo. Siempre había sabido que Jay era estupendo en situaciones sociales, pero esto distaba mucho de ser el escenario típico de una fiesta. A pesar de su reticencia a ir hasta allí, estaba claro que Jay se había traído toda la artillería.

—¿Los dos? —preguntó el hombre, todavía sonando divertido.

—Sí. —Me obligué a que mis labios mostraran una sonrisa franca. Si Jay era capaz de esto, yo también—. Tenemos mucha... curiosidad.

—Ah. —El hombre se rio, con un sonido profundo y sensual que me hizo sentir un escalofrío por la espalda —. Pues sí, curiosidad. Bueno, seguidme.

Se volvió y empezó a andar hacia el otro lado de la estancia. Me dio un vuelco el corazón. Igual que los K que había visto por la tele, no andaba como un hombre: se movía con una fluidez que imbuía cada uno de sus movimientos de un poder y una gracia inhumanos.

Ya no me cabía ninguna duda.

Acababa de conocer a mi primer krinar.

Jay me tocó el brazo, y mi mirada se fue volando hacia la suya. En su cara, pude ver el mismo asombro y emoción que yo sentía. "Oh, Dios mío" le dije sin emitir ningún sonido, y él asintió, con los ojos muy abiertos por la emoción.

"Vamos", volví a decir silenciosamente, apuntando en dirección al K con la barbilla, y los dos nos apresuramos a ir tras él, casi corriendo para seguir su ritmo.

El K se detuvo frente a una pared al otro extremo de la habitación y agitó la mano con un breve movimiento. Para mi sorpresa, la pared se disolvió, creando una abertura ovalada del tamaño de una persona. Apenas pude reprimir una exclamación. Ya era consciente de que los K disponían de una tecnología más avanzada, por supuesto, pero nunca la había visto en acción.

Definitivamente, esto iba a ir en mi artículo.

Mientras redactaba mentalmente el primer párrafo, el K atravesó la entrada y desapareció en el interior. Como no quería perderle, le seguí por la abertura, con Jay justo detrás.

Terminamos en un oscuro pasillo. Después de dar una docena de pasos, nos encontramos frente a otra pared. El K esperó a que le alcanzáramos, y entonces creó una segunda abertura, a través de la cual pude ver luces multicolores y escuchar música rítmica.

—Ya estamos aquí —dijo el K, con un inglés tan perfecto como el de cualquier norteamericano. Siempre me había preguntado acerca de eso: sobre cómo conocían los alienígenas tan bien los idiomas de la Tierra. Se especulaba sobre si tenían algún tipo de implante neuronal para los idiomas, pero nadie lo sabía con seguridad.

Esa podría ser otra cosa que investigar esa noche.

—Guau, qué chulo —exclamó Jay, interpretando a la

perfección su papel de descerebrado adicto a la fiesta —. Me encanta la forma en que haces eso, tío.

El K arqueó las cejas pero no se dignó a dar ninguna respuesta a su elogio. En vez de eso, caminó hacia el interior con esa sorprendente gracia animal suya. Jay, a quien parecía habérsele pasado su ataque de cautela, le siguió sin dudarlo. Un instante después, yo también fui tras ellos, con el corazón dando saltos debido a la mezcla de temor y emoción.

Estábamos oficialmente dentro de un club-X.

Lo primero que noté fue la música. Desde fuera, solo había captado el ritmo palpitante, pero en cuanto entré, pude distinguir los tonos llorosos de algún instrumento desconocido entremezclados con otras vibraciones, más agudas. La música no estaba particularmente alta, pero aun así me envolvió, haciéndome sentir arropada por su melodía.

Por encima de la música, se escuchaban risas y murmullos de conversaciones. La espaciosa estancia estaba llena de gente, aunque no estaba segura de que "gente" fuera el término apropiado, ya que muchos de los presentes eran krinar. Los extraterrestres eran fáciles de detectar: todos eran altos, de cabello oscuro y tenían el tipo de belleza arrolladora que se suele observar en los supermodelos. Durante un tiempo, habían existido rumores de que los K ni siquiera eran seres biológicos, y yo podía entender cómo se habían originado esos rumores. Los K no eran solo increíblemente fuertes y rápidos, sino que también parecían demasiado perfectos para ser reales.

O al menos demasiado perfectos para ser humanos.

La habitación en sí estaba parcamente amueblada, con unas mesas circulares colocadas en cada rincón. Parecían ser la versión K de las barras de bar. Podía ver tanto a humanos como a krinar rondando esas mesas, portando vasos de diversas bebidas.

La iluminación era suave, y entremezclaba varias tonalidades de colores claros. Eso favorecía las prendas de gamas pastel que llevaban los K. La ropa en sí no era particularmente exótica: vaporosos vestidos claros para las mujeres y pantalones cortos con camisas sin mangas para los hombres; pero les sentaban bien a los alienígenas, resaltando su tono de piel dorado y sus cuerpos ágiles y en forma.

Antes de que pudiera captar más detalles, el K que nos había traído hasta allí se volvió para mirarme. Había una media sonrisa burlona en sus labios turgentes y perfectamente dibujados.

—¿Curiosidad satisfecha? —ronroneó, mirándome fijamente, y el corazón se me puso en la garganta cuando le eché un buen vistazo por primera vez.

El krinar frente a mí poseía una belleza oscura, como la de un sátiro, tan seductora como perturbadora. Su negro cabello era liso y brillante, lo bastante largo como para cubrirle las orejas y caer de forma descuidada sobre su frente. Con su nariz masculina y su fuerte mandíbula, podría haber posado para un cartel de reclutamiento militar... excepto porque ningún soldado tenía una boca tan perversamente sensual ni ojos que prometieran tales placeres carnales.

Esos mismos hermosos ojos, entre negros y marrones, y festoneados de espesas pestañas, recorrían incluso ahora mis curvas con un poco disimulado interés masculino.

Por primera vez en mi vida adulta, me sonrojé. No pude evitarlo. Sentí como si ese K estuviera desnudándome con la mirada, dejándome allí en medio, desnuda y vulnerable. Sentía el cuerpo incómodamente caliente, y mi respiración se aceleró, junto con mi pulso.

El K no solo me estaba mirando: me estaba comiendo con los ojos... y mi cuerpo reaccionaba a su mirada igual que si me estuviera tocando físicamente. Mis pezones se endurecieron, y un calor líquido comenzó a acumularse entre mis muslos. Sentía el aire tan cargado de tensión sexual que casi era capaz de saborearla. Cuando los ojos del K se posaron en mi rostro, lo único que pude hacer fue devolverle la mirada, atrapada sin remedio por esa expresión oscura y devoradora.

—¿Y estos quiénes son, Vair? —Una voz de mujer rompió el hechizo, entrometiéndose en la burbuja sensual que parecía haberse formado entre el K y yo.

Agradecida por la interrupción, tomé una temblorosa bocanada de aire y aparté mis ojos del krinar, volviéndome hacia la recién llegada.

Era otra K. La mujer sonreía seductoramente, y su atención se centraba en Jay, que la miraba boquiabierto con la misma impotente fascinación que yo acababa de experimentar.

Mierda. Esto no era bueno. Esto no era nada bueno. Jay no era exactamente conocido por su autocontrol frente a la tentación... y la mujer krinar que estaba a su lado no era otra cosa sino puramente tentadora.

Vestía con un corto vestido blanco, medía casi uno ochenta, y sus piernas bronceadas y torneadas parecían extenderse hasta el infinito. Su cuerpo estaba perfectamente proporcionado, y era delgado y femenino al mismo tiempo, con una cintura que era casi demasiado estrecha para su constitución. "Barbie Alienígena" fue el pensamiento que me vino a la cabeza.

Una Barbie alienígena *muy sexy.*

—Son un par de cachorros perdidos que me he encontrado en el pasillo —respondió el K, "Vair", a la pregunta de la mujer. Sus exuberantes labios se curvaron formando una sonrisa sardónica al decir—: Shira, te presento a chica curiosa y a chico curioso. Son deliciosos, ¿verdad?

Antes de poder averiguar cómo reaccionar a esa insultante, y bastante alarmante, afirmación, Jay se adelantó y tendió la mano.

—Soy Jay —dijo con voz ronca—. Es un placer conocerte... Shira, ¿verdad?

La mujer se echó a reír, con un timbre profundo y grave.

—Sí, así es, cosita linda. Soy Shira. ¿Por qué no te enseño todo esto? —Y tomando la mano extendida de Jay entre sus largos dedos, condujo a mi amigo hacia una de las barras, con un contoneo tan sinuoso como el de una gata.

Jay la acompañó sin una palabra de protesta, aparentemente demasiado hipnotizado para recordar sus preocupaciones anteriores... o el hecho de que estaba aquí para ayudarme con mi artículo, no para ser el juguete sexual de Barbie K para esa noche.

—No te preocupes —dijo Vair, como si me hubiese leído el pensamiento. Su voz estaba imbuida de una oscura diversión—. Shira cuidará de él.

A regañadientes, me volví hacia él, y mi corazón se aceleró cuando nuestros ojos se encontraron por segunda vez.

—No estoy preocupada —me las arreglé para responder—. Estamos aquí para divertirnos, después de todo.

—Por supuesto que sí, querida. —Los blancos dientes de Vair me deslumbraron—. Y diversión será lo que tendrás. ¿Querrías algo de beber, o prefieres bailar?

Parpadeé.

—¿Bailar? —La música tenía un buen ritmo, pero no parecía exactamente adecuada para una pista de baile. Y ninguno de los presentes estaba bailando.

Sin mencionar que no pensaba ponerme al alcance de las manos de Vair si podía evitarlo. Puede que el club fuese un lugar para ligar con los K, pero esa no era la razón de mi presencia allí.

—Sí, bailar. —Su sonrisa se ensanchó ante mi mirada incrédula—. Así. —Hizo un pequeño gesto con la mano, y de repente, la habitación se oscureció, y la tenue iluminación adquirió un tono entre rojo y púrpura. La música aceleró el ritmo y subió de volumen, con un latido palpitante que atravesaba todo mi cuerpo. A nuestro alrededor, pude notar cómo cambiaba la energía de la habitación a medida que las conversaciones se apagaban y los grupos se disgregaban en parejas, que comenzaban a cimbrearse en inconfundibles movimientos de baile.

Sobresaltada, di un paso atrás.

—¿Qué? ¿Cómo...?

—Soy el dueño del local —murmuró Vair, acercándose a mí—. ¿Se me había olvidado mencionarlo?

Yo tragué saliva.

—Eh… sí. Eso creo. —*Mierda puta.* Este era el dueño del club... y parecía desearme por alguna razón. O iba a convertirse en un gran problema, o en una gran oportunidad.

—¿Cuánto hace que lo tienes? —pregunté, cuando mi reportera interior decidió que se trataba de lo segundo. Esta era una excelente oportunidad para obtener información, aunque eso supusiera tener que aguantar las insinuaciones sexuales de un extraterrestre.

Que no eran ni de lejos tan poco deseables como me hubiese gustado.

—Algún tiempo. —Vair se acercó todavía más, hasta

quedarse a menos de treinta centímetros de mí.

Contuve el aliento, y eché la cabeza hacia atrás para mirarle a la cara. Era como mirar la cima de una montaña. Ya me había dado cuenta de que era alto, por supuesto, pero no de lo jodidamente *grande* que era. El K medía bastante más de metro ochenta, y tenía unos músculos que hubieran enorgullecido a cualquier culturista. Parecía una torre al lado de mi metro sesenta y cinco, haciendo que yo me sintiera pequeña como una niña. Hasta de haber sido humano, habría sido increíblemente fuerte, y era bien sabido que los krinar eran mucho, muchísimo más fuertes que los humanos.

Mi vientre se contrajo de miedo y excitación mientras reflexionaba sobre el hecho de que él podía hacerme lo que quisiera. *Cualquier cosa.* Como había dicho Jay, los K estaban, a todos los efectos, por encima de la ley.

—¿Cuánto es "algún tiempo"? —persistí, dedicando mis mejores esfuerzos a ignorar mi pulso desbocado—. ¿Desde que llegasteis?

Él se echó a reír.

—No. Solo desde que las cosas se tranquilizaron.

Ah. Por fin estábamos llegando a alguna parte. Supuse que "las cosas se tranquilizaron" era un eufemismo para el final del Gran Pánico: los meses oscuros que siguieron a la llegada de los K a la Tierra. Según esa línea temporal, el club llevaba abierto menos de dieciocho meses.

Anotando mentalmente ese dato tonto, le lancé a

Vair una sonrisa incitante.

—¡Qué fantástico! ¿Y qué te impulsó a abrir uno en Nueva York? Creía que no os gustaban nuestras ciudades...

—¿Por qué no iban a gustarme vuestras ciudades? —Él arqueó las cejas.

—No a ti en concreto. Estoy hablando de tu gente. Los krinar.

Él pareció divertido.

—No puedo hablar por los krinar en conjunto, querida, igual que tú no puedes hablar por toda la población de la Tierra. Solo soy un individuo y resulta que a mí me gusta esta ciudad tuya. La encuentro muy... estimulante. —Sus ojos se deslizaron por mi cuerpo otra vez, sin dejar duda alguna sobre el tipo de estimulación que tenía en mente.

Un calor traicionero se encendió en mis mejillas cuando mi cuerpo reaccionó de nuevo a esa mirada.

—Claro, por supuesto —murmuré, exprimiéndome el cerebro en busca de una manera de desviar la conversación hacia un tema con menos carga sexual—. Entonces, ¿por qué...?

—¿Por qué no bailamos? —me interrumpió Vair, y me di cuenta de que casi todos los que nos rodeaban se balanceaban y giraban al ritmo de la música, incluyendo a Jay y su Barbie al otro lado de la habitación.

Y antes de que pudiera averiguar cómo negarme, Vair atravesó la distancia que aún había entre nosotros, cogiéndome entre sus brazos.

CAPÍTULO CINCO

Cuando los poderosos brazos de Vair me rodearon, atrayéndome hacia su musculoso cuerpo, mi respiración se volvió rápida e irregular. Podía sentir su calor, oler su aroma masculino y limpio, y una oleada de fuego me atravesó, haciendo que mis músculos internos se tensaran de deseo.

Sorprendida y avergonzada por la intensidad de mi reacción, intenté alejarme, extendiendo las palmas de las manos sobre el pecho de Vair para mantenerlo a cierta distancia.

—Espera, no se me da bien bailar...

—No te hace falta. —Me sonrió, ignorando mis débiles intentos de alejarlo—. Yo te llevaré.

—Pero...

—Sólo relájate, cariño —murmuró, comenzando a moverse al ritmo palpitante. Los músculos de acero de su pecho se flexionaron bajo mis dedos, y su muslo me rozó las piernas, causando que los latidos de mi corazón se dispararan—. ¿No es para esto para lo que habías venido?

Tomé aire con una respiración temblorosa y la mente discurriendo a toda velocidad, mientras miraba sus ojos oscuros y sensuales. *Quise gritar: ¡No! ¡No, no era para esto!*

—Solo quería ver cómo era todo esto —susurré por contra, esperando que esa media verdad conseguiría que me echaran de allí. Escuché mi propia voz y parecía estar sin aliento, como si hubiera corrido un kilómetro—. Nunca había visto a uno de vosotros en persona, y tenía curiosidad, como ya te he dicho...

—Ah, sí, esa infame curiosidad tuya. —Su sonrisa adquirió un tono burlón—. Sabes para qué es este sitio, ¿verdad, pequeña humana?

Me humedecí el labio inferior, deseando que mi frenético ritmo cardíaco se frenara un poco.

—Por supuesto. Pero esta primera vez me gustaría solo observar. Espero que no sea un problema. —Si lo fuera, tendría que irme, ya que no tenía intención de acostarme con nadie para obtener una historia.

No estaba *tan* entregada a mi carrera.

Los ojos de Vair se oscurecieron ante mi respuesta, y la sonrisa se desvaneció de sus labios.

—Ya veo.

Esperé a que él dijera algo más, pero no lo hizo. En cambio, siguió sujetándome, y no me quedó más remedio que moverme con él al ritmo de la música. Sus manos me cogían por la cintura con suavidad, pero cada vez que intentaba soltarme, se apretaban, dejando claro que no estaba dispuesto a dejarme ir. Después de un par de intentos de liberarme discretamente de su abrazo, me rendí, no queriendo montar una escena.

Sólo un baile, me dije. *Solo es un baile.* No me importaba bailar con él si no insistía en nada más... y no parecía inclinado a hacerlo, al menos por ahora. Me mantenía a una escrupulosa distancia, lo bastante cerca como para que fuera muy consciente de su cuerpo cálido y musculoso, pero no tan cerca como para estar pegada a él. Sin embargo, un par de veces me pareció sentir como algo duro me rozaba el vientre, pero no pude estar segura porque el contacto fue breve.

Aun así, la idea *de que podría haber sido su erección, de que él me deseaba de esa forma*, era casi tan excitante como aterradora.

El artículo. Céntrate en el artículo, Amy.

—Pues bueno, Vair, cuéntame un poco sobre ti. —Mantuve la mirada fija en su rostro, esperando que hablar me distrajera de la creciente perturbación en mi interior—. ¿Qué te hizo decidirte a venir a la Tierra?

Él sonrió, y sus ojos chispearon.

—Estaba aburrido.

—¿Aburrido? —Eso no me lo había esperado—. ¿Por qué?

—Porque había agotado todas las formas de divertirme en Krina. Necesito mucha diversión, ya ves.

Volví a humedecerme los labios. Tenía la sensación de que una vez más nos adentrábamos en territorio peligroso.

—¿Qué hacías en Krina? Quiero decir,

profesionalmente. —¿Tenían los K empleos siquiera? No estaba segura, pero me parecía un tema menos arriesgado que lo que Vair hacía para "divertirse".

—¿Profesionalmente? —Su sonrisa se tornó sardónica—. No demasiado. O demasiadas cosas. Depende de tu perspectiva, supongo.

—Oh. —Lo miré fijamente, desconcertada—. ¿Quieres decir que has cambiado de carrera?

—Podría decirse así. —Rio suavemente, bajando la mirada hacia mí—. ¿Qué hay de ti, pequeña humana? ¿Qué es lo que haces tú... profesionalmente?

—Soy estudiante de postgrado —mentí—. Estoy sacándome el Master en Literatura Inglesa.

—¿Un Master? —Él enarcó las cejas.

Sentí que me sonrojaba sin un motivo concreto.

—Es un título avanzado que se obtiene después de la universidad. —Le expliqué, sin saber si Vair estaba jugando conmigo o si realmente no estaba familiarizado con el término—. Un nivel por encima de una licenciatura.

—Ah, vale. —Sus ojos resplandecían y empezó a sujetarme de otro modo, moviendo las manos más hacia abajo para posarlas sobre mis caderas—. Un nivel por encima de tener licencia. Ya lo cojo.

Me estaba vacilando.

—Eso es —dije con suavidad, intentando ignorar el hecho de que sus enormes manos estaban básicamente en mi trasero—. ¿Qué tipo de títulos tenéis vosotros? ¿Tenéis universidades y todo eso?

Él negó con la cabeza.

—No, no las tenemos. Aprendemos durante toda nuestra vida.

—Pero ¿cómo os formáis para trabajar? —insistí—. Seguro que no nacéis sabiendo cómo hacerlo todo. ¿Y qué hay de las matemáticas, las ciencias, la historia? ¿Cómo aprendéis todo eso?

—Tú *eres* una pequeña criatura curiosa. —Me miró con una extraña media sonrisa—. Quieres saberlo todo de nosotros, ¿no?

—Por supuesto. —Le dediqué una brillante sonrisa —. ¿Y quién no?

—La mayoría de los humanos que vienen aquí —murmuró mirándome—. Prácticamente todos ellos, de hecho. Solo les interesa una cosa... y esa cosa no tiene nada que ver con nuestro sistema educativo.

—Supongo que soy una excepción, entonces —dije, con el corazón dando brincos por la extraña intensidad de su mirada. ¿Era posible que sospechara de mí por algo?—. Siempre me ha encantado conocer otras culturas: cuanto más exóticas, mejor.

Él rio suavemente y se detuvo, dejándome ir. Antes de que pudiera soltar un suspiro de alivio, vi que nos habíamos parado frente a una de las barras. De alguna manera, Vair nos había arrastrado hasta allí sin que yo me diera cuenta.

—¿Una copa? —preguntó, cogiendo un vaso lleno de un líquido púrpura.

Titubeé.

—¿Eso qué es? ¿Vino?

—No, solo un tipo especial de zumo de frutas

mezclado con un poquitín de alcohol. Es seguro para el consumo humano.

Lo pensé un momento y luego acepté la bebida que me ofrecía, tratando de no reaccionar cuando sentí sus dedos rozar los míos. Pero no pude controlar una ligera pausa en mi respiración, y vi las comisuras de sus labios levantándose en una sonrisa de complicidad.

Vair podía percibir el impacto que tenía en mí, y obviamente lo estaba disfrutando.

Intentando ocultar mi malestar, levanté el vaso hasta los labios y tomé un sorbo. Mis papilas gustativas explotaron ante su sabor, dulce y ácido a la vez. Podía notar el toque de alcohol pero era demasiado sutil para diferenciarlo del extraño sabor del zumo.

—¿De qué fruta está hecho esto? —pregunté, y Vair me sonrió, tomando un sorbo de su propia bebida.

—No reconocerías el nombre si te lo dijera. Es una planta que trajimos de Krina.

—Oh, guau. —Volví a probar la bebida, intentando memorizar el complejo sabor para poder describirlo mejor en mi artículo después. Me causaba un cosquilleo en la boca y calor en la garganta, aunque eso podía ser únicamente a causa del alcohol. Una parte de mí se preguntaba si debería de haber tenido más cuidado al probar una bebida exótica, o al beber con Vair en general, pero podía ver a otros humanos en el club con copas similares, y habría sido sospechoso si me hubiese negado a tomar un sorbo siquiera.

Especialmente teniendo en cuenta mi papel de chica fiestera interesada en todo lo referido a los krinar.

Eché un vistazo rápido a la sala, y vi a Jay bailando al otro lado. Esta vez, además de Shira, la Barbie K, había también un krinar de sexo masculino. Los tres estaban frotándose entre sí, y la expresión en la cara de Jay no dejaba dudas de que mi amigo estaba en el séptimo cielo, y que sus preocupaciones anteriores habían desaparecido.

—¿Tienes algo con él? —Vair se puso delante de mí, tapando mi línea de visión. Su tono era despreocupado, pero su cara tenía una extraña expresión—. ¿Con ese niño bonito humano?

Pestañeé.

—¿Con Jay? No.

—¿Por qué no?

—No lo sé —dije con franqueza—. Simplemente nunca hemos conectado a ese nivel, supongo.

Conocí a Jay durante nuestras prácticas en el periódico y habíamos entablado una amistad cuando los dos terminamos trabajando allí a tiempo completo después de la universidad. Por alguna razón, Jay, que hacía todo lo posible por tener relaciones sexuales con cualquier cosa que se moviese, nunca había intentado ligar conmigo, y con el tiempo, me encontré a mí misma pidiéndole consejo para todo: desde destinos de vacaciones hasta problemas con mis novios. A cambio, le escuchaba con simpatía cada vez que necesitaba quejarse de su prominente familia, y le ofrecía una perspectiva femenina acerca de los rollos de una noche excesivamente posesivos. Con el tiempo, nos convertimos en amigos sorprendentemente íntimos... y todo esto sin la atracción que típicamente acompaña a tales relaciones entre hombres y mujeres.

—Eso es bueno —murmuró Vair, dejando su vaso vacío en una mesa cercana—. Me alegra escucharlo.

Yo, que estaba terminándome mi propia bebida, casi me atraganto con el dulce líquido. Había algo casi *posesivo* en la forma en la que Vair me miraba. Sus ojos reflejaban una intensa determinación masculina y algo más.

Algo que me perturbó muchísimo.

Poniendo mi copa en la mesa del bar, le sonreí con cautela y retrocedí un par de pasos.

—Gracias por la copa y por el baile, pero creo que debo irme ya. —Mi voz sonaba firme, aunque tenía el corazón en la garganta—. Se está haciendo tarde y tengo mucho trabajo que hacer por la mañana.

—Pensé que eras estudiante. —Vair se acercó, ignorando mi obvio deseo de mantener la distancia entre nosotros—. Estás estudiando para tu máster, ¿no?

Yo tragué saliva.

—Sí, por supuesto. Solo quise decir que tengo mucho trabajo que hacer en mi tesis. —*Mierda.* O sospechaba algo... o simplemente le encantaba jugar conmigo y ponerme nerviosa. De una u otra manera, necesitaba coger a Jay y largarme de allí.

Estaba empezando a tener un mal presentimiento acerca de todo esto.

—No creo que tu amigo esté listo para irse —dijo Vair, mirando a Jay, que estaba felizmente emparedado entre la Barbie y el hombre krinar—. De hecho, estoy bastante seguro de que preferiría quedarse. —La voz de Vair estaba cargada de regocijo, pero sus ojos brillaban oscuramente cuando volvió su atención hacia mí y me dijo suavemente—: Tú también deberías quedarte, cariño, y aprender más cosas de nosotros.

Abrí la boca para rechazar su oferta pero, en ese momento, las luces se atenuaron aún más y la música cambió, y se puso el doble de alta. Ya no podía ver a mi amigo al otro lado de la sala; el resplandor rojo oscuro apenas me permitía distinguir los rasgos de Vair, y eso que él estaba justo delante de mí.

—Espera... —comencé a decir, desconcertada por el repentino cambio de ambiente, pero Vair ya me estaba arrastrando a sus brazos de nuevo y metiéndonos otra vez entre la multitud que bailaba.

CAPÍTULO SEIS

Con un sobresalto de alarma, empujé a Vair, pero era como intentar mover una montaña. Tan solo era capaz de seguirle mientras se balanceaba con un ritmo sensual, manteniéndome apretada contra él. La música retumbaba a nuestro alrededor con un ritmo rápido y exótico, y su calor, su olor, me rodeaban, enredándome en una telaraña de oscura seducción. Él era tan fuerte que mis pies apenan rozaban el suelo mientras me sostenía entre sus brazos; yo era igual que una muñeca de trapo, un objeto inanimado que podía mover a voluntad.

Esta vez, no se molestó en mantener ninguna distancia entre nosotros. Podía sentir cada centímetro de su cuerpo poderosamente musculoso, y me di cuenta con una sacudida de pánico de que ya se le había puesto dura, que su erección presionaba contra mi vientre. Sin aliento, intenté empujarle de nuevo, pero él ignoró mis infructuosos forcejeos, y me contuvo sin esfuerzo aparente. Sus ojos brillaban en la oscuridad, mirándome con un hambre evidente, y mi corazón latió con más fuerza en mi pecho cuando me di cuenta de que no tenía intención de dejarme ir esta vez.

No hasta que obtuviera lo que quería de mí.

Ese pensamiento tendría que haber sido aterrador, pero la respuesta de mi cuerpo no tenía nada que ver con el miedo. Mis pezones se convirtieron en piedra dentro de mi sujetador, y pude notar una tibia humedad bañando mi ropa interior. Mi cuerpo lo deseaba con un primitivo instinto animal, y le daba igual el hecho de que esto estuviera pasando contra mi voluntad, que mi mente no quisiera tener nada que ver con Vair.

A medida que nuestro baile a la fuerza continuaba, la noche adquirió para mí un tinte surrealista. Todo lo que había a mi alrededor me parecía como un sueño, desde el parpadeante resplandor rojizo que surgía desde alguna fuente de iluminación invisible, hasta el hombre increíblemente hermoso que me tenía presa de su abrazo. La música palpitaba en sintonía con el latido del interior de mi cuerpo, me daba vueltas la cabeza, y todos mis sentidos estaban completamente abrumados. Mientras levantaba la vista hacia él pensé vagamente que sería cosa de la bebida, pero sabía que el alcohol era solo parcialmente responsable de la neblina que inundaba mi cerebro.

Era *él*. Vair era la razón de que me sintiera así. Mi atracción hacia él era más potente que cualquier otra cosa que hubiera experimentado antes, y a juzgar por el duro bulto que empujaba contra mi estómago, él me deseaba de la misma forma. Su mirada me hablaba de oscuros placeres y sábanas enredadas, de éxtasis y lujuria. Mis manos se movieron para colocarse sobre sus hombros y dejé de intentar apartarle; sus ojos resplandecieron aún más al percibir mi rendición tácita.

No estaba segura de cuánto tiempo llevábamos bailando así. Todos mis sentidos estaban enfocados en él, en la fuerte presión de su cuerpo contra el mío y en el cálido aroma de su piel... en la forma en que me sostenía, con una mano extendida en la parte superior de mi espalda y el otro brazo alrededor de mi cintura. Nos movíamos como uno solo, con nuestros cuerpos aparentemente en sintonía, aunque yo no era libre de moverme de ningún otro modo. Después de un rato, su mano se deslizó desde la parte superior de mi espalda hasta mi cuello, sus dedos se hundieron en mi pelo y acariciaron la piel desnuda de mi nuca, y el calor dentro de mí se intensificó, acelerando mi respiración.

Cuando inclinó la cabeza y tomó posesión de mis labios, fue casi un alivio, aunque aumentara la tensión que se acumulaba en mi interior y agudizara aún más mi necesidad. No hubo un ápice de duda en la manera en que tomó mi boca, ni un atisbo de vacilación. Vair besaba igual que bailaba: de forma experimentada y dominante, con una calmada fuerza. Sus labios y su lengua jugueteaban conmigo y me invadían al mismo tiempo. No buscó mi respuesta: la exigió, y no pude evitar dársela, con mis manos aferrándose a sus hombros y mis labios abriéndose para dejarlo entrar.

Mi espalda se encontró con una superficie dura, y me di cuenta de que de alguna manera habíamos terminado cerca de una pared. Antes de que pudiera recobrar la compostura, una de sus manos se deslizó en mi cabello, y sujetó mi cabeza, y la otra se deslizó hacia abajo, hacia la curva de mi trasero. Todavía besándome, me levantó del suelo con un solo brazo, sosteniéndome contra la pared para poder frotar su erección contra la suave hendidura de entre mis piernas. Esa presión se añadió a la tensión de mi interior, y gemí en su boca, incapaz de controlarme.

—Sí, eso es, cariño —susurró con su aliento caliente en mi oído, mientras su boca se deslizaba por un lado de mi cara. Sus labios chupetearon el lóbulo de mi oreja y entonces lo mordió ligeramente, poniéndome la carne de gallina en todo ese lado de mi cuerpo—. Qué pequeña tan bonita, tan deliciosa...

Gemí de nuevo, mis ojos se cerraron y mi cabeza se arqueó hacia atrás cuando comenzó a besar la parte inferior de mi mandíbula, dejando con su boca un rastro cálido y húmedo en mi piel. Racionalmente, sabía que eso estaba mal, pero la racionalidad no era lo que gobernaba mi mente en aquel preciso momento. Mi cuerpo estaba en llamas, y mi sexo latía con un dolor hueco.

—Por favor —susurré desesperadamente—. Por favor, Vair... —No sabía si le estaba pidiendo que parara o que continuara, y en última instancia, eso daba igual. Estaba completamente bajo su influjo, y mi cuerpo era suyo para que jugara y lo manipulara a su antojo.

Se rio entre dientes, con un sonido ronco y oscuro, y luego su boca se movió más abajo, hacia la curva sensible de mi cuello. Sentí como sus colmillos me arañaban la piel, y ese leve dolor de alguna manera solo aumentó mi excitación, haciéndome retorcerme contra él.

—Sí, eso es —murmuró con fuerza, apretando su mano sobre mi culo—. Eso es, cielo...

Perdida en mi sofocante deseo, apenas registré el hecho de que la pared de detrás de mi espalda pareció desaparecer. Solo cuando me encontré tendida en una superficie horizontal y cómoda, se dispararon los timbres de alarma en mi mente.

¿Dónde estaba?

El pánico me recorrió, despejando temporalmente la bruma. Ahogando una exclamación, abrí los ojos y vi el rostro bronceado de Vair cerniéndose sobre mí. La música aún sonaba, las luces aún parpadeaban, pero ya no nos encontrábamos entre la multitud de bailarines. En vez de eso, estábamos en algún espacio privado, y yo yacía de espaldas sobre algo similar a una cama.

—¿Qué...? ¿Dónde...? —comencé a decir, sorprendida, y él bajó la cabeza, tomando de nuevo mi boca. Al mismo tiempo, me cogió por las muñecas, estirando mis brazos sobre mi cabeza antes de pasarse mis dos muñecas a una de sus grandes manos.

Ahora estaba del todo indefensa, atrapada y totalmente a su merced.

Mi deseo debería de haberse enfriado al darme cuenta de eso, pero en cuanto volvió a empezar a besarme, mi cuerpo quedó inundado por una languidez líquida que minaba mis deseos de luchar. Unas oleadas de calor barrieron toda mi piel, y mis pezones palpitaron y se volvieron extremadamente sensibles. Entre mis piernas se acumuló una humedad resbaladiza, y cuando Vair bajó su mano libre por la parte delantera de mi vestido, su caricia me hizo arquearme de forma involuntaria, desesperada por más.

Al cerrar los ojos, la sensación de irrealidad que me había engullido antes volvió. Todo parecía ser un sueño, una oscura fantasía que solo se desarrollaba en mi imaginación. Cuando Vair metió los dedos en la parte de arriba de mi vestido y lo rasgó por la mitad, me sacudí por la repentina violencia del movimiento, pero incluso eso no bastó para sacarme de mi aturdimiento sensual. En mi mundo, lo único que existía era el calor y el placer, sus caricias y el peso de su cuerpo sobre mí.

Mi sujetador y mis bragas corrieron la misma suerte que mi vestido, y luego él bajó deslizándose por mi cuerpo, soltando mis muñecas para coger mis pechos con sus grandes manos. Su boca se cerró sobre mis pezones, uno detrás del otro, haciéndome gritar por la fuerte e intensa presión. Mis manos, finalmente libres de su sujeción, de alguna manera encontraron el camino hasta su cabeza, y me agarré de un mechón de su sedoso cabello, sin saber si estaba tratando de alejarlo o de acercarlo.

Él se movió otra vez, cubriéndome con su enorme cuerpo desnudo, y entonces noté que su ropa también había desaparecido, aunque no recordaba haberle visto quitándosela. Sin embargo, no tuve ocasión de ponderar ese misterio, porque en cada lugar en que nuestras pieles se tocaban, mi carne se estremecía, como si estuviera electrificada. Al abrir los ojos, me encontré con los suyos y vi el mismo apetito desesperado reflejándose en su rostro.

Me deseaba.

Me deseaba, e iba a tomarme.

Sus rodillas se encajaron entre mis piernas, abriéndolas, y mi respiración se detuvo cuando sentí la suave y amplia punta de su polla rozándome la parte interna del muslo. Aunque no podía verla, su erección parecía gigantesca, y mis músculos se tensaron por pura aprensión femenina. ¿Me haría daño? ¿Y si nuestras especies no eran tan compatibles sexualmente como yo había oído?

Sin embargo, era demasiado tarde para preocuparse por eso. Antes de que pudiera decir nada, me besó de nuevo, reclamando mi boca con devastadora experiencia y buscó la entrada a mi vagina.

Su penetración fue lenta y cuidadosa, dándome tiempo para ajustarme a su grosor. Sin embargo, me sentí casi dolorosamente estirada mientras él iba entrando, centímetro a grueso centímetro. Mis manos se apretaron en su pelo, y yo hubiera gritado, pero él tenía mi boca en la suya, distrayéndome con sus deliciosos besos narcóticos. Hasta que no estuvo dentro de mí del todo, no me dejó coger aire, y lo único que yo podía hacer llegados a ese punto era mirarle fijamente, jadeando, con el cuerpo pleno y sobrepasado, totalmente abrumada por su posesión.

Se quedó quieto un momento, sosteniendo mi mirada, y luego comenzó a moverse, al principio sin prisa y luego gradualmente acelerando sus movimientos. En pocos instantes, mi incomodidad se redujo, reemplazada por un calor en constante aumento. Mis ojos se cerraron de nuevo y mis manos se deslizaron por sus costados, sujetándolos, al tiempo que la tensión dentro de mí se intensificaba, y cada empujón me enviaba hacia arriba en una espiral más y más alta. Podía escuchar mis propios gritos y gemidos jadeantes; mis rodillas se levantaron y mis piernas se doblaron alrededor de sus caderas, llevándolo más profundo dentro de mí. Las sensaciones que sacudían mi cuerpo eran tan intensas que sentía como si fuera a volar en pedazos... y finalmente, lo hice, y el orgasmo me atravesó veloz, con una fuerza increíble y devastadora. Mi cuerpo se convulsionó, mis músculos internos se contrajeron a su alrededor, y lo escuché gemir. Su polla se sacudió dentro de mí cuando él alcanzó su propio clímax.

Se acabó, pensé vagamente, demasiado aturdida para moverme. Pequeñas réplicas de placer todavía recorrían mi cuerpo, y sentí como si mis músculos se hubieran convertido en gelatina. Mis manos todavía estaban agarrando sus costados, con las uñas clavadas en su piel, y me obligué a bajarlas hasta el colchón, o hasta cualquiera que fuese la superficie cómoda en la que estaba acostada.

Luego abrí lentamente los ojos y miré a Vair.

Estaba apoyado sobre los codos, mirándome fijamente. Su respiración era más pesada de lo normal, y su polla algo más blanda aún estaba enterrada profundamente dentro de mi cuerpo. Cuando nuestros ojos se encontraron, vi que el calor en su mirada se había enfriado solo un poco... y para mi sorpresa, lo sentí ponerse duro dentro de mí una vez más.

—¿Estás bien? —preguntó con suavidad, y yo asentí de manera automática. Mi cuerpo aún palpitaba por el orgasmo, mi carne estaba resbaladiza e hinchada alrededor de su polla endurecida, y mi mente en un estado de agitación total.

Yo, que siempre había sido tan cuidadosa y cautelosa con los compañeros de cama, acababa de mantener relaciones sexuales con un hombre al que apenas conocía.

No, no con un hombre. Con un K macho: un extraterrestre que había invadido mi cuerpo con tan poca ceremonia como su especie se había apoderado de mi planeta.

—Bien —susurró Vair, con una sonrisa oscura jugueteando en sus labios, y comenzó a moverse dentro de mí otra vez—. Porque aún no he terminado contigo, pequeña humana...

Muda por el shock, lo miré fijamente, incapaz de creer que eso estuviera sucediendo, y que mi cuerpo estuviese respondiendo de nuevo. Ni siquiera el leve dolor que estaba empezando a sentir parecía importar; cada empentón de su polla reencendía el fuego dentro de mí, haciéndome arder de necesidad de nuevo. Mis manos se levantaron instintivamente, agarrando sus costados una vez más, y mis rodillas dobladas se apretaron alrededor de sus caderas.

—Sí, justo así, cariño —murmuró, bajando la cabeza para besarme el cuello. Sus cálidos labios presionaron contra la sensible piel bajo el lóbulo de mi oreja, y me estremecí de placer, arqueándome hacia él suplicándole silenciosamente que me diera más—. Tan dulce, tal como sabía que serías...

Mientras continuaba moviéndose con un ritmo constante, su boca jugueteó y mordisqueó mi cuello, y una de sus manos se abrió camino entre nuestros cuerpos, enterrándose en mis húmedos pliegues. Mi clítoris palpitó ante su caricia, y me tensé cuando noté que se aproximaba otro orgasmo. Sin embargo, antes de poder correrme, sentí que algo me atravesaba el cuello: un punzante ardor que era tan doloroso como inesperado.

Sorprendida, grité, corcoveando contra él cuando sentí que su boca se cerraba sobre el lugar herido. *Esos rumores de vampirismo*, pensé presa del pánico, *tienen que ser ciertos...* y luego no pude pensar en nada más, y mis sentidos explotaron en un éxtasis candente. El clímax que ya tenía tan cerca me alcanzó, pero no se detuvo; las sensaciones se intensificaron en lugar de disminuir cuando grité al correrme. Me ardía la piel, mi corazón galopaba, y no era consciente de otra cosa que no fuera ese intenso placer que me rompía la mente en mil pedazos. La succión de su boca en mi cuello, la fuerza que impulsaba su polla... esas eran las únicas cosas reales que existían en mi mundo, y yo grité cuando mi cuerpo se convulsionó una y otra vez con un gozo implacable y atroz.

No estaba segura de cuánto tiempo duró. Podrían haber sido horas o días. Lo único que sabía era que el éxtasis pareció durar para siempre, hasta que mi cuerpo y mi mente no pudieron soportarlo más, y me desmayé en el oscuro abrazo de Vair.

CAPÍTULO SIETE

La alarma sonaba insistentemente, arrancándome de un sueño profundo. Gruñí, me di la vuelta y le lancé un golpetazo al molesto reloj, desesperada por que callara. La alarma se detuvo, y volví a quejarme, tapándome la cabeza con las mantas.

Uf. Realmente no quería ir a trabajar. ¿Cómo era posible que ya fuese lunes? Si hace nada era viernes...

¡Viernes! Me senté como un resorte, y miré boquiabierta las paredes de mi habitación, con el corazón latiéndome salvaje en el pecho cuando los recuerdos de la noche del viernes inundaron mi cerebro. Había ido a un club-X con Jay... bailado con un K... mantenido *sexo* con ese K, y entonces...

¡Me cago en la puta! ¿Me había mordido Vair? Me puse velozmente la mano en el cuello, pero allí no había ninguna marca. En general, no notaba ningún dolor en mi cuerpo, aunque recordaba claramente

haber estado dolorida después del primer polvo la noche anterior, y si mi memoria de los encuentros segundo, tercero y cuarto se parecía en algo a la realidad, tendría que haber tenido serias molestias. ¿Lo habría imaginado todo?; y, si no: ¿qué demonios había pasado y cómo había terminado en mi propio apartamento?

Salté de la cama y me lancé hacia el tocador, donde estaba mi pequeño bolso. Lo agarré y pesqué mi teléfono de dentro; miré la pantalla y solté un suspiro de alivio al ver la fecha.

Era sábado. No había perdido el fin de semana entero; solo debía de haberme olvidado de apagar la alarma antes de acostarme la noche anterior.

Salvo que no recordaba haberme metido en la cama la noche anterior, pensé con un escalofrío interno. Lo último que recordaba era ese éxtasis extraño y salvaje después de que Vair me mordiera, o hiciera lo que fuese que le había hecho a mi cuello. Sentí un estremecimiento helado al recordarlo, y fue entonces cuando me di cuenta de que estaba desnuda en medio del cuarto.

Completamente desnuda... cuando yo solía dormir en camiseta y bragas de algodón.

Alguien me había metido en la cama esa noche... y ese alguien no había sido yo misma.

Por primera vez, caí en la cuenta de que alguien, probablemente el K, había estado en mi apartamento.

Tal vez todavía estuviera *en* mi apartamento.

Casi hiperventilo al pensarlo.

—¿Hola? —llamé, con voz temblorosa. Abrí la cómoda y frenéticamente cogí la camiseta y el par de mallas de yoga más cercanos que encontré y me los puse a trompicones—. ¿Hola? ¿Hay alguien ahí?

La única respuesta que obtuve fue el silencio.

Cogí el teléfono, abrí la puerta del dormitorio y salí sigilosamente a mi diminuto cuarto de estar, intentando convencerme de no entrar en pánico. Tal vez todo *hubiera* sido un sueño, y otra vez me había pasado bebiendo con Jay. Tal vez me había echado a la cama desnuda y simplemente no lo recordaba. Cuando el estilo de ir de fiesta de Jay estaba de por medio, ocurrían cosas raras.

¡Jay! Se me aceleró el pulso otra vez cuando recordé que él había ido conmigo allí... y que la última vez que le había visto, estaba en vías de meterse en un encuentro en la tercera fase no con uno, sino con dos krinar. ¿Qué habría sido de él? ¿Dónde estaría ahora?

Para mi inmenso alivio, no había nadie en el cuarto de estar, lo mismo que en la cocina y el baño. Mi apartamento era diminuto, solo un estudio reconvertido, así que no había muchos sitios en los que un K pudiera esconderse. Por ahora, estaba sola y a salvo.

Todavía temblando por el subidón de adrenalina, me senté a la mesa de la cocina y marqué el número de Jay. Él no lo cogió enseguida, y justo cuando pensaba que iba a volverme loca de terror, escuché su voz ronca de recién despertado contestar:

—¿Diga?

—¡Jay! —Casi rompo a llorar—. Jay, ¿estás bien?

—¿Qué? Oh... ¿Amy? —Sonaba desorientado—. ¿Qué... qué pasa?

—Jay, ¿qué pasó ayer por la noche?

—¿Anoche? —Casi podía oír cómo los engranajes se movían para empezar a encajar las piezas en su cerebro nublado por el sueño—. Anoche... ¡Mierda, chica, fuimos al club! ¡El puto club-X! ¿Estás bien? Desapareciste con ese K y luego...

—¿Qué te ha pasado a *ti*? —le interrumpí, retrasando hablar de mi experiencia—. ¿Te acostaste con esos dos K?

Jay se echó a reír encantado.

—¿Acostarme con ellos? Pequeña, hicimos de todo *menos* dormir, y fue la mierda más intensa que jamás haya experimentado, como tomar éxtasis combinado con heroína y multiplicarlo por diez. Ni siquiera sé cómo terminé en casa. Debemos de haber estado de fiesta toda la noche porque no recuerdo nada de eso ahora mismo.

—Vale, de acuerdo. —Me froté el puente de la nariz, con mi adrenalina reduciéndose. Parecía como si Jay hubiese pasado por la misma experiencia que yo. Lo que fuera que nos había ocurrido la noche anterior iba mucho más allá del sexo normal, corroborando todas aquellas historias que yo había leído en la red.

Ahora estaba segura de que la noche había sido real, lo que me dejaba con el misterio de cómo había terminado en casa después de haber perdido el conocimiento en el club.

O al menos asumí que me había desmayado estando en el club, ya que mis últimos recuerdos eran de sexo sin límites y de un placer increíblemente intenso.

Mientras Jay seguía hablando, contándomelo todo acerca de cómo la Barbie K se la había chupado a él mientras el otro krinar se la follaba por detrás, yo traté de analizar las diferentes opciones. Lo único que tenía sentido era que Vair me hubiese traído a casa... lo que significaba que él sabía quién era yo y dónde vivía.

Debía de haber encontrado mi carnet de conducir en mi bolso, decidí después de un momento de incómoda reflexión. Si él supiera más que eso sobre mí, si supiera que yo era periodista, dudaba que me hubiera dejado ir tan fácilmente.

Había tenido suerte, lo mismo que Jay.

Cuando terminó de describirme su rollo sexual, le conté lo que me había pasado a mí, dejando de lado la naturaleza dominante de la seducción de Vair y mi reacción de impotencia ante ella. El hecho de que hubiera terminado teniendo relaciones sexuales en contra de mi buen juicio, y que había sido el sexo más ardiente de mi vida, no era algo que quisiera analizar muy de cerca.

—¡Guau, pequeña! —dijo Jay con admiración cuando hube terminado de contarle a grandes rasgos los acontecimientos de la noche—. Esta vez sí que te has soltado. Estoy orgulloso de ti. Y ahora, ¿qué? ¿Vas a volver al club?

—No —dije. Una noche de sexo de otro mundo

había sido suficiente para mí—. Ahora, escribiré mi artículo.

Era hora de que comenzara mi verdadera carrera.

PARTE DOS

El recuerdo de sus manos agarrando y colocando mis caderas en posición surgió en mi mente mientras las yemas de mis dedos chocaban ruidosamente contra el teclado. Las palabras de la pantalla que tenía delante se desdibujaron, y una vez más perdí la concentración en el artículo que estaba escribiendo, recordando la forma en que lentamente me había metido su imposible grosor desde atrás, cómo su lengua me había lamido entre los omóplatos y sus dientes habían jugueteado con mi oreja, y cómo sus dedos habían provocado con enloquecedoras caricias circulares a mi clítoris empapado hasta que yo...

Joder.

Me llevaba pasando todo el día. En un momento dado estaba en mi blog, exponiendo los beneficios de comer caldo de huesos y beicon, citando investigaciones sobre la dieta Paleo y estudios de casos concretos, y al siguiente estaba a punto de perderme en el frenesí, con la piel enrojecida y los muslos tensándose rítmicamente por debajo de mi escritorio al recordar la arrebatadora sensación de tenerlo dentro de mí.

Dios, jamás había sentido nada igual.

Ni volvería a hacerlo.

Porque me había follado a un alienígena.

Era una realidad que se colaba en bucle en mi cabeza a lo largo del día.

Cada día.

Todo el día.

Por la mañana, mientras me tomaba el desayuno, estando sentada en reuniones de trabajo, al coger el metro, cuando me lavaba el pelo en la ducha... *especialmente en la ducha.* Hasta estando dormida soñaba con él.

Había pasado un mes. Cuatro semanas, dos días y trece horas desde que me había aventurado en un club de sexo alienígena en el Meatpacking District de la ciudad de Nueva York.

La gravedad de lo que había hecho esa noche me desconcertaba a diario, pero era la magnitud de la situación en la que yo misma me había atrapado lo que se estaba volviendo más y más asfixiante a cada hora que pasaba.

No era capaz de olvidarlo ni por un solo instante, y saber que mi situación actual era totalmente culpa mía no me era de ayuda.

Porque la verdad era que podría haberme alejado. Dos veces. Antes de haberme acostado con el guapísimo propietario del club-X, y luego después.

Podría haber encerrado esa experiencia absolutamente alucinante en mi mente, sin dejar que nadie que no fuese mi compañero de trabajo, Jay, mi compinche en la visita al club sexual extraterrestre, supiera nada de lo que había sucedido.

Pero en lugar de eso, hice lo que cualquier joven ambiciosa de veinticuatro años con una montaña de deudas en préstamos estudiantiles hubiese hecho.

Escribí un revelador artículo sobre sexo extraterrestre para el *New York Herald*.

Sólo que... exactamente no lo había revelado *todo*. Hice lo que se supone que deben hacer los buenos periodistas. Me había borrado a mí misma de todos los eventos revelados en mi reportaje de investigación sobre el sexo con alienígenas y alegué que lo allí narrado se basaba en mis entrevistas con *otros* humanos a quienes no estaba autorizada a identificar.

Y me había salido con la mía. *De momento*. Lo cual me confundía y preocupaba, alimentando mi paranoia y elevando a nuevas cotas mi miedo a las represalias alienígenas inminentes con cada día que pasaba.

Mi ordenador hizo "ping", y una pequeña alerta de correo electrónico apareció en la esquina inferior derecha de mi pantalla. Observando el remitente, hice clic en la "x" de la esquina de la ventana emergente para descartarlo. Tenía una fecha límite que cumplir y no podía permitirme el lujo de distraerme con los ridículos y tronchantes correos electrónicos de mi madre esa noche... de distraerme más de lo que ya lo estaba, es decir.

Sonó otro "ping", seguido de otra alerta emergente. Suspiré y esperé hasta que aparecieron otros ocho "pings" y ventanas emergentes más. Ella estaba en racha para ser viernes por la noche. Después de la undécima ventana emergente, fui a mi navegador y me desconecté de mi cuenta personal de Outlook.

Mi madre siempre había sido una persona del tipo del león miedoso del Amo de Oz con sus constantes advertencias de "el cielo se está cayendo"... desde mucho antes de que los krinar verdaderamente cayesen del cielo dos años atrás y tomaran control de la Tierra. Su baile de la victoria inicial de "te lo dije" en medio del pánico general del principio de la invasión había sido sucedido rápidamente por sus reenvíos diarios de fuentes de "noticias" aleatorias que predecían todas las formas horribles en que los humanos estaban condenados a ser maltratados, y finalmente asesinados, por los K.

La propensión de mi madre a alinearse fácilmente con todas las fuentes de información más irracionales y absurdas podría haber jugado un pequeño papel en mi deseo de buscar la verdad e informar sobre los hechos por encima de todo en mi carrera como periodista.

Desafortunadamente, los hechos a menudo estaban sesgados debido a otros factores. Y la verdad venía en otros tonos aparte del blanco y el negro.

Por "verídico" que hubiera sido mi reportaje sexual, no había sido algo exactamente imparcial.

Mi aclamado artículo no solo omitía cualquier culpabilidad por mi parte como participante voluntaria en la mejor experiencia sexual de mi vida, sino que también pintaba a los K de forma bastante negativa, mostrándolos como depredadores sexuales cuya actividad de alimentarse de nuestra sangre tenía un efecto en los humanos tan afrodisíaco como el éxtasis.

En los momentos de mayor calma mental, era capaz incluso de admitir que tal vez ese sesgo específico venía motivado por la necesidad de mi propio ego de racionalizar mi vergonzosa respuesta aquella noche ante Vair.

A lo largo de mis años universitarios, siempre había sido tan cuidadosa, tan cautelosa con los pocos hombres con los que había salido... Primero me había hecho amiga de todos mis novios, conociéndoles bien antes de que las cosas se hubieran trasladado al terreno sexual. Nunca había estado ni mínimamente cerca de tener un rollo de una noche.

Y luego, un mes atrás, la primera vez que me soltaba y permitía que la pasión dictara mis acciones, fui y tuve una aventura de una noche con un extraterrestre vampírico y letal que me chupó la sangre y me folló hasta que literalmente me derrumbé inconsciente, agotada de tanto sexo.

Mi teléfono cobró vida en mi escritorio y me sobresaltó. El número de mi madre iluminó la pantalla.

Oh, qué demonios. De todos modos, tampoco es que estuviera trabajando mucho. Hablar con mi madre sería la forma más rápida y eficaz de que mi mente errante se desviase del tema del sexo.

Pulsé el botón del altavoz.

—Hola, Mami.

—¿Has leído mi e-mail?

—¿Quieres decir la *docena* de correos electrónicos que me acabas de enviar hace diez segundos?

—Sí —dijo, sin un ápice de vacilación ni de disculpa.

Me mordí los labios para evitar sonreír, y sacudí la cabeza mirando al techo.

—Noo. Sigo en la oficina. Tengo que entregar un artículo.

Desde el otro lado de la línea se escuchó cómo ella cogía aire de golpe, seguido de un gran estrépito, y luego gritos amortiguados hacia mi padre para que fuera corriendo.

—No seguirás trabajando allí, ¿verdad? —Ahora parecía estar sin aliento—. ¿No habías decidido dejar el *Herald* la semana pasada y esconderte?

—No. *Tú* decidiste que debía dejar mi trabajo y esconderme —bajé el volumen del altavoz. Estaba bastante segura de que era la única que seguía en la oficina de ese lado de la planta, pero preferí hacerlo por si acaso.

—¿No estarás escribiendo otro artículos de los ET esos, verdad?

—Pues sí. Eso es ahora más o menos lo mío mamá. Me dan todos los artículos sobre los krinar.

Otra inhalación aguda, seguida por un sonido

sibilante.

—¿Han aparecido más xenófilos esclavizados con sus historias de clubs de sexo?

Hice una mueca. Xenófilos, o xenos, era el término despectivo que se daba a los humanos que deseaban a los K y los buscaban para acostarse con ellos. "Adictos a los K" era otra forma de llamarlos, más neutral. Ese fenómeno perturbador era lo que había originado los clubs-Xeno, o sea, los clubs-X sobre los que yo había informado en mi artículo.

—No. —Carraspeé—. Este trata sobre el estilo de vida vegano que nos han impuesto y sobre cómo no solo está privándonos a los humanos de nuestra libertad, sino también potencialmente perjudicando nuestra salud y la de las generaciones futuras, solamente por satisfacer *sus* gustos.

Dos años atrás, cuando los krinar habían invadido y tomado control de la Tierra, se habían implicado en cada aspecto de nuestro mundo, hasta en los alimentos disponibles. Inmediatamente pusieron fin a la cría industrial de ganado, y obligaron a los productores de carne y lácteos a cultivar frutas y verduras. Hoy en día, cualquier tipo carne o productos lácteos que hubiera se vendía a un precio escandaloso.

Los K afirmaron haber hecho esto para nuestro propio beneficio, para evitar que destruyéramos nuestros cuerpos ya enfermizos y debilitados y a nuestro planeta aún más enfermo por nuestra producción y consumo excesivo de carne y productos lácteos.

Y esto había establecido bastante bien el tono de cómo podríamos esperar ser vistos por nuestros nuevos señores: como una forma de vida inferior, no lo suficientemente inteligente como para tomar las decisiones diarias más básicas sobre los alimentos que metíamos en nuestros cuerpos.

—Pero tú llevas ocho años siendo vegana. —La voz de mi padre me llegó con tono confuso.

—Oh, hola papá. Si eso es verdad. Pero esa no es la cuestión. La cuestión es que es nuestro derecho...

—La cuestión es por qué tenemos que dejar *nosotros* de consumir carne de cerdo cuando ellos se están comiendo a los humanos en las discotecas —interrumpió mi madre con exasperación.

Oh, Jesús.

—Escuchad, tengo que volver al trabajo. Os llamo el domingo, ¿de acuerdo?

—Amy. —La voz de mi padre sonaba tranquila pero denotaba cierta preocupación—. Creemos que debes dejar de enfrentarte a los K con esos artículos. Por lo poco que sabemos de ellos, son una especie violenta y peligrosa... capaz de cualquier cosa. No es prudente arriesgarse...

—¡Tienes que parar! —El tono frenético de mi madre llegaba casi al mi bemol agudo—. Tu padre y yo estamos muy preocupados de que esos extraterrestres te maten y se coman tu cerebro en cualquier momento.

Sabía que no debería de haber contestado su llamada.

—Lo que les gusta es la sangre, mamá. No los cerebros.

—También comen cerebros —insistió ella—. Te envié una entrevista de YouTube sobre eso.

Allá vamos.

—Vale, ¿te acuerdas de cuando hablamos de que YouTube no es la fuente más fidedigna...?

—El video de YouTube de esos saudíes que fueron masacrados por los K fue confirmado como auténtico —me recordó mi padre—. Tampoco nadie creyó al principio que esas imágenes pudieran ser reales.

Tenía razón, aunque yo no iba a admitirlo justo en ese momento.

—Eso fue diferente, papá.

Recordar las imágenes de ese antiguo video de los K nunca dejaba de causarme un estremecimiento interno. Durante las primeras semanas de la invasión krinar, unos guerrilleros de Oriente Medio tendieron una emboscada a un pequeño grupo de K desarmados. El espantoso evento que siguió se capturó a través de un iPhone, mostrando a todo el mundo exactamente qué tipo de especie genéticamente avanzada, y positivamente despiadada, se había apoderado del planeta Tierra. Treinta y tantos saudíes armados con granadas y armas automáticas de asalto no pudieron competir contra seis K desarmados capaces de moverse a una velocidad sobrehumana y lo bastante fuertes como para literalmente destrozar a sus atacantes humanos con las manos desnudas, y lanzarlos hasta casi veinte metros de distancia con el mínimo esfuerzo.

—Hay ciertas fuentes que dicen que están construyendo campos de trabajo para humanos en Costa Rica —prosiguió mi padre.

Suspiré y puse los ojos en blanco.

—*Ciertas fuentes.* —Claro.

—Están montando instalaciones de tortura y ejecución para los humanos que no se comporten como ellos quieren —intervino mi madre.

Esto era ya demasiado. Necesitaba volver al trabajo.

—Tu madre leyó que decapitan públicamente a los criminales en su planeta natal, Krina.

—Y luego celebran un banquete en el que beben su sangre y se comen sus cerebros, y otros órganos —gorjeó ella.

Uf. Mi estómago vacío se revolvió de asco.

—Chicos, de verdad tengo que colgar ahora; mi jefe me acaba de enviar un correo electrónico para que le ponga al día.

—Muy bien, cariño, pero tu madre y yo estamos muy preocupados. Respetamos lo que intentas hacer por el bien del público, pero creemos que sería mejor si te ocultaras y escribieras para una de las fuentes de noticias clandestinas a las que nosotros estamos suscritos.

Por supuesto que lo creían.

—Gracias, papá. Pero no tienes que preocuparte por mí. Todo va bien. Hazme caso, si los K hubieran estado molestos por mi historia del club-X, lo habrían sacado de la circulación en cuanto fue publicada. Nunca habrían dejado que recibiera tanta atención de la prensa y los medios. —Por lo menos eso esperaba. *Yo había estado apostando por esa teoría*—. No es como si el *New York Herald* estuviese fuera de su alcance o influencia. En este punto, está confirmado con bastante certeza que los K monitorizan y controlan los medios de comunicación a nivel global.

—Eso dices ahora, pero ¿qué sucederá cuando te persigan y te lleven a un campo de tortura K...? —La voz de mi madre se quebró con un exagerado e histérico sollozo— ...y nosotros nos quedaremos preguntándonos cuántos extraterrestres se comieron los sesos de nuestra pequeña para cenar.

Con un lamento mal disimulado, sollozó un adiós melodramático y se alejó dando ruidosos pasos.

Esa era mi madre. Si había algo con lo que siempre se podía contar era con su afición por el drama apocalíptico y con su habilidad para decir las cosas más inútiles, inapropiadas y terroríficas en los momentos menos oportunos.

Siguió una larga e incómoda pausa en la línea. Veintisiete años de matrimonio y mi padre nunca había aprendido a reaccionar ante el tipo particular de locura de mi madre. Era una cosa extraña que había entre los dos y que había hecho mella enormemente en mí mientras crecía.

Al final, dijo:

—Probablemente debería dejarte ahora.

—Vale, papá. Os llamo el domingo.

—Hasta entonces, pues. Ten cuidado, Amy.

CAPÍTULO NUEVE

Colgué y volví a ponerme con el teclado, apartando de mi mente tanto como fui capaz la relación disfuncional entre mis padres y los ridículos temores sobre los K de mi madre, mientras citaba una investigación de la fundación Weston A. Price, destacando los beneficios del consumo de manteca, mantequilla de leche entera y aceite de hígado de bacalao.

Los krinar eran una especie muy inteligente y antigua que claramente tenía grandes ventajas genéticas en comparación a los humanos, dado lo que habíamos presenciado en cuanto a sus capacidades físicas, por no mencionar lo que nos habían contado sobre su mayor esperanza de vida. Se habían apoderado de la Tierra en cuestión de semanas, manejando una tecnología más impresionante que cualquier cosa que nuestras novelas de ciencia ficción hubieran propuesto. Y a pesar de que éramos similares en apariencia a ellos, aunque mucho menos hermosos y de aspecto menos perfecto, nuestro ADN humano era en realidad más similar al de un gorila que al de un krinar, según los mismos krinar habían admitido.

Por lo tanto, ¿quién demonios eran ellos para decidir qué deberíamos comer *nosotros*?

Decidí ignorar el hecho de que los gorilas eran herbívoros, porque era irrelevante para mi argumentación. *Más o menos.*

Y además, si la dieta vegana era tan satisfactoria para ellos como especie, ¿por qué ansiaban tanto nuestra sangre? Tal vez fueran *ellos* los que echaban algo de menos en esa dieta vegana perfecta a la que habían sometido a todo nuestro planeta. ¿Y qué pasaría si el mismo eslabón perdido de su dieta condujera a que los humanos finalmente también ansiaran la sangre?

Joder. Me quité las gafas y me froté los ojos. Me estaba saliendo del tiesto y razonando igual que haría mi madre.

Mi mente se dejó llevar y pensó en Vair; específicamente, en la forma en que me había mordido aquella noche en el club, y me pregunté a qué le habría sabido mi sangre. Solo con acordarme de la forma en que yo había *sentido* su mordisco me ponía desagradablemente excitada. Era un recuerdo con el que había fantaseado al darme placer a mí misma... más a menudo de lo que quería admitir.

¿Y si me estaba convirtiendo en una xeno?

Esa idea me aterrorizó y me excitó.

No podía dejar de pensar en él.

Demasiado a menudo, me quedaba despierta por la noche, preguntándome qué estaría haciendo él en ese preciso instante. Incluso llegaba tan lejos como para analizar escenarios alternativos en mi cabeza sobre qué pasaría si alguna vez reunía el valor para salir de la cama, vestirme y volver a su club.

Esa sí que era una prueba infalible de que me estaba volviendo loca.

En algunos escenarios, me imaginaba que estaba terriblemente enfadado conmigo por el artículo que había escrito sobre su club, y posiblemente reaccionaba con violencia. Esa potencial posibilidad era por sí sola acicate para que yo no me atreviera a volver jamás. Otras veces, lo imaginaba burlándose de mí por haber vuelto, riéndose en mi cara y echándome a patadas del club.

Sin embargo, de alguna manera sentía que era más probable que para entonces ya se hubiera olvidado del todo de mí... demasiado ocupado chupando y tirándose a las mejores supermodelos de Nueva York, sin duda.

Irónicamente, en lugar de arruinar el negocio de Vair, el artículo que había escrito había convertido su club-X en el club secreto de sexo más codiciado de todo Manhattan. En lugar hacer caso de las advertencias y alejarse, los humanos tenían más curiosidad que nunca por explorar las tendencias sexuales de los K, lo que resultaba en unos xenos aún más ansiosos que antes.

Negué con la cabeza. Sin querer, le había hecho un

favor a Vair con mi artículo. No tenía ningún motivo para estar enfadado.

Pero más allá de eso, dudaba que él se estuviera preocupando por mí de una u otra forma, basándome en el hecho de que *había* tenido noticias de Vair, solo una vez, justo después de que se publicase mi artículo.

Habían traído al *Herald* una enorme cesta de frutas exóticas a mi nombre. Y por exóticas, me refiero a que la cesta estaba llena de frutas que no podían haber sido cultivadas en ningún lugar de la Tierra. Yo había estado demasiado aterrorizada incluso para tocarla, pero Jay había cogido, toqueteado y examinado cada una de esas piezas de perfección comestible, inusuales y de aspecto delicioso.

Con la cesta venía una nota. Y esas pocas palabras escritas con una letra intensa y gruesa en la tarjeta rectangular de color crema casi me habían causado un ataque al corazón.

Una tesis deliciosa, querida. ¡Un brindis por tu futuro Máster!

Había releído esas palabras solo unos cuantos miles de veces, haciéndonos a Jay y a mí volvernos un manojo de nervios, analizando todos los posibles significados evidentes y ocultos que contenía, solo para resignarme al hecho de que Vair estaba una vez más jugando conmigo, bromeando y jodiéndome la cabeza como el espécimen humano inferior por el que claramente me tomaba.

No me extrañaba que le hubiese parecido tan

divertido que mintiera sobre ser una estudiante de postgrado estudiando para mi máster.

Decidí por fin que su nota era el modo de Vair de decirme: *Felicidades. Te pillé del todo desde el instante en que entraste en mi club y te seguí el juego.*

Porque *había* seguido mi juego, y jugado conmigo.

Sucumbí con demasiada facilidad a su innegable atractivo sexual.

Y me estaba haciendo saber que no le importaba una mierda mi pequeño artículo, al mismo tiempo que dejaba dolorosamente claro que todavía tenía todo el poder... y que podría usarlo para aplastarme si así lo deseaba.

Sabía dónde vivía. Dónde trabajaba. Conocía la verdad de lo que había pasado entre nosotros. Él estaba por encima de la ley, igual que todos los K, y mucho más arriba en la cadena alimenticia que yo.

Pero dejó que se publicara el artículo y que yo siguiera manteniendo mi mentirijilla porque simplemente le daba igual que fuese así.

Esa mera conclusión tendría que haberme supuesto un alivio.

Pero no era así. Por alguna razón, me ponía furiosa hasta el tuétano.

En contra de las objeciones de Jay, aquella misma noche había tirado esa gigantesca cesta de frutas exóticas directamente por el conducto del incinerador de basuras, junto con la tarjeta burlona de Vair.

Y me había prometido a mí misma escribir

cualquier historia anti-K que el *Herald* publicase en el futuro.

MIS DEDOS VOLABAN SOBRE EL TECLADO CUANDO LAS dos pantallas de ordenador frente a mí parpadearon, y luego se apagaron.

Puse la mano en el escritorio de madera laminada y maldije en silencio los intentos del *Herald* de reducir costes, y sus equipos tecnológicos cada vez más baratos.

Eché un vistazo al reloj. Eran más de las siete de la tarde.

Genial. Ya no habría nadie en el departamento de informática.

Me estaba inclinando hacia adelante y metiendo la mano por detrás de los monitores para buscar la conexión, con la esperanza de que fuese solo cosa de algún cable suelto, cuando mis pantallas volvieron a la vida de golpe, al mismo tiempo que mis altavoces... a todo volumen.

Me quedé helada, y mi corazón no me cabía en el pecho al ver y escuchar todo lo que apareció.

El monitor de la derecha mostraba imágenes mías, de mi noche en el club-X: de mi cuerpo retorciéndose en el aire, sujeto entre los brazos de Vair, con el vestido arremangado hasta la cintura y mi espalda contra la pared. Mi expresión de estar ida por la lujuria era claramente visible, y mi grito lastimero de "por favor, Vair", perfectamente audible por encima del rítmico estruendo de la música del club, mientras el guapísimo alienígena se movía rítmicamente entre mis muslos abiertos.

Las escenas incriminatorias del monitor izquierdo eran mucho peores, los sonidos aún más embarazosos. Se me cortó la respiración cuando apareció en esa pantalla un montaje en alta definición de nuestros cuerpos enredados y sudorosos copulando en todas las posiciones y formas posibles.

¡Estaba *tan* jodida!

CAPÍTULO DIEZ

—¡Taxi! —Grité a los tíos de seguridad del vestíbulo de abajo, asomándome por encima de las cajas de archivos que se balanceaban de manera precaria en mis brazos—. Por favor. —añadí cuando, por el rabillo del ojo, vi a uno de los guardias literalmente saltar buscando frenéticamente el teléfono que había en su mostrador de recepción.

En mi esfuerzo por evitar que mi voz se quebrara, había logrado sonar como una auténtica zorra.

El otro guardia se apresuró a ayudarme con mis cajas, y yo perdí la compostura de nuevo, y le grité:

—¡No lo toque!

Estaba demasiado cerca de sufrir un colapso de proporciones épicas para ser capaz de cualquier tipo de interacción, y las cajas de archivos llenas hasta los topes con mis pertenencias eran una barrera física a la que no estaba dispuesta a renunciar en aquel momento. Pesaban y eran difíciles de sostener, pero necesitaba alguna vía de escape para la adrenalina que se agolpaba en mis venas.

—Esperaré fuera —anuncié, cortando al primer guardia de seguridad cuando empezó a decir que había un taxi en camino.

Utilizando lo que mi ex novio solía decir que era mi mejor arma, empujé con las caderas la puerta de cristal giratoria, con más fuerza de la que probablemente era necesaria, antes de que el guardia número dos tuviera la oportunidad de abrirla para mí.

—Gracias —murmuré en un tardío esfuerzo por ser cortés, mientras salía de espaldas con gran energía.

Los olores del incipiente otoño en la ciudad de Nueva York me llenaron los pulmones mientras me acomodaba con mi pila de pertenencias de cualquier forma en la acera, con piernas y brazos temblorosos.

—¡Eh! ¡Mira por dónde vas! —me espetó una mujer cuando me giré sin mirar y casi la golpeo con mi pesada carga.

—Perdón.

Jesús, necesitaba recuperar la compostura. Tenía que averiguar qué hacer a continuación, a dónde podía acudir en busca de ayuda.

¿Podría alguien siquiera ayudarme?

¿Cómo era de mala mi situación? ¿Cuántas emisoras de noticias y redes sociales habrían recibido ya esa grabación?

¿Lo vería mi madre?

¿Mi padre?

Mis ojos ardían por las lágrimas contenidas y me

dio un vuelco el estómago. *Genial.* Estaba a punto llenar todo Broadway de vómito.

¿Dónde estaba ese taxi?

Me obligué a respirar hondo para calmarme, mientras la fresca brisa de la tarde me azotaba el pelo. Mirando por un lateral de mis cajas como podía para evitar chocar con otro peatón, me acerqué un milímetro más hacia el bordillo. El atardecer casi había pasado, y aunque había actividad en la calle, estaba agradecida de que hubiese otros sitios mucho más populares para las masas que el distrito financiero de Lower Manhattan para buscar entretenimiento en las primeras horas de la noche del viernes.

Unos neumáticos se detuvieron a pocos centímetros de la acera delante de mí, y estiré el cuello lo suficiente para descubrir una elegante limusina negra, y no el taxi que esperaba ver. Empezaba a moverme para alejarme hasta un punto en el que un taxista me pudiera ver mejor, cuando oí el sonido de las puertas del coche al abrirse.

Por supuesto, unas pisadas rápidas y ligeras sobre el cemento se aproximaron rápidamente en mi dirección.

Demasiado ligeras.

Un instinto innato de autoconservación hizo que mi pulso se acelerara. Sentí el loco impulso de tirar las cajas y salir corriendo, pero llevaba puestos mis prácticos tacones de cinco centímetros combinados con una falda lápiz muy poco práctica. Dudaba que pudiera correr más que un K.

Un segundo después, ya fue tarde del todo, y sentí

su calor detrás de mí, irradiando por todo mi cuerpo y bloqueando cualquier rastro de la brisa del atardecer. Me quedé helada cuando mis fosas nasales fueron invadidas por el conocido aroma de esa inhumana perfección masculina, trayéndome a la mente el recuerdo de la noche más gratificante en el plano sexual de toda mi vida.

Oh, Joder.

Se me encogió el estómago. Los pezones se me pusieron duros. El resto de mi cuerpo parecía tener también un vívido recuerdo de esa noche, a juzgar por su inmediata y mortificante respuesta pavloviana a la mera presencia de Vair. Mis músculos internos se agitaron expectantes, y un calor resbaladizo se apresuró a lubricar mi sexo.

Le recordé a mi estúpida vagina que ese era el mismo extraterrestre que acababa de destruir mi carrera y mi vida. Él era el enemigo que había invadido mi planeta. *Un enemigo que posiblemente estaba también a punto de matarme.*

O peor, de entregarme a las autoridades krinar.

Pero cuando los cálidos y largos dedos rodearon mi bíceps derecho, otra sacudida de electricidad sexual se disparó a través de mí. Y cuando su otra mano se aferró a mi cadera izquierda, fue algo extrañamente tranquilizador, calmándome momentáneamente y centrándome mientras un segundo par de manos invisibles me quitaban las cajas de archivos de las manos.

—Por aquí, cariño —ordenó la voz profunda de Vair

por encima de mi cabeza mientras él me dirigía físicamente en dirección a la limusina.

En cuanto a la persona que me había confiscado mis cajas de archivos, Vair le habló rápidamente en un lenguaje extraño y gutural que no pude identificar. Por encima del hombro, vislumbré a un K alto y atractivo vestido con un traje negro que asintió con la cabeza, y sin esfuerzo alguno volvió a llevarse mis cajas en dirección al edificio donde yo trabajaba.

Había trabajado. Un momento...

—Esas son mis cosas —protesté, un poco demasiado tarde—. ¿Adónde va? ¿Por qué se lleva mis cosas?

—Sube al coche, Amy. —La orden fue acompañada por una suave presión en la coronilla mientras Vair me dirigía físicamente hacia la limusina antes de que tuviera la suficiente sensatez para luchar.

Él me siguió al interior de inmediato, flexionando con gracia su enorme físico para entrar y sentarse en los asientos lujosamente tapizados que había frente a mí. El coche se puso en marcha mientras yo me quedaba tiesa como un palo, congelada en el sitio con una mezcla de conmoción, miedo y expectación.

En el momento en que Vair estuvo instalado, con toda su atención centrada en mí, con ambos sentados frente a frente, me sonrojé. Y no fue solo un toque de color que podía pasar por nerviosismo o ser atribuido al esfuerzo reciente de llevar las pesadas cajas. Era del tipo que hacía que mi piel se sintiera abrasada por el sol y mi cabeza mareada. Del tipo que clamaba a gritos "culpable" ante cualquier tribunal.

El tipo de rubor que transmitía exactamente lo bien que recordaba la sensación de él hundiéndose profundamente dentro de mí y el sonido de sus masculinos gemidos y gruñidos mientras él se perdía dentro de mí... de mi boca... por mi espalda, mi vientre, mi...

Rompí el contacto visual, por miedo a desmayarme, y dejé que mis ojos vagaran como si estuviera explorando mi entorno. Pero apenas vi nada. Cada célula y fibra de mi ser era demasiado consciente del alienígena con aspecto de divinidad que estaba sentado frente a mí.

Observándome.

Dios, era mucho más guapo de lo que mis sesiones de masturbación le habían concedido. Mucho más grande. Más depredador.

Muchísimo más peligroso.

Había demasiado espacio en su enorme limusina para nosotros dos solos. Sin embargo, no lo bastante para permitirme evitar la vista, el olor, la vibración misma de su esencia en el aire que me rodeaba.

Podría estar llevándome a cualquier parte. Planeando hacerme cantidad de cosas terribles.

Contrólate, Amy.

—Pareces tener calor. —Su voz profunda era ligera y juguetona, pero me sobresaltó igual—. ¿Quieres que ajuste la temperatura?

Mis ojos se volvieron hacia él y descubrí que estaba

mirando hacia abajo, a la palma de su mano, buscando algo allí con el dedo índice de su otra mano y sin mirarme en absoluto. Llevaba pantalones informales, una sencilla camiseta blanca que acentuaba su tono broncíneo, y mocasines, y aun así lograba parecer moderno y chic, más sofisticado de lo que yo lo había estado esa mañana con mi falda lápiz y mi blusa de seda... *antes* de estar arrugada y despeinada a causa del día.

—¿Qué me vas hacer? —Mi voz me traicionó, surgiendo demasiado aguda y con un ligero temblor. Sonaba patética. *Maldita sea.*

Al principio pareció desconcertado por mi pregunta, o tal vez por mi tono, mientras volvía su atención hacia mí, pero luego una lenta y sensual sonrisa se extendió por su boca grande y sus labios gruesos.

—Exacto, ¿qué? —Su índice rozó distraídamente esos labios magníficos, y tuve que recordarme a mí misma que debía concentrarme en su tono burlón, y en encontrar una manera de sobrevivir a esto.

—¿Qué harías tú si estuvieras en mis zapatos? —Suspiró, y de repente su expresión se tornó carente de humor—. Me temo que varios miembros muy poderosos del Consejo krinar están bastante disgustados por tu artículo.

Allí estaba. Mi peor miedo hecho realidad. Era mujer muerta.

Y a la vez, era una sandez. Mi madre *no* podía estar en lo cierto sobre esto.

—¿Qué? —Fingí sorpresa—. ¿Qué quieres decir? —Me puse furiosa alimentándome de mi subidón de adrenalina—. Simplemente presentaba información objetiva sobre tu club... sobre los hábitos sexuales de tu raza. Quiero decir... no puedes hablar en serio ¿No es en serio, ¿verdad? —Me agarré a la ofensiva y seguí con ella—. Dios mío, tu club es ahora el secreto mejor guardado más codiciado de la ciudad. ¡Tengo a las supermodelos más calientes de Nueva York llamándome, suplicándome que les dé tu dirección!

No había podido ocultar los celos en mi voz en la última parte, así que proseguí rápidamente.

—Y de todos modos, tenía la impresión de que tus poderosos miembros del Consejo controlaban nuestros medios de comunicación. Pensé que simplemente aplastarían el artículo, lo borrarían por completo de la circulación en internet, si no les gustaba lo que había escrito.

Las facciones de Vair permanecieron impasibles. Sin demostrar nada.

Joder.

El miedo y el pánico se turnaron para hacer trabajar horas extras a mi boca.

—*Permitieron* que se divulgara —enfaticé, como si eso solamente implicara su respaldo tácito a que ocurriera—. Bueno, lo siento; No tenía la menor idea de que alguien se ofendería, —dejé caer con un suspiro de confusión—. Si lo desaprobaban, ¿por qué no lo censuraron? No puede ser culpa mía que hayan cometido el error de no borrarlo. Quiero decir, podrían haber llamado al *Herald* y pedirles que lo eli...

Me detuve ante el sonido de los lentos aplausos de Vair y la expresión de burlón regocijo en sus ojos oscuros.

—Gracias por esa hermosa y muy poco sincera disculpa, señorita Myers. Es una lástima que no hayas estudiado teatro mientras estabas en la Universidad de Nueva York para sacarte el título de periodismo.

Mierda. De verdad estaba metida en un lío.

Me sostuvo la mirada en silencio, y el aire a mi alrededor pareció enfriarse con cada segundo que pasaba.

—Entonces, ¿qué? —Levanté la cabeza con gesto exasperado y solté una risita seca que sonó demasiado nerviosa para apoyar mi farol—. ¿Vas a llevarme a la cárcel de los K? ¿O es la pena de muerte algo habitual para los alienígenas que cuentan detalles de sus polvos? —*¡Oh Dios mío, cierra el pico!*

—Mmm... un poco de tortura, una década en un campo de trabajo forzado krinar, y luego, la decapitación pública. *Habitualmente.*

Esto no podría estar sucediendo. Las fuentes chifladas de mi madre no podían ser exactas. De ninguna manera. Me estaba vacilando. Estaba segura.

Casi.

Dejé escapar una risita nerviosa. Su gesto siguió siendo estoico.

—N-no hablas en serio...

Frunció el ceño y se pasó la mano por el pelo revuelto. Ahora parecía molesto.

—Los convencí de que torturarte y matarte sería malo para nuestra imagen pública.

—¿Oh? —Mi respuesta monosilábica más o menos logró aparentar una despreocupación espontánea, mientras mi corazón comenzaba a bombear a lo grande.

¿Se estaba jodiendo de mí o hablaba en serio? Había perdido mi capacidad de juzgar cuál de las dos cosas era la correcta.

—El Consejo acordó que me permitirían... encargarme de tu situación. Directamente. —Sus ojos se habían oscurecido al decir "encargarme", causándome un involuntario escalofrío por todo el cuerpo.

—¿Qu-qué quiere decir eso? —¿Que él iba personalmente a torturarme y matarme? *¿En algún lugar, lejos de miradas indiscretas?* ¿Era hacia allí donde nos dirigíamos ahora?

Mi rostro debió de reflejar esa línea de pensamiento, porque él puso los ojos en blanco con un gesto sorprendentemente humano y después murmuró algo en esa lengua extraña y gutural que había usado antes. Probablemente palabrotas en krinar, a juzgar por el gesto contrariado de su mandíbula y la forma en que sus grandes manos se habían cerrado formando puños contra el asiento a ambos lados de él.

Pero cuando volvió a dirigirse a mí, su voz era suave. Paciente.

—En Krina no aplicamos la pena capital. Nuestros métodos para reformar a quienes violan nuestras leyes son muy diferentes a los que estás acostumbrada a ver en la sociedad humana. Ningún krinar va a hacerte daño. Y yo menos que nadie.

Sus ojos se clavaron en mí con expresión pensativa mientras lo decía. Con franqueza. No parecían demostrar que él quisiera hacerme daño en absoluto. Esos ojos sin fondo parecían querer algo completamente distinto. Y en medio de mi confuso alivio, de repente quise ahogarme en ellos, arrojar años de cordura y un buen juicio a un lado y creerme cualquier cosa que dijeran.

Parpadeé y aparté la vista, rompiendo la conexión al recordar las imágenes pixeladas de YouTube de cómo estaban destrozando a aquellos sauditas.

—Los K *han* matado humanos —señalé. *Porque los hechos eran los hechos,* y daba igual qué clase de vudú me hicieran sentir sus ojos—. Ha sido documentado. Gráficamente —añadí con una mueca de disgusto.

—Sí, es verdad —reconoció él—. Hemos matado a los humanos cuando ha sido necesario. Principalmente en defensa propia, y como último recurso.

Era mi turno de poner los ojos en blanco. Pero elegí no discutirlo más, y mi mente se desvió al motivo inicial de mi pánico aquella noche.

La grabación en vídeo.

Si ellos no tenían intención de castigarme físicamente en represalia por mi artículo, entonces había otra razón para este encuentro. Y para esa grabación.

Mi pulso se aceleró cuando caí en la cuenta. *¿Me estaban chantajeando?*

El horror y el nerviosismo me invadieron de inmediato. Si tenía razón y tenían la intención de chantajearme con eso, entonces existía la posibilidad de que el video aún no se hubiese divulgado al público en general. Y yo haría cualquier cosa para evitar que ocurriera. Aunque eso significara...

Claro. Era inevitable

—Quieres que me retracte sobre lo que escribí en mi artículo —dije, con voz neutra. Mi carrera como periodista estaría acabada, pero al menos saldría de allí con algo de dignidad si era capaz mantener esa cinta de sexo fuera de circulación.

Él frunció el ceño.

—Por supuesto que no. Tu reportaje era brillante. Y... —pasó casualmente su lengua su labio inferior mientras me recorría con la mirada—... esclarecedor.

El calor que se acumuló de nuevo en mi vientre fue tan inoportuno como no deseado.

Me di un empujón mentalmente.

—¿No quieres que me retracte de lo que dije? —Un sentimiento de temor serpenteó por mi espina dorsal al darme cuenta de que podría no tener ningún elemento de negociación en absoluto.

—No. —Sus labios se separaron en una sonrisa perezosa mientras sus ojos oscuros se posaban en los míos.

Entonces su mirada recayó en mis pechos.

Mis palmas estaban resbaladizas por el sudor allá donde se sujetaban al asiento de cuero en el que estaba. Yo tragué saliva. Respiré hondo.

—¿Por qué el video entonces?

Él se inclinó hacia delante, con una expresión mortalmente seria mientras sus ojos reprobadores volvían a fijarse en los míos.

—No me llamaste, Amy.

Fue como si todo el aire hubiera sido repentinamente extraído de la limusina.

—Nunca regresaste a mi club.

Había empapado mis bragas al llegar al "Amy"... a pesar de la confusión y el leve terror que su tono secamente acusador conjuraba.

—No sabía que querías que lo hiciera. —La verdad salió a trompicones, en tono defensivo, más rápidamente de lo que yo era capaz de procesar lo que él acababa de decir, y en mí surgieron sentimientos encontrados—. Quiero decir... no pretendía que pasara nada... contigo... esa noche en el club.

¿Qué demonios estaba diciendo?

¿Qué estaba diciendo él?

Una gota de sudor se deslizó entre mis omóplatos, haciéndome estremecerme dentro de mi blusa de seda. La limusina estaba congelada ahora mismo.

—Ya veo. Entonces, ¿fuiste una víctima? —Su tono era serio, pero sus ojos parecían divertidos. Con gesto engreído.

Sentí que mi ira aumentaba. No había respuesta

fácil a esa pregunta. Mantuve las rodillas cerradas con fuerza, y las palmas sudorosas contra el asiento intentando hacer que mi temblor se detuviera.

—Nunca tuve intención de que pasara nada entre nosotros esa noche —repetí, con palabras claras y firmes a pesar de la sequedad que ahora me encogía la garganta.

Él suspiró.

—Los humanos complicáis las emociones más básicas pasándolas a través de superfluos filtros sociales. —Sus ojos proyectaban algún extraño tipo de lástima, y un poquito de tranquila decepción que de alguna manera era inquietante.

Yo necesitaba agua. *Necesitaba salir de la limusina de Vair.*

Pero necesitaba más sus respuestas.

—¿Está ya en internet? —espeté, con el corazón atronándome en los oídos.

—¿Que si está el qué en internet, querida?

—¡Ya sabes el qué!

—Responde mi pregunta, y yo responderé la tuya —contestó él.

—No soy una víctima.

—Bien. —Él asintió bruscamente y procedió a sacar una botella de un líquido claro de un compartimento lateral refrigerado—. No hago buenas migas con las víctimas.

Él destapó la botella y me la tendió.

—No pienso beberme eso.

—Es agua, Amy.

—¿Y qué más?

Él sonrió y sacudió la cabeza, murmurando:

—Lo que quieras, cariño. —Procedió a hacerme un repaso lento y descarado, una vez más, que me recordó a la actitud de flirteo y juego que había usado conmigo cuando nos conocimos en su club.

Su mirada devoradora encerraba la promesa de mucho más que agua. Y tenía el mismo efecto hipnótico que la otra vez, atrapándome y haciéndome desear cosas que racionalmente no debería, dejándome confusa, vulnerable y expuesta.

Desplazó su gran cuerpo hacia el borde de su asiento, rozando mi rodilla desnuda con la botella fría al hacerlo, y retrocedí bruscamente.

Con una risita, se acercó la botella a su propia boca, y me descubrí cautivada por la imagen de sus labios apretados contra la botella, de los músculos de su garganta en funcionamiento mientras él tragaba la mitad del contenido del recipiente de vidrio.

Cuando se hubo saciado, volvió a ofrecérmela, enarcando una ceja, y no dudé en arrancársela de la mano. Lo justifiqué con la excusa de que estaba muerta de sed, y no porque estuviera respondiendo a su desafío implícito, ni porque tuviera algún loco impulso de poner mi boca donde había estado la suya.

Era seguro apostar que no estaría envenenada. Un poderoso alienígena no necesitaba envenenar agua para lograr lo que fuera que quería de mí. Solo necesitaba descubrir qué era, si no andaba detrás de que me retractara de mi historia sobre el club-X.

Envolviendo descaradamente mis labios alrededor de la boca de la botella, eché la cabeza hacia atrás y me bebí los restos del recipiente en un solo trago ruidoso y poco femenino. *Porque a la mierda los K con su superioridad constante y su continua intimidación de los de mi raza.*

Mi sed se calmó y, recuperando una pizca de dignidad, bajé el recipiente al tiempo que la barbilla, soltando un poco educado suspiro de satisfacción al mismo tiempo. Solo para que se me cayera el alma a los pies al ver la expresión del rostro de Vair.

Era la mirada de un felino de la selva a punto de saltar. La cara de un hombre hambriento frente a su plato favorito.

Carraspeé. Cogí la botella de cristal vacía con las dos manos, y la sostuve delicadamente frente a mí, por encima de mi regazo, como si pudiera hacerme de escudo frente a él.

—Internet —le recordé—. He contestado a tu pregunta. Ahora contesta a la mía.

—No.

Me dio un vuelco el estómago ante su brusca respuesta.

—¿No? ¿No vas a responderme?

—No, no está en Internet —aclaró, y de repente su rostro se volvió una máscara pétrea y su tono se hizo formal. Irritado—. Todavía.

Yo tragué saliva.

—Ya veo. Así que... —hice girar y apreté la botella de vidrio entre mis dedos sudorosos—... ¿está en proceso de ser divulgada a los medios de comunicación entonces?

—No.

Mi instantánea sensación de alivio fue fugaz, y reuní el valor de seguir adelante y preguntarle:

—¿Entonces qué quieres de mí? ¿A cambio de mantenerlo fuera de internet?

Él se echó a reír. Era una risa ronca y profunda que me puso la carne de gallina. Agitó la mano, y una imagen de video tridimensional apareció de la nada directamente entre nosotros. Un holograma perfectamente detallado y realista empezó a reproducirse, como si saliera de un proyector invisible.

Un holograma de mí.

—Primero discutamos este video, ¿de acuerdo?

Era una grabación de mí en la oficina de no más de treinta minutos atrás. Múltiples ángulos de cámara habían capturado cada momento embarazoso, desde mi aturdida reacción al montaje sexual cuando apareció por primera vez en las pantallas de mi escritorio, hasta el estallido de histeria que me dio al intentar apagar los videos en vano, primero desconectando los monitores, luego apagando el ordenador, después arrancando cada cable del enchufe de la pared, hasta que finalmente sucumbí al pánico total y recurrí a romper ambos monitores en pedazos con lo más cercano a un arma que había podido encontrar: mi perforadora de agujeros Swingline para 20 folios.

No había sido mi mejor momento bajo presión.

CAPÍTULO ONCE

No estaba segura de qué era más turbador: verme saltar y destruir la propiedad del periódico en medio de un ataque de pánico, o saber que Vair, y tal vez los otros K, habían estado invadiendo mi privacidad y espiándome.

Definitivamente, lo último, decidí, aunque lo primero era más mortificante en ese preciso momento.

Me había quedado sin habla viendo a mi versión holográfica calmarse lo bastante como para ser consciente de lo que había hecho y permitir que la invadiera una nueva sensación de terror.

—Imagínate cómo ha herido eso mis sentimientos. —La voz suave de Vair interrumpió mis pensamientos a medida que mi yo holográfico procedía a huir, recogiendo mis pertenencias personales lo más rápido posible—. Ver tu reacción violenta a mi compilación favorita de nuestros momentos íntimos juntos.

Me estaba vacilando otra vez.

O era un psicópata.

Era típico de mí tener mi primera aventura de una noche con un vampiro alienígena del tipo de *Atracción Fatal*.

Debería haber captado la pista que me dio en la pista de baile al decirme que había venido a la Tierra por aburrimiento. Dijo que necesitaba mucha diversión y que había agotado todas las diversiones posibles en Krina. *¿Así que había dejado su planeta natal para abrir un club de sexo en la ciudad de Nueva York, centrado en un montón de K chupasangres que se tiraban a humanos complacientes?*

Y yo que había interpretado la falta de metas en la vida de mi ex como una señal de alarma de lo que vendría...

—Tiraste a la basura la cesta de frutas exóticas que te envié. —Su voz contenía una nota de censura.

Vair *tenía* que estar tomándome el pelo. Intenté dejar de mirarle y concentrarme en la imagen de mi versión holográfica metiendo papeles y adornos en cajas de archivo vacías. Mi holograma estaba sin aliento.

Yo estaba sin aliento. Cerré los ojos cuando me empezó a dar vueltas la cabeza.

—¿Amy?

Hice un gesto de negación, sin querer abrir los párpados. No quería verle.

Pero entonces lo escuché. *Gruñidos.*

Seguidos por el sonido de una mujer gimiendo.

Y supe sin necesidad de mirar que lo que estaba

poniendo ahora era otra versión holográfica de mí. De nosotros. De nuestra noche en el club.

—*Oh por favor, Vair. Justo allí... sííí...*

El sonido de la carne resbaladiza golpeteando entre sí llenó la limusina a todo volumen, junto con mis propios ruegos lloriqueantes y gritos pidiendo más.

Oh, Dios.

La botella resbaló de entre mis dedos.

—¿Amy? —La tranquila pregunta del Vair real fue sofocada por los sonidos de mi versión holográfica llegando al orgasmo.

No podía respirar. Me apreté los dedos contra las sienes.

—Estás tan mojada —dijo su hipnótica voz desde el otro lado de la limusina.

Mis músculos internos se contrajeron, apretando alrededor del vacío.

—Tan lista para mí.

Joder. *Estaba muy mojada.*

Podía sentir sus ojos sobre mí, sentir su esencia llamándome, su apetito sexual como algo visceral, que hacía palpitar y conmoverse lo más profundo de mí, haciendo que su deseo se volviese mi deseo y yo lo reflejara, multiplicándolo por diez.

—He pensado en ti. —Su voz era grave y ronca—. ¿Has pensado tú en mí?

Había pensado en él casi todos los momentos de todos los días durante el último mes.

—Quítate la ropa.

Negué con la cabeza ante esa petición, aunque a la

vez alcancé los botones de mi blusa y comencé a desabrocharlos con dedos temblorosos.

—Eso es... Eres una pequeña humana tan hermosa y deliciosa —ronroneó por encima de los sonidos de fondo de los gemidos de mi holograma y los suaves chupeteos.

El Vair grabado estaba gruñendo más fuerte ahora, y mi sexo vibraba respondiéndole, con un ansia que se hacía más intensa con sus roncos gruñidos que me ordenaban que se la chupara más fuerte. *Más adentro.*

Se me hizo la boca agua. Mis dedos temblaron desesperadamente, tirando de los complicados botones.

Esto era una locura.

—Amy —Vair volvió a decirme en voz baja.

Abrí los ojos por fin.

La iluminación había cambiado. Las ventanillas tintadas de la limusina se habían oscurecido hasta volverse negras, y un suave resplandor rojo parpadeante similar a la iluminación de su club-X iluminaba al depredador alienígena sentado frente a mí.

Desnudo.

Acariciando la erección más grande que jamás había visto.

Y entre nosotros, las grabaciones en 3D de nuestros cuerpos desnudos estaban haciendo un 69, igual que fieras hambrientas.

—Ven aquí. —Una mano sujetó la base de su enorme polla mientras doblaba el dedo de su otra mano haciendo el gesto de que me acercara—. Muéstrame que no eres una víctima.

La extraña sensación de irrealidad que había experimentado en su club me invadió de nuevo, y me encontré de rodillas entre sus musculosos muslos un instante después, estirando mis labios alrededor de la punta gruesa y húmeda y succionándola en mi boca, *porque atacar su polla con mi lengua era aparentemente la forma en que mi cerebro y mi cuerpo optaban instintivamente por demostrar que no eran víctimas.*

—Ah, buena chica —susurró él, levantando sus caderas hacia mi boca mientras empujaba la parte de atrás de mi cabeza, llenándome rápidamente hasta el fondo de la garganta, y aun así sin que cupiera apenas la mitad de su gruesa verga.

Él empujó más profundo. Me dieron arcadas. Él retrocedió, luego empujó de nuevo hasta el mismo punto.

—Eso es, cariño...

Mis ojos se humedecieron cuando él adquirió un ritmo constante e insistente, moviendo sus caderas hacia arriba mientras restringía la posición y el movimiento de mi cabeza con su mano, follando mi boca sin más ceremonia ni pretexto. Entrando en mí hasta tan lejos como mis nauseas reflejas se lo permitían, mientras con su otra mano se acariciaba y apretaba la parte de él que yo era incapaz de acomodar.

—Sí... justo así —me dijo con su voz ronca a medida que empecé a soltar ásperos ruidos de succión, que se producían escapando a mi capacidad de control mientras él entraba y salía cada vez más rápido, poseyendo mi boca con tal urgencia primitiva que *era* algo que peculiarmente me hacía sentir empoderada.

Sus breves y enérgicas respiraciones y sus gruñidos guturales de satisfacción me tenían excitada hasta el punto de casi llegar al orgasmo cuando me vi arrastrada por la paradoja de sentirme tan poderosamente en control de satisfacer su necesidad más crítica y básica, y estar al mismo tiempo dominada por la situación.

—Amy... *Amy...* —gemía mi nombre como si fuese una sucia oración y sus envites se volvieron erráticos.

Estaba segura de que él estaba a punto de correrse.

Yo misma estaba a punto de llegar también; incluso sin ninguna estimulación física, era todo tan jodidamente sexy…

Las puntas de sus dedos se extendían y se arrastraban de un lado a otro en la parte posterior de mi cuero cabelludo, enviando escalofríos encantadores a través de mí antes de que él me cogiera por el pelo desde la raíz en una sujeción de cavernícola casi dolorosa.

Sabiendo que estaba a punto de correrse en mi boca en cualquier momento, sucumbí a la tentación, deslizando la mano entre mis muslos y subiendo por mi falda de lápiz, buscando desesperadamente saciarme a mí misma.

En el momento en que la punta de mis dedos tocó mi empapada ropa interior de algodón, me desaté.

Había esperado correrme discretamente mientras él

estaba enfrascado en hacer lo propio; idealmente, sin que él se diera cuenta. Pero en cuanto empecé a explotar, él me sujetó con fuerza por el pelo, saliendo de mi boca, y levantándome la cabeza.

Mis ojos se abrieron de par en par mientras mi cuerpo se retorcía y convulsionaba, y los sonidos lujuriosos que brotaban de mí, rivalizaron con los del holograma grabado que se reproducía en el fondo.

Sorprendida in fraganti con los dedos dentro de mi falda y frotándome frenéticamente, y con la cara sonrojada, húmeda por las babas y rastros de las lágrimas de casi atragantarme con su polla, no fui capaz de detener la fuerza de mi propio orgasmo mientras él absorbía cada detalle, crudamente y al natural.

No podría haberme quitado los dedos del coño ni queriendo.

Y no quería.

La leve y maliciosa sonrisa en sus labios era lo único más oscuro que sus ojos, observándome desnudar mi alma lasciva, mientras apretaba los dientes y sostenía con un agarre mortal la base de su erección enormemente grande, evitando su propio orgasmo.

CAPÍTULO DOCE

—¿Puedo? —Me pasó el pulgar por el labio inferior y me limpió la humedad de la barbilla, mientras masajeaba con sus dedos la zona del cuero cabelludo donde me había tirado del pelo.

No sabría decir cuánto tiempo pasamos el uno frente al otro en silencio en la penumbra de su limusina. Él había apretado la base de su polla hasta que la mirada de dolor de sus ojos había remitido por fin y fue capaz de soltarla, todavía totalmente erecta y cargada, mientras yo aún tenía que normalizar mi respiración y controlar mis emociones.

El video holográfico ya no estaba puesto. Y hacía unos minutos que el coche había dejado de moverse. Pero no fui capaz de preguntar dónde estábamos.

Me había quedado muda por el shock, todavía arrodillada entre sus piernas sobre el suelo enmoquetado del vehículo, observándole sacar mi mano de entre mis muslos. Se llevó mis dedos a la boca y los limpió a lametazos con un murmullo de satisfacción. Luego tiró de mi falda para ponerla en su sitio y me abotonó la blusa, estudiando de cerca mi expresión mientras lo hacía, como si yo fuera un rompecabezas que estuviese intentando resolver.

—¿Estás bien?

No le respondí, demasiado desconcertada por sus gestos aparentemente solícitos. Usando las yemas de sus pulgares, frotó la humedad de mis mejillas justo debajo del borde de mis gafas, allí donde mis ojos habían derramado lágrimas.

¿Qué demonios acababa de pasar?

Él ni se había corrido. Todavía lucía una tranca monstruosa que tenía que estar causándole incomodidad. Una *gran* incomodidad.

Sin embargo, estaba tranquilo y controlado, y las yemas de sus dedos apartaron los mechones de cabello suelto y fino que habían caído sobre mi frente. La última vez que habíamos estado juntos, había sido insaciable, incapaz de contenerse de poseerme una, y otra... y otra vez.

¿Acaso yo ya no le ponía?

Su índice trazó una línea entre mis cejas, atrayendo mi atención al hecho de que estaba frunciendo el ceño.

—No pasa nada, en serio —dijo con suavidad—. Tus reacciones son perfectamente sanas y naturales. —Su sonrisa era amable, auténtica y sorprendentemente abierta, mientras me acariciaba la mandíbula con los nudillos—. Me gusta que seas honesta contigo misma. Me gusta esa luz que se enciende en tus ojos cuando ves algo que deseas. —Se inclinó más y me dio un pequeño beso en la mejilla. Su aliento me calentó la oreja cuando murmuró—: Pero lo que más me gusta es mirarte cuando gozas.

¿Qué?

—La próxima vez… —su voz bajó una octava— … espero que busques la intimidad que realmente anhelas… que te subas a mi regazo y tomes lo que deseas de mí.

¿Lo que deseaba de él?

¿Intimidad?

Me había interpretado mal del todo. No quería *nada* de él, y menos aún intimidad.

Alejé la cara, sacudiendo casi imperceptiblemente la cabeza mientras me recomponía, unos cinco minutos demasiado tarde.

—Eso no es... Esto no ha sido...

—Espera, no me digas... —sus labios se curvaron y levantó un dedo silenciador—. Jamás pretendiste que nada de esto sucediera justo ahora, ¿verdad? —El Vair burlón estaba de vuelta—. ¿Sencillamente tenías curiosidad? Solo querías *observar* esta primera vez, ¿no? —dijo, devolviéndome mis propias palabras, las excusas que le había dado en el club.

Puse los ojos en blanco, murmurando: *hijoputa* entre dientes.

Su mano se deslizó y me agarró del pelo por la nuca con una velocidad abrumadora, forzándome a volver a mirarle a los ojos.

Se acercó un poco más. Ya no sonreía, y parecía el

oscuro depredador que en realidad era. Inclinó la cabeza hacia mí.

Yo tragué saliva. *La engullí.*

Sus largas y oscuras pestañas descendieron cuando esos profundos ojos marrones bajaron hacia mi garganta. Su mirada se posó en el punto donde seguro que era visible mi pulso enloquecido, dado lo frenéticamente que podía sentirlo palpitar.

Se relamió los labios. Y se quedó mirando fijamente.

Y mirando.

Mi respiración era entrecortada y jadeante a pesar de mis esfuerzos por mantener la calma. Porque cuanto más intentaba calmarme, más rápido sentía que me latía el corazón.

Sus fosas nasales se ensancharon. Su cara se acercó cada vez más, luego se hundió en mi cuello hasta que la punta de su nariz rozó mi yugular.

Iba a morderme.

Mi estómago se llenó de excitadas mariposas. Me preparé a mí misma antes de sentir todo el impacto del mordisco. Pero él simplemente inhaló profundamente y exclamó:

—Delicioso.

Me soltó el pelo y se apartó bruscamente, mientras yo seguía luchando por controlar mi respiración.

—Me gustaría que vinieras a mi club mañana por la noche. Mi chofer te recogerá a las once.

Había expresado la primera parte como una

petición, la segunda como una orden. ¿Me estaba dando elección o no?

—¿Y si no quiero ir a tu club?

Él se recostó contra el mullido asiento de cuero, juntó los dedos detrás de la cabeza y se encogió de hombros, totalmente indiferente al el hecho de que su gigantesca erección permanecía erguida y orgullosa en mi línea de visión directa.

—¿Y si me siento solo y mi nostalgia me impulsa a reproducir videos caseros de nosotros en Times Square?

Gilipollas.

—¿Qué quieres de mí?

—Acabo de decírtelo, amor. Quiero que vuelvas a mi club.

—¿Con qué propósito?

Volvió a encogerse de hombros.

—Te necesito allí.

De repente sentí cómo se me cerraba la garganta. Estaba agotada y emocionalmente destrozada por todos los juegos mentales de Vair.

—¿Por qué?

Él sonrió con malicia.

—Por muchísimas razones.

Estaba planeando humillarme públicamente. Esa era la conclusión más obvia. Me mordí el interior de la mejilla para evitar ponerme emocional. Estoicamente, le pregunté:

—¿Hay una opción B?

Sus dientes blancos y perfectos prácticamente se

iluminaron en la oscuridad cuando él negó con la cabeza y se rio por lo bajo.

—No. Pero escucharé tus sugerencias si tienes alguna.

—Me retractaré de todo lo que dije en mi artículo —le ofrecí de inmediato.

—No.

—¿Y si lo enmendara para pintar a los K desde una perspectiva más favorable?

—No.

—¡Muy bien, me disculparé públicamente ante todos los K y xenófilos! —Yo casi le grité.

No podía volver a su club. No podía pasar más tiempo con este hombre, perdón, *alienígena.*

—No.

—¿Por qué no?

—Ninguna de esas cosas es de mi interés.

—Entonces, ¿qué es de tu interés?

La puerta automática de la limusina se abrió, mostrando la entrada delantera de mi edificio de apartamentos. Ver eso fue un bendito alivio. Y al mismo tiempo, de alguna manera era desconcertante que fuese allí donde me había llevado.

¿Ya habíamos terminado?

—Eres una chica inteligente y curiosa, Amy. Estoy segura de que lo averiguarás.

¿Y ya estaba? ¿Me limpia las babas, me echa a la acera de una patada y se apoltrona tranquilamente en su asiento mientras se aleja con una descomunal erección?

Pues vale. Me lancé hacia la puerta y me bajé con toda la dignidad que me era posible, rezando porque ninguno de mis vecinos estuviera por ahí para verme a mí, *ni al monstruo alienígena empalmado que se despedía de mí.*

Afortunadamente, no parecía que hubiera nadie por allí. Volví la cabeza para lanzarle un mordaz comentario de despedida, pero la puerta de la limusina ya se estaba cerrando en mi cara.

Al parecer, a los krinar no se les daba muy bien despedirse.

Me di la vuelta y di un paso en dirección a mi edificio, solo para toparme con el magnífico K que había cogido mis cajas de archivos, y que ahora me cerraba el paso. Me tendió mi pequeño bolso y mis llaves.

Oh. Vale. Había tirado las dos cosas dentro de una de las cajas de archivo que él me había confiscado.

—Eh... Gracias —dije, cogiéndolos.

Él sonrió. Su rostro antinaturalmente perfecto era la viva imagen de la simetría.

—De nada. Las pantallas de tu ordenador han sido reparadas y los artículos de tu oficina vuelven a estar en su lugar habitual —me informó.

Luego se fue, dejándome allí de pie sobre la acera, más confusa que nunca.

CAPÍTULO TRECE

—¡Intimidad! ¿Te lo puedes creer? Dijo que yo ansiaba intimidad. Intimidad con *él*, lo cual es lo más absurdo de todo. Como si algo así fuera posible, ¿verdad?

Jay tenía los ojos abiertos como platos.

—¿Podríamos retroceder a la parte en la que Vair te dijo que varios miembros poderosos del Consejo de los krinar estaban molestos por tu artículo? ¿Dijo cuántos quería decir con varios? ¿O solo dijo "varios"?

—Solo "varios". —Sentada en el sofá, fruncí el ceño en dirección a la copa de vino vacía que tenía en la mano, mientras Jay se rellenaba la suya con nerviosismo en la isla de la cocina—. ¿Has oído lo que te he contado sobre lo de la intimidad?

Jay asintió distraídamente y se bebió un sorbo generoso de vino tinto.

Después de que Vair me dejara, me había quedado en mi propio apartamento lo justo para preparar equipaje para una noche y obsesionarme con los muchos lugares donde los K podían haber escondido sus cámaras. Luego me fui directa al diminuto loft de Jay en el Soho. La vivienda que sus padres le habían comprado estaba en un edificio elegante con servicio de portería las veinticuatro horas. Y aunque desde una perspectiva lógica yo fuera consciente de que nadie estaba a salvo de un K en ninguna parte, los sitios donde vivían las personas ricas siempre *parecían* ser más seguros de alguna manera.

—Tengo un amigo de la universidad que acabó en la CIA... Creo —Jay reflexionaba en voz alta, paseando por el pequeño espacio de su sala de estar con una copa de vino llena en su mano inestable—. ¿Crees que tal vez él pueda ayudarnos?

—Ejem... —agité mi vaso vacío en el aire— ¿te importa?

—No puedes volver a su club mañana por la noche.

—¡Ya!

—Podría estar planeando cualquier cosa.

—Correcto.

—Te encaminarías hacia una trampa.

—No jodas.

—Podría hacerte cualquier cosa en ese club y nadie lo detendría.

—Jay, se me está pasando la poca borrachera que llevaba. Esta conversación no está ayudando. —Volví a hacer un gesto con el vaso una vez más.

—Tenemos que sacarte de la ciudad esta noche, pequeña. —Cogió la botella de vino de la isla de la cocina y se acercó a mí—. Mañana por la mañana a más tardar.

—No es tan sencillo —dije, mientras él me rellenaba la copa de cristal—. No puedo arriesgarme a que se divulgue ese video.

—Pero todo esto no encaja. —Jay negó con la cabeza—. ¿Por qué no permitirte simplemente retractarte de lo que dijiste o emitir una disculpa pública? ¿En qué forma va a apaciguar a los miembros enfadados del Consejo que tú vayas a su club más de lo que lo haría una retractación tuya?

Logré encogerme de hombros mientras bebía un sorbo de vino.

—De ningún modo —concluyó Jay, con el ceño fruncido por la concentración mientras se dejaba caer sobre la mesa de café frente a mí—. ¿Sabes lo que creo? Creo que sabía que éramos reporteros desde el mismo momento en que llegamos a su club.

—Yo he deducido lo mismo. Él personalmente nos dejó entrar y nos acompañó dentro. ¿Cuántos dueños de clubes hacen eso?

—Exacto. Y luego estuvo encima de ti todo el tiempo. Me refiero al que el tío no se apartó tu lado ni un solo instante. Si yo no hubiera estado tan distraído con Shira... joder, ¿crees que él quería que Shira me distrajera?

No se me había ocurrido hasta entonces, pero Jay tenía razón. Él y yo habíamos sido más o menos separados inmediatamente después de acceder al club de Vair. La Barbie alienígena había captado la atención de Jay y lo había alejado de mi lado un instante después de que Vair nos la presentara.

Un extraño y desconcertante gesto de comprensión pareció cruzar los rasgos de Jay cuando lentamente me miró de arriba a abajo. Parecía fuera de lugar en su habitual rostro jovial de niño bonito.

—¿Qué? —Miré hacia abajo para comprobar que no me había derramado vino tinto en la ropa o sobre su sofá color crema—. ¿Por qué me miras así?

Se mordió el labio, frunciendo el ceño.

—Me estás asustando, Jay.

—Me estoy acordando de una conversación entre Shira y Kyrel —contestó lentamente, como si todavía estuviera procesando el recuerdo—. Ya sabes, ¿el hombre K con el que ella y yo nos liamos?

Sonreí mientras una deseada risita brotaba en mi pecho, aliviando algo de la tensión en el aire.

—Oh, claro que me acuerdo. Me has taladrado con demasiadas anécdotas memorables sobre él y sobre Shira.

Jay no se rio. Ni siquiera mostró un atisbo de sonrisa mientras me escaneaba hacia arriba y hacia abajo otra vez, como si estuviera viendo un problema.

—Joder. Realmente *estás* buena, Amy. Eso lo sabes, ¿verdad? —Lo dijo como si fueran malas noticias.

—Eh... ¿sí? No estoy mal, claro. Gracias. ¿Y? ¿Qué dijeron Shira y Kyrel?

—Cuando estaba bailando entre Kyrel y Shira, y me di cuenta por primera vez de que habías dejado la pista de baile con Vair y que no te veía por ningún sitio, me asusté. Traté de despegarme de ellos, diciendo que tenía que encontrarte. Shira me detuvo y me dijo que no me preocupara, que Vair se ocuparía muy bien de ti. Entonces Kyrel se echó a reír y soltó: "Sí, por toda la eternidad, de hecho". No le di más vueltas en ese momento, asumiendo que era solo... No sé, como la expresión alienígena equivalente a esa famosa frase de la puta en la peli de Kubrick: "Yo hago amor contigo mucho mucho".

Solté un suspiro mientras mi estómago volvía a la normalidad con alivio.

—¿*Por eso* me estás poniendo de los nervios?

—No, fue la parte que vino después de eso. Shira se unió a él en las risitas, y luego dijo algo sobre cómo los K podían ser excepcionalmente posesivos. Ella bromeó diciendo que tuve suerte de no haber estado cogiéndote de la mano en el pasillo fuera del club, o de lo contrario podría estar ya muerto o por lo menos manco.

—¿Qué? —Mi sensación de alivio había durado poco—. ¿De verdad dijo eso? ¿Y te lo tomaste como una broma, viniendo de una alienígena que literalmente *podría* arrancarte la mano? —Alcé los ojos hacia el techo, incrédula—. Y aun así te liaste con ella.

—Mira, dame un respiro. Estoy bastante seguro de que su mano ya estaba en mi paquete en aquel momento. De todos modos, ¿quién soy yo para juzgar el peculiar sentido del humor de una extraterrestre? Además, ella era una puta diosa. La mujer más caliente que he visto tan de cerca.

—Krinar —lo corregí—. La krinar más caliente.

—Lo que digas. Ella era toda mujer, créeme. Y me estaba advirtiendo sobre las tendencias posesivas de Vair, no sobre las suyas. Porque Kyrel me advirtió un momento después de que debería tener cuidado de no ponerte nunca la mano encima si quería seguir viviendo. Dijo que... —Jay levantó una ceja de manera significativa, como si esta fuera la parte clave—... que cuando Vair nos vio por primera vez esperando en el pasillo, había tenido que calmarlo señalando que nuestro lenguaje corporal obviamente indicaba que no éramos pareja.

Vair me había interrogado directamente sobre mi relación con Jay aquella noche. En verdad, lo *había* encontrado extrañamente posesivo en ese momento, dado el hecho de que acabábamos de conocernos. Pero claramente, él solo quería liarse conmigo y no quería tener ningún obstáculo en su camino.

—¿Así que… los hombres krinar son competitivos y susceptibles al ego masculino y al orgullo, igual que los hombres humanos? Lo pillo. Haré de eso el tema de mi próximo artículo sobre los K.

Jay dejó escapar un resoplido.

—¿No te enteras? Vair nos vio antes de dejarnos entrar. Lo mismo que Kyrel, al parecer. Así que debieron de observarnos por las cámaras de vigilancia mientras esperábamos todo ese jodido rato en el pasillo de entrada.

Recordé cómo Jay y yo nos habíamos quedado allí, mirando con nerviosismo la gran puerta gris metálica durante lo que nos había parecido una eternidad. Tuve que reunir todo mi valor para llamar varias veces antes de que Vair finalmente respondiera y nos abriera la puerta.

Sin embargo, no entendí lo que Jay encontraba tan revelador en todo esto. No era raro controlar a los visitantes a través de una cámara oculta en un exclusivo club de Manhattan, y mucho menos en un club de sexo K.

Gimió ante mi expresión de perplejidad, dejando la botella de vino a su lado con un golpe sordo.

—Amy, ¿y si Vair te reclamó como suya antes de que entráramos en su club-X? ¿Qué pasa si este chantaje tiene más que ver con que él te desee a ti que con que el Consejo krinar esté molesto por tu artículo o quiera exigirte algún tipo de castigo?

Mi estómago se revolvió al nivel de excitación de una colegiala, lo cual era perturbador y totalmente embarazoso, dado lo absurdo de la teoría de Jay, por no mencionar la sordidez en que se basaba toda su premisa.

No es que yo realmente quisiera que Vair me deseara.

No, lo que estaba sintiendo era simplemente el alivio natural que alguien obtendría de la noción de alguien que los deseaba frente a la noción más aterradora y, sin embargo, más probable, de alguien que planeaba enviarlos a un campo de trabajo alienígena en Costa Rica. Porque desde un punto de vista puramente lógico, esto hacía que la aterradora perspectiva de tener que ir al club de Vair mañana por la noche pareciera un poco más segura, aunque más estresante al mismo tiempo.

Negué con la cabeza.

—Realmente no creo que ese sea el caso, Jay.

—¿Por qué no? Demonios, ya se ha dado cuenta de lo de tus problemas con la intimidad.

Me quedé boquiabierta y lo golpeé directamente en el hombro, peligrosamente cerca de que mi vino se derramara sobre ambos.

—¡Retira eso!

—*Yyyy...* —Jay se rio de mi ataque, blandiendo un dedo índice triunfante—... y no se ha corrido en tu boca esta noche. Niña, ese alienígena está tremendamente pillado por ti.

—¡Oh Dios mío, cierra el pico! —Sabía que me arrepentiría de haberle contado a Jay demasiados detalles de mi encuentro en la limusina con Vair. Pero había estado en un estado vulnerable y había necesitado desahogarme con alguien—. Ese es el razonamiento más absurdo que he oído jamás.

Para redirigir la conversación lejos de las mamadas inconclusas y mis problemas de intimidad percibidos, pregunté:

—¿Por qué no me habías contado lo que te dijeron Shira y Kyrel?

—No sé. Supongo que no se me ocurrió después de todo lo demás que sucedió esa noche. Ya había mucho de lo que hablar. Como ser mordido por una K. —Él meneó las cejas—. Esa mierda era como la mejor droga del mundo. Además, después no pasó nada más. Los dos llegamos a casa sanos y salvos desde el club, y aparte de la cesta de frutas cuando salió tu artículo, no habías sabido nada más de Vair hasta hoy.

Asentí. Eran demasiadas cosas para tenerlas todas en cuenta. Sentí que mi cuerpo se quedaba sin energía y la adrenalina que me había alimentado durante toda la noche se desvaneció rápidamente. Sin embargo mi mente seguía a tope. Sin duda, esa noche iba a disfrutar de un estado especial de agotamiento combinado con insomnio.

—Mira, es sólo una teoría. —No te pongas histérica, ¿vale? Ya se nos ocurrirá algo.

Cerré los ojos, me quité las gafas y me pellizqué el puente de la nariz.

—¿Tienes ibuprofeno? ¿O paracetamol?

—Tengo algo mejor. Espera. —Oí a Jay levantarse y salir en dirección al baño.

Me reí entre dientes, apostando a que volvería con alguna fórmula magistral de aceite de marihuana de uso farmacéutico.

A ciegas, puse mis gafas sobre la mesa de café frente a mí. Esos trastos me habían estado molestando durante semanas. Probablemente necesitaba ajustar la graduación. Últimamente mi visión de alguna manera parecía empeorar cada vez que las usaba, y me estaba causando dolores de cabeza.

¿Y si Vair realmente me deseaba?

Aunque ¿por qué tendría que hacerlo? ¿Para qué? Estaba rodeado de supermodelos y actrices neoyorquinas clamando por su atención.

Además, no era como si nuestras especies fuesen compatibles. Al menos, no creía que lo fuésemos. No de verdad. Aparté de mi mente el recuerdo de lo "compatibles" que habíamos sido sexualmente. Era algo irrelevante. Una farsa.

Él me había mordido. Eso fue lo que causó el subidón afrodisíaco que había experimentado con él.

—Pareces acalorada. —La voz de Jay me sacó de mis pensamientos cuando volvió a entrar en la habitación. Te traeré un poco de agua.

Regresó con un vaso de agua y me ofreció una pastilla de Xanax.

—Jay, no puedo tomarme eso.

—Es lo que mejor me va para mis dolores de cabeza.

—Sí, porque pierdes el conocimiento.

—Te ayudará con tu ansiedad. Amy, tenemos menos de veinticuatro horas para elaborar un plan. No puedes volver al club de Vair mañana por la noche.

—Pero he bebido vino.

—Igual que yo, y me voy a tomar una. Es la dosis más baja que hay. Mi médico dice que está bien con un poco de alcohol.

Estaba a punto de preguntar si ese consejo era del mismo médico que le recetó su marihuana medicinal, pero en lugar de eso, me rendí y me tragué deprisa la pastilla blanca antes de tener tiempo de arrepentirme. Dudaba que pudiera dormir esa noche de otra manera, y necesitaba toda la agudeza mental que pudiera reunir a la mañana siguiente para idear una manera de librarme de ir al club de Vair.

—Acuéstate en mi cama —le ofreció Jay—. Yo me quedaré con el sofá.

—Ni de coña. Yo dormiré en el sofá. —Dios sabía qué ni quiénes habían pasado por la cama de Jay esa semana y si su señora de la limpieza había lavado las sábanas desde entonces.

Ya me sentía mareada y vacilante sobre mis pies mientras me lavaba los dientes y me aseaba en el baño de Jay.

Acababa de arreglármelas para ponerme el pijama y encaramarme al sofá que Jay me había preparado cuando sucumbí al estado de bendita oscuridad carente de sueños que solo proporciona el sueño inducido por las drogas.

CAPÍTULO CATORCE

Me desperté a causa de una luz brillante, que me dio directamente en los ojos cuando alguien me abrió los párpados. Medio gruñí o medio gemí para mostrar mi descontento.

—Relájate —me tranquilizó la voz de Vair, al lado de mi oído—. Vamos a echarte un vistazo, querida. —Sentí cómo me rodeaban sus brazos. Se estaba tan bien y a gusto con él sosteniendo mi peso muerto en su regazo...

Estaba soñando. Y no quería interrumpir lo que ya percibía que iba a ser un sueño placentero sobre Vair.

Incluso dormida, me sentía como drogada, agotada de una forma poco natural, por lo que me resultaba más sencillo hacer lo que él me había pedido y relajarme en su abrazo, a pesar de la luz cegadora que entraba en mis ojos. Me deleité en su olor masculino, en la sensación de sus generosos labios contra mi sien, y en sus cálidos dedos acariciando suavemente un lado de mi cabeza.

Luego soltaron mis párpados y la luz se extinguió. Se me ocurrió que alguien que no era Vair los tenía que haber estado sosteniendo abiertos. Él estaba hablando en ese idioma extranjero suyo de nuevo. Y no conmigo, deduje cuando una voz femenina respondió de modo similar.

Unos dedos fríos y femeninos palparon las glándulas a cada lado de mi cuello, y una sensación irracional de celos se apoderó de mí cuando Vair se rio suavemente por lo que la mujer que hablaba su lengua le había dicho.

—No —murmuré—. No tiene gracia. —No estaba segura de por qué. Y mis palabras sonaron como un balbuceo. Incoherentes.

Ambos se rieron al unísono esta vez.

—Cierto —dijo Vair—. No tiene nada de gracia cómo haces que me preocupe por ti. Sin mencionar la forma en que te tiene sin cuidado tu hígado.

Me estaba regañando. Pero cualquier sensación de indignación que podría haber sentido se desvaneció cuando él me apretó con más fuerza contra la pared cálida y sólida de su pecho.

Porque en ese momento, sentía que él era alguien seguro. Normal. Más que normal. *Casi humano.*

Y en mi sueño, le creí. Creí que Vair realmente estaba preocupado por mi bienestar. Y era... agradable. Tan agradable que no me opuse cuando un vaso presionó contra mis labios y Vair me dijo que bebiera.

Me tragué todo el líquido de sabor dulce y extraño mientras él me acariciaba el pelo y me prometía que estaría a salvo con él, que nunca haría nada que me hiciese daño.

Después de un tiempo, tuve la sensación de que estábamos solos. Aunque no abrí los ojos. Tenía demasiado miedo de que el sueño se desvaneciera y yo me despertara.

Mi cerebro estaba más lúcido después de la bebida que me había dado, y mi lengua ciertamente más operativa cuando murmuré que yo tampoco le haría daño a él, y le aseguré que él también estaba a salvo conmigo... *si* me entregaba todas las copias de ese video con el cual me estaba chantajeando.

Mi declaración fue recibida con un ataque de risa apenas reprimido. Sentí su cuerpo temblar por debajo de mí.

—Vaya pequeña descarada tan deliciosa e inteligente. —Él medio rio y medio gruñó contra mi cuello.

Mi posición cambió y me encontré de espaldas, atrapada debajo de él. Su peso se asentó entre mis piernas.

Mis pezones se tensaron al instante.

Gemí cuando sus labios rozaron los míos, y su lengua se movió para juguetear conmigo mientras la dura longitud de su erección hacía lo mismo, apretando la suave y palpitante hendidura entre mis muslos.

En mi sueño, carecía de la fuerza muscular y la

coordinación del brazo necesarias para estirarme y atraer su cabeza hacia mí. Pero yo quería que él me besara. *Que me besara de verdad.*

Lo deseaba tanto.

¿A quién quería engañar? Yo quería que él me follara. Que me devorara.

Se lo dije.

Él gimió y me dijo que me "callara la boca". Sonaba tan poco propio de su calmada y contenida personalidad alienígena que solté una risita. Y entonces él me hizo callar con su boca dura e insistente.

La sensación de su lengua empujando entre mis labios para acariciar la mía era una tortura, especialmente combinada con los gruñidos masculinos de excitación que resonaron en la parte posterior de mi garganta cuando él frotó su enorme polla donde yo más lo deseaba.

El mejor tipo de tortura.

—Debería *follarte* —se las arregló para decir entre beso y beso. Sonaba enfadado.

Eso me gustó.

Mis músculos internos se apretaron llenos de esperanza. Mi pantalón de pijama ya estaba empapado.

—Hasta que no puedas... —empujó su pelvis contra mí de forma infalible—... ni andar, joder.

—¿Quién te detiene? —jadeé.

Él gruñó y rotó su pelvis fuertemente contra mí una vez más.

Luego una segunda vez. Y para la tercera...

Oh, Dios...

Estaba al borde del orgasmo cuando se detuvo, liberó mi boca y, de repente, me quitó su delicioso peso de encima.

Mis manos, que un momento antes habían estado demasiado débiles para poder levantarlas, se aferraron a su camiseta en un esfuerzo por detener su retirada. Emití un sonido herido que ni siquiera sonaba humano cuando sus respiraciones jadeantes abanicaron mi frente.

—No quiero que te vayas. —Mi voz surgió temblorosa. Yo sonaba tan desolada. Perdida. Tan... *necesitada.*

¡Tan mal!

Abrí los ojos para terminar con ese sueño convertido en pesadilla repentina y me encontré con la mirada hambrienta de Vair estudiándome a través de la oscuridad que nos rodeaba; su rostro lucía una expresión dolorida y vulnerable que de alguna manera reflejaba mis propias emociones atormentadas.

No fui capaz de decidir si eso debería consolarme o hacerme sentirme peor.

Sus iris eran tan negros que tenían el mismo tono que sus pupilas, lo que le hacía parecer aterrador. *Y aun así sexy.*

Sobrenaturalmente espeluznante.

Y aun así, sexy.

Pero sobre todo, parecía real. Muy real. Se sentía real. Olía a real.

—Estoy soñando. —*Por favor di que sí. Por favor di que sí*—. Esto es un sueño.

Él solo me miró fijamente. Sin responder. Al final, me dijo que cerrara los ojos.

Lo hice.

Sus labios me rozaron la frente. Me dijo que tenía que irse para que pudiera terminar de soñar, sin confirmar ni negar si, en realidad, estaba soñando.

Yo todavía tenía agarrada su camiseta. Me pidió que le soltara, bromeando con que hasta los extraterrestres necesitaban un respiro de vez en cuando.

—Te lo prometo, no quiero dejarte. Pero ahora tú necesitas descansar.

Me dijo que esperaba que yo fuera lo suficientemente valiente como para ir a su club esa noche. *Vaya forma de arrojarme el guante.* Su implicación de que tenía elección sobre ese tema era tan extraña como mis sentimientos y mi comportamiento hacia él en aquellos momentos, corroborando con aún más claridad que tenía que estar soñando.

Lo sentí quitar suavemente mis dedos de sus hombros.

Me dijo que se quedaría hasta que yo me quedase dormida. Le dije que ya *estaba* dormida.

Lo último que me pasó por la mente fue hacerle saber que estaba equivocado.

Que yo no tenía ningún problema con la intimidad.

CAPÍTULO QUINCE

Alguien estaba cantando *Bad Romance*. Ese alguien también estaba friendo huevos y beicon. Y tortitas de patata. Y lo que era aún más importante: olía a café.

Sonreí y me froté los ojos para abrirlos. Jay estaba preparando el desayuno en su cocina americana, a menos de cinco metros de distancia, usando productos animales a los que solo las personas adineradas como sus padres tenían fácil acceso.

—Eres un ángel. —Le grité, desperezándome y levantándome de mi cama improvisada. Me sentí sorprendentemente bien descansada y con energía, con la mente más clara de lo que tendría que haber estado, sin notar ni mental ni físicamente ninguna de las molestias que hubiera esperado después de juntar vino y Xanax y dormir en un sofá. Incluso mi inminente ansiedad por la posibilidad de ir más tarde al club de Vair había disminuido de alguna manera durante la noche, porque me sentía mucho menos asustada por toda la situación.

—Eso dicen. El desayuno estará en cinco minutos. —Gesticuló con una espátula en mi dirección—. Venga, venga.

Me lancé hacia el baño, me lavé y en diez minutos estaba sentada junto a Jay en la isla de su cocina. Él ya se había afeitado, duchado y vestido para salir, lo que era un comportamiento atípico de Jay a las nueve de la mañana de un sábado.

—Las tortitas, la fruta y el café son del todo veganos —anunció orgulloso, haciéndome reír al verle morder su beicon.

—Mira quién tiene ganas de guasa esta mañana —bromeé, levantando mi tenedor y echando mano a las tortitas de patata que Jay había preparado para mí.

Parecía estar en un estado de ánimo extraordinario, lleno de energía y radiante, sonriendo de oreja a oreja, como si no pudiera esperar para comenzar su día. ¿O era porque quería decirme algo?

—¿Saliste de fiesta después de que yo me fuera a la cama anoche?

—¿Sin ti? —exclamó con una burlona mueca horrorizada—. Dormí bien, eso es todo. ¿Y tú?

—Sorprendentemente genial también. Gracias de nuevo por dejar que me quedase contigo. Y por hacer el desayuno.

—Ha sido un placer. No puedo permitir que mi única amiga se enfrente a los K con el estómago vacío. —Echó un vistazo a su reloj—. Pero date prisa;

tenemos menos de catorce horas para decidir qué ropa vas a llevar esta noche en el club, sin mencionar las brillantes preguntas de tu entrevista.

Fruncí el ceño.

—Lo siento, ¿me he perdido algo? Anoche estábamos planeando mi huida de la ciudad. ¿Ahora quieres que vaya al club de Vair?

—Lo sé, lo sé, pero me siento mejor sobre toda la situación después de haber consultado con la almohada. Porque, ¿adivinas quién va a ir al club-X contigo? Arqueó una ceja y se señaló a sí mismo.

Los ojos se me salieron de las órbitas.

—Jay, no puedo pedirte que hagas eso.

—No lo has hecho. Voy a colarme en tu fiesta —sonrió—. Me encargué de contactar con Vair esta mañana para hacerle saber que iría. Y además, para negociar nuestras condiciones.

Se me escapó el tenedor, que cayó sonoramente sobre la encimera de cuarzo.

—¿Que tú qué?

—Le dije que tú solo irías si yo iba contigo y si él nos garantizaba nuestra seguridad. —Sus ojos castaños de cachorrito se iluminaron de emoción—. *Y* si puedes entrevistar a algunos K.

—¿Has hablado con él?

—No, nos hemos mandado unos mensajes de texto.

—¿Mensajes de texto? —Me quedé boquiabierta—. ¿Tienes el número de móvil de Vair?

Se encogió de hombros, con gesto avergonzado.

—Lo saqué de tu cesta de frutas exóticas.

—¿Qué? —No había ningún número escrito en la tarjeta de la cesta que Vair me había enviado. Leí esa nota más de mil veces—. Jay, no había ningún número en su tarjeta.

—No en la tarjeta personal, no. Pero había una tarjeta de empresa embutida en la cesta que sí tenía un número de teléfono.

—¿Y la has guardado todo este tiempo sin decirme nada?

Él hizo un gesto con la palma de la mano.

—Tú no querías tener nada que ver con esa cesta, Amy. Estabas al borde de un síncope y ni siquiera querías tocarla, ¿recuerdas? Apenas tuve tiempo de revolver entre la fruta fresca y agarrar la tarjeta para guardarla antes de que la arrojaras al incinerador toda enterita.

—¿Así que esta mañana te has levantado y le has enviado un mensaje de texto a un K? —Yo no era capaz de procesarlo—. ¿Le has enviado un mensaje de texto a Vair?

Él asintió, ahora con la boca llena de huevos y beicon.

—¿Y él te ha respondido?

Otro gesto de asentimiento. Levantó el dedo mientras terminaba de masticar.

—Sí. Me ha dicho que podía venir esta noche. —Hizo una pausa para tomar un sorbo de café—. También pregunté por los miembros del Consejo. Dijo que todo estaba guay y que él lo tenía controlado.

—¿Él dijo que todo estaba *guay*?

—Estoy parafraseando. Dijo que no estás en peligro a causa de ellos ni de ningún otro K ofendido por tu artículo, siempre y cuando te mantengas cerca de él. Ya sabes, para que pueda cuidar de ti. Por eso quiere que vayas a su club.

Jay dijo eso como si todo tuviese sentido y fuese perfectamente racional. Como si Vair me estuviera chantajeando para que fuera a su club de sexo alienígena por razones altruistas.

No podía decidir si debería sentirme aliviada y aceptar el abrupto cambio de perspectiva de mi mejor amigo sobre mi situación, o alarmarme de que pudiera estar viviendo la versión krinar de *La invasión de los ultracuerpos*.

—Vamos, come. Todo va a ir bien. —Jay me lanzó una sonrisa tranquilizadora—. Piénsalo de este modo: este va a ser un material mucho mejor para tu próximo artículo de los K que eso del veganismo.

Sacudí la cabeza, ya sin apetito.

—¿Qué trato has hecho con Vair sobre que yo entreviste a unos K?

—Como te he contado, le he dicho a Vair que irías a su club esta noche si yo iba contigo, y si podías entrevistar a algunos de los K que frecuentan el club para tu próximo artículo.

—Esa es una mala idea, Jay. Escribir artículos sobre los K es lo que me metió en todo este lío.

—¿Puedes dejar de negar con la cabeza y escucharme un segundo? Vair me dio su palabra de que estaríamos a salvo en el club, bajo su protección. —Lo dijo despacio y pronunciando muy claro, como si pensara que yo no lo estaba entendiendo. *Como si la palabra de Vair fuera de alguna manera palabra de Dios.*

—También aceptó permitirte entrevistar a algunos K, pero solo a los de su elección. —Jay arrugó la nariz en la última parte... como si fuera la noticia más lamentable—. Y solo en sus términos, que incluyen su presencia en todas y cada una de las entrevistas con esos otros K. Por tu propia protección, por supuesto.

Una vez más, Jay se apresuró a pintar las acciones de Vair como consideradas, prácticamente nobles. ¿Qué demonios estaba pasando?

—Para ser honesto, tengo la impresión de que Vair solo quiere que lo entrevistes a él, en realidad.

Genial.

—Jay, sabes que yo más que nadie quiero ayudar al público a obtener información objetiva sobre los K pero, ¿no crees que debería evitar molestar al Consejo de los krinar más de lo que ya lo he hecho hasta ahora? ¿Qué pasa si Vair nos está mintiendo y todo esto es una trampa?

Jay ladeó la cabeza, estudiándome con una expresión distraída.

—Si vienes conmigo, los dos estamos poniendo en peligro nuestras vidas —señalé—. Podríamos desaparecer de la faz de la tierra, y nadie sabría nunca lo que nos pasó.

Los ojos de Jay se ensancharon, como si acabara de tener una epifanía.

—Oye, no llevas puestas tus gafas. Y no estás

achinando los ojos como haces siempre que te las quitas.

—¿Has oído algo de lo que acabo de decir?

—Lo he oído. ¿Llevas lentillas? Pensé que habías perdido tu último par hacía semanas y no las habías repuesto todavía.

Estaba a punto de abofetearle por su estrambótico comportamiento cuando me di cuenta de que tenía razón: no llevaba puestas las gafas. *Había* perdido mis lentillas hacía semanas. Más de cuatro semanas, para ser exactos... la noche que me había liado con Vair.

Y en ese momento podía ver bien sin gafas ni lentillas. *Perfectamente,* de hecho.

Podía ver chispas de oro y negro en los iris castaños de Jay que no había percibido jamás. Podía leer las letritas de los mandos del pequeño horno de convección Viking empotrado en la pared de los armarios que estaba dos metros por detrás de la espalda de Jay.

—Oh, Dios mío...

Salté de mi taburete y corrí hacia el sofá. Encontré mis gafas justo donde las había dejado la noche anterior, en la mesita de café; y me las puse.

Luego me las quité. Y volví a ponérmelas.

No podía ver una mierda con ellas.

No era una nueva graduación lo que necesitaba. ¿Es que ya no necesitaba las gafas en absoluto? Algo no iba bien.

Y entonces caí en la cuenta. *Su olor me hizo caer en la cuenta.*

Me estallaba el corazón en el pecho. Me dejé caer de culo sobre el sofá, hice una bola con las sábanas entre mis manos y las levanté hasta mi cara, inhalando profundamente mientras recordaba mi sueño.

—Eh... ¿Qué estás haciendo?

Miré a Jay.

—Creo que Vair ha estado aquí.

—No seas tonta. Tenemos porteros abajo.

—Como si eso sirviera de algo. Jay, le vimos desintegrando un muro justo frente a nosotros en su club, ¿recuerdas?

—En eso te doy la razón. —Se reunió conmigo en el sofá—. Pero tal vez sea solo mi colonia lo que hueles. —Trató de quitarme las sábanas de las manos, y me eché hacia atrás por reflejo, apretándolas contra mi pecho.

Como una xenófila posesiva, con el vicio de oler a K. Una chiflada adicta a los K.

Arrojé las sábanas a Jay como si estuvieran ardiendo.

Muy sutil.

—No... Quiero decir, no es, eh... tu olor. —Me quité las gafas y me puse a juguetear con las patillas con los dedos—. Puedes olerlo por ti mismo. —Sonaba como una lunática.

La mirada en la cara de mi mejor amigo confirmó mis peores temores. Volví a ponerme las gafas.

La visión perfecta estaba sobrevalorada.

Él se puso de pie.

—Vale. Ah, ¿supongo que será de tu viaje en

limusina ayer, entonces? No te duchaste anoche, ¿verdad?

Era una explicación perfectamente plausible. Pero de alguna manera sabía que mi instinto estaba en lo cierto esta vez. Vair había estado allí. Y tenía sentimientos muy confusos y enfrentados sobre eso.

Y mi cuerpo también.

—Probablemente tengas razón.

—Por supuesto que tengo razón. Siempre tengo razón —dijo Jay con una risa forzada, haciendo todo lo posible para aligerar mi estado de ánimo—. Pero, ¿por qué no trato de conectarme con ese amigo mío de la universidad? —Se puso las sábanas arrugadas debajo del brazo—. Ese que creo que terminó en la CIA. Ya sabes, como medida de precaución.

Asentí. ¿Tal vez el gobierno estuviese trabajando en secreto en una vacuna anti-krinar que pudiera hacerme inmune a Vair? Con mucho gusto me ofrecería voluntaria para probarla.

—Creo que sería una buena precaución —dije, aunque dudaba que algún humano pudiera protegernos de los K—. Especialmente si vamos a arriesgarnos a volver al club de Vair esta noche.

—Pequeña, sé que los dos estábamos bastante asustados ayer, pero esta mañana me siento mejor acerca de la situación después de haber intercambiado mensajes de texto con Vair. En serio, no tengo la sensación de que pretenda hacerte nada malo. Piénsalo: ya lo habría hecho. Y además... —Jay hinchó el pecho,

asumiendo una cómica postura de macho protector—...
¡Estarás conmigo! ¿Qué podría salir mal?

Me tuve que reír.

—Exacto, ¿qué?

—Quiero decir, mira —dijo encogiéndose de hombros—, tal vez el motivo por el que Vair te quiera en su club no sea por ningún miembro del Consejo krinar cabreado *ni* porque Vair quiera amarte para toda la eternidad. Tal vez sea algo tan simple como que Vair quiera echarle más leña a los rumores sobre su club que generaron tu último artículo.

—Quizás —dije dubitativa.

—Sólo es que es posible que no todos los señores extraterrestres veganos y chupasangres sean villanos, ¿verdad? Vair podría ser simplemente oportunista y capitalista, como todos los demás en esta ciudad.

Resoplé.

—Ojalá.

—¡Esa es mi chica! —Se agachó y me dio una palmadita cariñosa en la barbilla—. ¿Quieres... —me tendió las sábanas hechas una bola— que te devuelva tu mantita de K?

—Puaj, Dios mío. —Me levanté del sofá, apartando a un risueño Jay de mi camino—. Voy a ducharme ahora mismo.

—Buena idea —gritó tras de mí—. Quítate esa peste alienígena del pelo.

CAPÍTULO DIECISÉIS

—No puedes ponerte eso.

—¿Por qué no?

—Parecerás una joven madre follable que se ha perdido de camino a una reunión de padres y profesores del colegio.

Puse los ojos en blanco y sostuve la siguiente opción de vestido delante de mí.

—¿Este?

Jay fingió que le daban arcadas.

—¿Vas a ir a una boda o a un club de sexo? Lo he dicho antes, no creo en el color morado.

Gemí y saqué la última de mis opciones de vestuario de la bolsa de TJ Maxx.

—¿Qué tal esto?

Jay hizo un ruido de "psche" y con la mano indicó "regular".

—Tengo que ver cómo te queda puesto. Mi corazonada es que si Diane von Fürstenberg y Tory

Burch tuvieran un hijo bastardo que diseñara vestidos ajustados, baratos y de putilla para la casa Bebe, les saldría algo como eso.

Lo arrojé a la silla junto a su cama y levanté las manos con gesto de "me rindo".

—Bueno, me he quedado sin opciones.

—Porque insististe en comprar donde no había opciones.

Jay quería que comprara en algún lugar de moda en su barrio del Soho, y me dijo que me visualizaba "desafiando al club de Vair con un modelito ajustado y vanguardista al estilo del diseñador Helmut, minimalista y elegante." O lo que era lo mismo: algo demasiado caro para mi presupuesto.

Y dado el hecho de que la última vez que había ido a su club, Vair me había hecho jirones el vestido de ir de fiesta más bonito que poseía, junto con mi sujetador y mis bragas, no estaba dispuesta a gastarme la mitad de mi paga en un vestido de diseño que podría correr la misma suerte.

Así que en vez de eso compré seis vestidos de TJ Maxx, y planeaba devolverlos todos; idealmente, incluso el que llevara esa noche al club si podía ocultar las etiquetas.

—¿Has contactado con tu amigo de la CIA? —pregunté.

—No, pero confirmé con otro amigo común que él trabaja allí, conseguí su número y le dejé un mensaje.

Era un progreso, supuse, pero no excesivamente reconfortante, dado que estaríamos de vuelta en el club de Vair en menos de cinco horas. Esa noche podría pasarnos cualquier cosa, y nadie se enteraría.

—Y mientras estabas con tu elección de vestimenta de calidad inferior, yo solito he hecho una lluvia de ideas sobre algunas preguntas de entrevista para los K. —Jay se sacó el teléfono del bolsillo—. ¿Quieres escucharlas?

En realidad, no.

—Claro. Suéltalas —dije con tono alegre de todos modos.

Tenía un montón de nudos en el estómago, y apenas había comido en todo el día. Había pasado por mi apartamento después de ir de compras, para recoger mi bolsa de maquillaje, una selección de zapatos y otras cosas necesarias para arreglarme en casa de Jay, y en todo el tiempo que había estado allí, no había podido librarme de la paranoia de que alguien me vigilaba. Era estresante pensar que era posible que yo ya no pudiera volver a tener sensación de privacidad en mi propia casa.

Jay se sentó en el borde de su cama y me leyó lo que ponía en su iPhone.

—¿Cuáles son los planes definitivos de los krinar para nosotros como sociedad?

Hice una mueca.

—Paso. Es una pregunta razonable, pero demasiado vaga y fácil de torear a la hora de responder. Además, obviamente no quieren que conozcamos del todo sus intenciones. Dudo mucho que consigamos alguna respuesta de ningún K que valga la pena. —Ya podía imaginarme a Vair desviando esa pregunta con humor e insinuaciones sexuales—. ¿Qué más?

—¿Por qué intervenir e instalarse en nuestra sociedad en este momento si habéis tenido la capacidad de hacerlo desde hace miles de años? Si estabais preocupados por el bienestar de nuestro planeta, ¿por qué no acudisteis antes en su rescate?

—¡Exacto! —Asentí—. En efecto, ¿por qué no? Esta me gusta, pero no es probable que los K respondan a eso tampoco. ¿Y si empezáramos con preguntas relacionadas con el club-X e intentásemos dejar caer las otras en la conversación como podamos?

—¿Nosotros? —Hizo un gesto de negación con la cabeza—. Pequeña, me temo que estás sola en esto. Me muero de ganas de entrevistar a un K, pero Vair tenía claro que tú eras la única que iba a llevar a cabo las entrevistas en su club.

Por supuesto.

—Bien. *Yo* empezaré con preguntas relacionadas con los clubs-X. ¿Tienes alguna de esas?

—"Do I evah" —canturreó Jay, imitando a Sinatra en la peli *Alta sociedad*—. Aquí hay una que escribí para Vair: se rumorea que cada vez hay más humanos que frecuentan tu club-X. Muchos humanos han compartido historias en foros online acerca de lo adictiva que es la experiencia de que un alienígena krinar te muerda y te chupe la sangre. ¿Beber sangre humana es igualmente adictivo para un krinar?

—Esa es buena. Decididamente es una pregunta importante, clave. —*Profesional y personalmente*. Y era posible que Vair u otros K la aceptaran y quizás me proporcionaran alguna respuesta de la que pudiera extraer una verdad a medias o dos.

—La siguiente que tengo para Vair te gustará aún más. Mientras los krinar continúan predicando las bondades del veganismo y han impuesto con firmeza a todo el planeta un estilo de vida predominantemente vegano, también han establecido un club exclusivo donde los krinar pueden acceder a la sangre fresca de humanos dispuestos porque, aparentemente, ¿la versión krinar del veganismo incluye la sangre de los mamíferos? ¿Podrías aclarar esa hipocresía para nuestros lectores humanos?

Solté una risita y di unos saltos sobre los talones.

—Tendré que rebajarla un poco, pero me encanta. ¿Qué más?

—¿Con cuántas otras mujeres has estado en el último mes?

—¡Jay!

—¿Qué? —Levantó la vista del teléfono con una sonrisa maliciosa—. De acuerdo, admito que a medida que escribía esto, de alguna manera se volvieron un poco más específicas sobre el lío de Vair y Amy que las preguntas generales sobre los K y los que van a los clubs-X. —Su dedo dio unos golpecitos y bajó por la pantalla—. Veamos... me limitaré a saltarme las siguientes —dijo con una risita—. Podemos volver a las preguntas sobre cómo sabe tu sangre más tarde.

—¡Ag! *No* tiene gracia.

Jay consiguió contener la risa, se aclaró la garganta y continuó:

—He oído que los krinar pueden ser tremendamente posesivos. ¿Significa eso que los krinar se aparean de por vida, como los pingüinos, los coyotes y las termitas?

Me cubrí la cara con las manos.

—¿Qué significa cuando un krinar dice que va a "cuidar bien a alguien" *por toda la eternidad*? ¿Es eso como un eufemismo krinar para un encuentro sexual prolongado?

—Oh Dios mío. —Me dejé caer en la silla cargada con mis opciones de vestimenta "de calidad inferior"—. No pienso hacerle esas preguntas. Sigamos con otra cosa. ¿Qué tal preguntarles sobre su idioma? ¿O sobre cómo son capaces de entender todos *nuestros* idiomas tan fácilmente? ¿O sobre su tecnología y si alguna vez planean compartir alguno de esos avances con nosotros?

O sobre si tienen la intención de seguir usándolos solo contra nosotros, para ejercer el control, la intimidación, el espionaje general y la compilación ocasional de cintas de sexo.

—Patético y aburrido. Ten en cuenta donde estaremos, Amy. No es que vayamos a reunirnos en una tienda Apple. Estarás entrevistando a Vair y a otros K cachondos en un club de sexo. Además, Vair me dijo que no responderían a preguntas aburridas y seguras.

—¿Qué? —Me levanté de golpe de mi asiento—. ¿Has hablado con Vair mientras estaba fuera?

—Nos hemos mensajeado otra vez.

—¡Quiero verlo! —exigí, haciendo ademán de coger el teléfono—. Enséñame los mensajes de esta mañana, también.

—Te los enseñaría pero se han borrado.

—Y una mierda. —Me levanté de un salto y le quité el teléfono de las manos—. ¿Por qué ibas tú a borrarlos?

—No lo hice. Vair los borró. O *algo* lo hizo. Porque desaparecieron segundos después de haberlos leído.

Revisé sus mensajes recientes y confirmé que era cierto.

—Tendrá algo que ver con su tecnología, estoy seguro.

—No cabe duda —murmuré asintiendo distraída. Una nueva ola de ansiedad se enroscó en mis entrañas cuando escuché la voz de mi madre en mi cabeza. *No querrían dejar ninguna evidencia de cómo atrajeron a dos periodistas humanos desprevenidos a su propia decapitación.*

Me lo quité de la cabeza. No me podía permitir pensar de ese modo. Jay parecía seguro de que estaríamos a salvo esa noche en el club de Vair, y tenía que confiar en su instinto. Sabía que mis propios instintos eran deficientes, afectados por los años de constante alarmismo de mi madre y por su proselitismo de "el cielo se está cayendo".

Había visto a un terapeuta al respecto en la universidad. Estar en la facultad y lejos de la influencia de mi madre por primera vez me había hecho reconocer cuán pobre era mi capacidad para juzgar el peligro inherente de las situaciones. Aprendí durante la terapia que los niños que eran criados para tenerle miedo a todo en la vida tenían más probabilidades de ser victimizados como adultos, porque se les enseñaba a ver el peligro por todas partes, *incluso en lugares y situaciones donde no había ninguno*, y eso los dejaba sin ninguna capacidad razonable para identificar el verdadero peligro cuando se enfrentaban a él.

Según mi terapeuta, cuando el peligro se normaliza, las personas dejan de escuchar a su intuición, hasta que finalmente no pueden diferenciar entre las oscuras amenazas diarias de "el cielo está cayendo" y la amenaza obvia para todos menos tú del tío de la barra que está planeando de forma evidente echarte algo en la bebida.

Mi terapeuta también me había advertido que a veces los que se criaban preparados para ver el miedo en todas partes se convertían en buscadores de emociones subconscientes o adictos a la adrenalina en la edad adulta.

Sabiendo que mis instintos podían no ser correctos, confiaba en la observación y los hechos tanto como me era posible. Y en el instinto de las personas en quienes confiaba.

Jay había estado rotundamente en contra de la idea de que yo fuera a investigar e informar sobre los clubs-X al principio. Sin embargo, una vez que habíamos entrado y estábamos cara a cara con Vair, fui yo quien se había quedado medio paralizada por el miedo y la conmoción, mientras Jay se había hecho con la situación, pues su instinto le decía que la amenaza no era tan grande como había temido inicialmente. Y había tenido razón.

Esa vez, me advirtió la voz de mi madre en mi cabeza.

Le devolví a Jay su teléfono y me quedé en silencio junto a la cama, absorta en mis pensamientos.

—¿Quieres mandarle un mensaje de texto y verlo tú misma? —me ofreció un instante después, ofreciéndomelo con un gesto embarazoso.

—Oh, no. Definitivamente no.

—Podría darte su número y podrías usar tu propio teléfono para enviarle mensajes de texto...

—¡No me hace falta! —grité. Luego me calmé—. Lo siento. ¿Podemos solo vegetar un ratito? ¿Ver una película o algo así? Necesito distraerme de todas estas cosas.

—Claro. Tengo *Hombres de negro, Alien contra Predator, Independence day...*

—Estás a punto de ser estrangulado con un vestido morado.

Y mientras él estallaba en carcajadas, le tiré el vestido.

CAPÍTULO DIECISIETE

Opté por ponerme el modelito "hijo bastardo de von-Fürstenberg-Burch" para ir al club de Vair.

El K de cara perfectamente simétrica que me había confiscado, y posteriormente devuelto, mis cajas de pertenencias a la oficina el día anterior estaba esperando fuera del edificio de Jay para recogernos exactamente a las once de la noche. Conducía un elegante aunque discreto coche híbrido Lincoln Town Car. Averiguamos que su nombre era Zyrnase.

Zyrnase parecía bastante amable y amistoso, y charló con nosotros sobre lo que le parecía vivir en la ciudad, hasta que Jay dio el horrible paso en falso de preguntar si los alérgenos eran un problema común en Krina como eran en la Tierra, y siguió con una broma sobre cómo "Zyrnase" sonaba como si al K le hubiesen puesto el nombre de un antihistamínico.

Me encogí y me acurruqué en mi asiento cuando Zyrnase nos informó estoicamente que no existía tal dolencia en Krina porque los alérgenos no eran el problema, nuestro débil sistema inmunitario humano sí lo era. Permanecimos en un incómodo silencio durante un rato, antes de que Zyrnase activara el divisor de vidrio tintado y nos bloqueara por completo.

—¿En serio? ¿Un antihistamínico?

—¿Qué? Era gracioso. Humor K totalmente inocente. El tío tiene que soltarse —gruñó Jay entre dientes—. La estructura facial perfecta se hace rápidamente aburrida cuando una persona no es capaz de reírse de sí misma.

—¡Lo sabía! —exclamé en voz baja—. Te gusta.

—¡Bah! Es sexy. *Era* sexy. Antes de que su trastorno de personalidad fastidiara nuestra fiesta de limusina. Que, por cierto, es un asco. No hay ni alcohol ni nada de picar por aquí. —Jay procedió a hurgar en todos los compartimentos que ya había saqueado—. Sabes, entiendo que beber alcohol antes de que te chupen la vena puede ser una mala decisión, pero ¿no estaría bien ofrecerles a tus biberones humanos unas rodajitas de manzana o unos frutos secos? Hasta el banco de sangre más piojoso invita a los donantes a dulces o galletas saladas.

—Oh, Dios, estás nervioso, ¿verdad? Estás totalmente arrepentido de venir esta noche. ¿De verdad crees que están planeando mordernos? Lo comprenderé si quieres echarte atrás y no entrar conmigo cuando lleguemos, ¿de acuerdo? No voy a juzgarte en absoluto.

—¿De qué estás hablando? Por supuesto que voy a entrar contigo.

—No tienes por qué. Lo digo en serio, Jay. Este es mi problema. *Yo* insistí en ir allí la primera vez. Soy yo la que escribió el artículo que ha cabreado al Consejo de los krinar.

—Bueno, y *yo soy* el mejor amigo que insistió en ir contigo aquella primera vez. Y esa noche tuve el mejor sexo de mi vida, muchas gracias. También soy el mismo amigo que negoció la repetición de la jugada de esta noche, y no pienso perdérmelo.

—Pero, Jay...

—Pero nada. —Él juntó el índice y el pulgar frente a mi cara e hizo el gesto de "cremallera"—. Si crees que voy a dejarte acaparar a todos esos sexis extraterrestres para ti sola, estás más ciega que esas gafas de topo que aún usas sin ningún motivo lógico. Vair dijo que podía ir, y voy a ir. Fin de la discusión.

—Uf, Jay... —Pestañeando rápidamente para librarme de las lágrimas que me escocían en los ojos, me acerqué más y le cogí por el brazo. Apoyé mi cabeza en su hombro y le dije: —Eres el mejor: ¿lo sabes? Gracias.

Las palabras sonaron a poco en mis oídos. Eran grotescamente inadecuadas, dado todo lo que Jay estaba arriesgando por mí. Pero nunca se me había dado bien expresar esas cosas. Y no podía permitirme emocionarme esa noche.

Era consciente de que Jay siempre había sabido eso de mí, porque nunca insistía en sacarme mis temas emocionales como algunos de mis otros amigos. Cierto, podía tomarme el pelo por tener problemas de intimidad, pero siempre lo mantenía en un tono ligero y juguetón. Y se echaba para atrás cada vez que percibía mi incomodidad. Era una de las cualidades que hacían de él un amigo tan excepcional.

—Ya, ya —murmuró—. Eso dicen. —Apoyó su cabeza sobre la mía y me apretó el brazo.

Viajamos varias manzanas en silencio contemplativo.

—Pero ahora en serio —bromeó él mientras pasábamos por Greenwich Village—, ¿por qué sigues usando esas gafas si ves peor con ellas?

Suspiré y me enderecé en el asiento, apartando mi brazo del suyo.

—Porque no tiene sentido. He llevado gafas desde el que iba a segundo de primaria. La vista no mejora sola.

—¿Y si lo hiciera?

—No es posible.

—¿Así que las sigues llevando por pura negación?

—No, claro que no. Mira, ¿y si solo es que me gusta cómo me sientan? —Mi afirmación se había convertido en una pregunta al final.

La sonrisa torcida de Jay me indicó que no lo estaba comprando.

No podía culparlo; yo tampoco.

—¿Qué? ¡Van bien con mi vestido! —insistí con una risita—. Me gusta llevar gafas, ¿vale? ¿Podemos dejarlo?

Él se encogió de hombros.

—Lo que tú digas, pequeña. —Me lanzó un guiño—.

Es del todo cosa tuya si quieres esconder esos preciosos ojos verdes tras unas gafas con las que no puedes ver nada. —Su expresión divertida se convirtió en una de desconcierto y su atención se dirigió a la ventana de mi lado cuando el coche giró a la derecha—. ¿Por qué está girando aquí? Este no es el camino por el que vinimos la última vez.

Volví la cabeza y vi que habíamos entrado en un callejón. No tenía el mejor sentido de la orientación del mundo, pero esto definitivamente no me parecía familiar. Por supuesto, no podía ver mucho, entre la oscuridad del callejón poco iluminado y la falta de definición que creaban mis gafas.

—No —dije, preocupada—. No lo parece.

Mi corazón comenzó a latirme con fuerza en la garganta cuando se me pasaron por la cabeza todo tipo de situaciones terribles. Deseé haber prestado más atención a la ruta que había tomado Zyrnase.

—Bueno, supongo que tiene sentido —dijo Jay mientras el pánico se iba acomodando en mi interior—. Debe de llevarnos por la entrada súper secreta para celebridades VIP de la parte de atrás.

Forcé una risa nerviosa, con poco entusiasmo. Jay me cogió la mano entre las suyas y le dio un apretón tranquilizador cuando el coche se detuvo junto a la parte de atrás de un viejo y poco llamativo edificio de ladrillos.

—¿Y ahora qué?

Apenas había susurrado la pregunta cuándo, para mi sorpresa, la pared de ladrillos junto a nuestro coche comenzó a disolverse, creando una abertura lo suficientemente grande para que este la atravesara. Y ahí es exactamente donde Zyrnase dirigió nuestro auto.

La oscuridad nos envolvió mientras bajábamos por una rampa hacia lo que parecía ser un túnel subterráneo. Íbamos muy despacio, con solo los faros del coche iluminando nuestro camino. Intenté mantener la calma, pero después de circular por lo que me parecieron tres manzanas enteras, empecé a sentirme a punto de hiperventilar.

—De acuerdo, tal vez no debería haberlo comparado con un antihistamínico —Jay murmuró en voz baja a mi lado. Sabía que estaba tratando de ponerle algo de humor a ese momento lleno de tensión para que me animara, pero escuché la aprensión y la alarma que escondían sus palabras por debajo de su aparente tono jocoso cuando preguntó—: ¿Saltamos y echamos a correr?

—No sé por qué, pero dudo que llegáramos muy lejos —le dije sinceramente—. Que no cunda el pánico.

—¿Quién ha hablado de pánico? —murmuró—. Ninguno de los de este coche. Tú y yo no somos de los que nos asustamos.

Me reí para no cagarme de miedo.

Se me disparó el pulso cuando las ruedas se detuvieron una vez más en medio del oscuro túnel.

—Pensándolo bien...

Las palabras de Jay se interrumpieron abruptamente cuando una luz púrpura-rojiza inundó de pronto el interior del coche. Se había abierto un gran agujero en el lateral del túnel donde nos habíamos detenido. Zyrnase nos condujo a través de él, y nos encontramos dentro de un garaje subterráneo.

Unos metros más tarde, nos detuvimos por fin en una plaza de aparcamiento marcada con la letra "Z", y Zyrnase apagó el motor.

—Jesús —Jay soltó un suspiro de alivio exasperado cuando Zyrnase saltó del asiento del conductor y rodeó el coche hasta mi puerta—. Esto ha sido poner algo de dramatismo al estilo de las aventuras "de capa y espada" ¿no te parece?

Eso era un eufemismo. Pero hice callar a Jay y le recordé en voz queda que se portara bien con el K cuando Zyrnase me abrió la puerta.

—Gracias... eh... por el viaje —dije tan cortésmente como pude mientras salía del auto, con las piernas tan inestables como mi pulso después de nuestro desconcertante viaje. Le tendí mi mano temblorosa, y sus ojos se abrieron mucho de un modo extraño. Luego retrocedió un paso, mirando mi mano como si fuera una serpiente venenosa.

—De nada, de verdad —dijo educado. *Sin estrechar mi mano extendida.*

Dejé caer el brazo y me hice a un lado.

Cuando Jay salió del auto y le tendió la mano, Zyrnase se la aceptó sin dudarlo.

¡Guau! ¿Así de sexista?

—Eh, gracias por el paseo, tío. Perdón por el chiste malo de antes —dijo Jay.

No por primera vez, me maravillé de la calma y la

tranquilidad que mi amigo siempre lograba tener, o al menos demostraba.

—¿Qué broma? —respondió Zyrnase, con rostro impenetrable—. No recuerdo nada gracioso. —Cerró la puerta del coche y nos dio la espalda—. Seguidme.

—Eh... Vale. Ahora viene la parte *mala*...

—Déjalo —le dije a Jay con un fuerte codazo en las costillas, y seguimos a Zyrnase.

Nos guio a través de un agujero que creó en la pared del garaje. Eso nos llevó a un pasillo largo y gris, y luego continuamos a través de otro agujero que hizo en otra pared, que nos condujo a otro pasillo largo.

—En serio, ¿ya llegamos? Esto es casi ridículo —Jay se quejó lo bastante fuerte como para que Zyrnase lo oyera, haciendo que yo intentara acallarle de nuevo a pesar de que mis pies calzados con tacones de aguja empezaran a estar de acuerdo con él.

También me estaba congelando: prácticamente tiritaba con mi vestido corto sin mangas mientras caminábamos por los fríos y vacíos pasillos.

Permanecimos en silencio mientras subíamos dos plantas en un pequeño ascensor y luego seguimos a Zyrnase por otro pasillo aséptico, con aspecto industrial.

—Oye —me susurró Jay con voz chillona, caminando más despacio para acercarse a mí—. No me puedo creer que me olvidara de decírtelo: he recibido respuesta de Stephen mientras te estabas arreglando. Se me fue de la cabeza cuando salimos con prisas.

—¿De quién? —articulé sin emitir ningún sonido.

—El amigo de la CIA —murmuró disimuladamente a soto voce—. Quiere hablar contigo. Dijo que tu nombre está en una de sus listas.

—¿Qué? —Gesticulé con la boca, horrorizada.

Él asintió y luego hizo un gesto con la cabeza en dirección a Zyrnase, murmurando:

—Ya hablaremos de eso mañana.

—¿Mi nombre está en una lista? ¿Qué clase de lista?

Los ojos de Jay brillaron, advirtiéndome que no hablara, pero negó con la cabeza y me respondió con un susurro:

—Ni idea. Dijo que era información clasificada.

—¿Me lo dices en serio?

—Más tarde —insistió, poniéndose el índice contra los labios.

Me callé, pero mi mente era un puro torbellino.

¿Cómo podría haber entrado yo en una lista clasificada del gobierno?

Doblamos una esquina al final del pasillo, y mi corazón se disparó cuando vi a Vair de pie allí, a menos de seis metros de distancia; su porte alto, dominante y bronceado, de belleza irreal, hizo que me estremeciera con una emoción puramente femenina.

—Me alegro de volver a verte, pequeña humana —dijo—. Bienvenida de nuevo a mi club.

CAPÍTULO DIECIOCHO

Debería de haberme sentido insultada por cómo me había llamado "pequeña humana". Pero con ese tono tan cálido y la mirada fascinada que me estaba lanzando me pareció el mayor de los cumplidos.

—Hola.

No podía pensar en nada más elocuente que decir mientras me quedaba allí mirándolo, sintiendo las mejillas tirantes por la sonrisa tonta que se había extendido, inesperadamente, por mi cara. También sabía exactamente qué clase de sonrisa era. Era la misma que podía verse en cada una de mis fotos de primaria, antes de que aprendiera con la edad y el sentido común cómo controlarla y sonreír como una persona normal.

Era mi sonrisa excesivamente emocionada e irrefrenable y no tenía absolutamente ningún motivo para dejarse ver justo ahora, delante del burlón, dominante y sexy alienígena cabrón que había usado unos vídeos sexuales incriminatorios para chantajearme y hacerme venir a su club-X aquella noche.

A medida que Vair caminaba hacia mí, se hizo más fácil controlar mi exuberante sonrisa, aunque me fue más difícil hacer que el resto de mis facciones se organizaran para mostrar algo más sutil y apropiado. Con cada paso lleno de gracia que daba en mi dirección, su gran tamaño y su magnetismo de otro mundo me hacían debatirme entre darme la vuelta y escapar o lanzarme a sus brazos para trepar por él igual que si de un árbol se tratase.

Incluso a cierta distancia, y mientras llevaba mis gafas de visión borrosa, esos oscuros ojos suyos me estaban sumergiendo en su profundidad infinita, haciéndome olvidar todas las razones por las que no había querido venir a su club aquella noche: todas las razones por las que él era un peligro para mí y para la raza humana.

En ese momento, solo existía la química entre nosotros: una fuerza que desafiaba a la lógica y a la razón, se burlaba de las diferencias inherentes entre nuestras especies y no tenía en cuenta los obstáculos de la política interplanetaria.

—Hola, tío. Es genial verte de nuevo. —Jay se puso justo delante de mí, obstruyendo el camino de Vair en lo que fue el movimiento "de bloqueo de mejor amigo contra otro tío" más valiente y a la vez más suicida de todos los tiempos—. Gracias por recibirnos de vuelta en tu club.

Me había olvidado por completo de que Jay y Zyrnase estaban en el pasillo con nosotros.

La estatura y la musculatura de Jay puede que fuesen impresionantes para un hombre humano, pero el físico krinar de Vair lo hacía parecer un enano. Y Vair no es que estuviera precisamente contento con Jay por interrumpir nuestro momento. Sus ojos oscuros y mercuriales habían pasado de mirarme a mí de forma cálida y efusiva a estrecharse con gesto posesivo e intimidatorio al posarse en Jay.

Mi preocupación por mi amigo hizo que por fin encontrara y fuera capaz de usar mi voz.

—Vair, recuerdas a mi mejor *amigo*, Jay —dije, poniendo un énfasis extra al decir «amigo».

Con la mandíbula apretada, y un remedo de sonrisa en sus labios, Vair le dio una palmada a Jay, no demasiado suave en el hombro y le soltó unas palabras bruscas de bienvenida, antes de agarrar a mi mejor amigo, apartándolo de su camino.

Mi sonrisa de la escuela primaria regresó, acompañada por el más embarazoso rubor de colegiala cuando Vair se situó directamente frente a mí, bloqueando una vez más a los otros con su imponente anatomía y haciendo que el calor que emanaba de su cuerpo poderoso ardiera directamente en cada parte de mí.

—Hola —dije otra vez, como una estúpida.

Él se rio suavemente y repitió como un loro:

—Hola.

Tomó mis dos manos temblorosas entre las suyas,

calentándolas y haciendo desaparecer lo que quedaba de mi miedo. Y reemplazándolo con un tipo diferente de emoción cuando llevó cada una de mis manos a sus labios, una tras otra, depositando besos hirvientes que me hicieron arrepentirme de no haber metido un par de bragas extra en el pequeño bolso de noche que colgaba de mi hombro.

—Estás muy guapa, Amy. —Su voz profunda y calmada cobró una cualidad hipnótica cuando sus labios rozaron la sensible piel de mis nudillos—. Es estupendo tenerte aquí.

Mi cuerpo entero cobraba vida ante la más leve caricia suya: mis músculos se tensaron con anticipación y mis entrañas se convirtieron en fuego líquido. Cerré los ojos y me balanceé más cerca, respirando su olor como la xenófila que yo era con él.

—Me alegro de que fueras lo bastante valiente como para venir esta noche, querida.

El apelativo familiar que había usado en mi sueño de la noche anterior demostró ser el cubo figurado de agua helada que necesitaba.

Mis ojos se abrieron cuando sumé dos y dos: yo había estado en lo cierto. Vair me *había* visitado en el apartamento de Jay la noche anterior. No había sido ningún sueño.

Me di una bofetada mentalmente.

¿Qué cojones me pasaba?

Liberé apresuradamente mis manos de entre las suyas. Él las dejó ir frunciendo el ceño, y yo di un paso atrás, abriendo un espacio muy necesario entre ambos.

Me había quedado allí de pie, *ruborizándome.* Mirando a los ojos de Vair, aspirando el olor de su divino aroma de K, actuando como si fuésemos una pareja en nuestra segunda cita, cuando él era el mismo K burlón, acosador, disuelveparedes, grabavideos y chantajista que suponía una amenaza tanto para mi carrera como para mi vida.

—¿Valiente? —Jay interpuso con una carcajada, saliendo en mi ayuda cuando me quedé sin palabras—. Vair, hombre, no te ofendas, pero Amy y yo hemos estado en clubes de sexo más locos que el tuyo.

Casi me atraganto con mi propia saliva mientras volvía la cabeza en dirección a mi amigo a la velocidad del rayo. O Jay era la persona más osada que conocía o seriamente tenía muchas ganas de morir.

—¿Es eso cierto? —dijo Vair suavemente.

—Sí. —Jay se encogió de hombros, sin verse afectado por la fría amenaza velada de morir asesinado que se desprendía implícitamente del tono de voz del K —. Somos reporteros, como sabes. Va con el paquete.

Me hice un ovillo por dentro.

Sin inmutarse, mi colega se puso a alardear todavía más, doblando las apuestas, y confiándole radiante con una risita:

—Puesto que Amy y yo somos los periodistas más jóvenes y atractivos del *Herald, somos la elección más lógica a la hora de infiltrarnos para investigar en los clubs de sexo más exclusivos de la ciudad.* —Volvió a encogerse de hombros—. Cuando el deber nos llama —dijo con tono musical—, allá que vamos. Y ahora ya sin tapadera y listos cuando tú también lo estés para ponernos con esas preguntas de la entrevista que prometiste que le permitirías hacer a Amy.

Engullí saliva. Vair estaba mirando a Jay como si estuviera a punto de acabar con mi amigo en el acto.

Pero entonces Vair sonrió levemente y respondió con un despreocupado:

—Por supuesto. Y estaré encantado de complaceros. Pero primero, creo que deberíais echar un vistazo y quizás pasar algún tiempo detrás de la barra para haceros una mejor idea del funcionamiento interno de nuestro club: para observar cómo se compara con todos los demás en los que habéis estado.

¿Quería que atendiéramos la barra?

—Fabuloso —asintió Jay con entusiasmo—. Tú primero.

—Me temo que tengo otros asuntos e invitados de los que ocuparme durante la mayor parte de la noche. Zyrnase os enseñará todo esto.

Intenté ignorar la abrupta sensación de decepción, por no decir de ansiedad, que se generó al instante dentro de mí ante la perspectiva de no pasar tiempo con Vair mientras estaba en su club esa noche.

Si mi abatimiento se reflejó en mi cara, Vair no lo vio. Porque no me estaba mirando, añadiendo otra palada de rechazo que me enterró aún más en el hoyo creado por ese inquietante giro de los acontecimientos. Había sido sólo ayer, cuando Vair había profesado en la limusina que *necesitaba* que yo volviera a su club. Le había expresado a Jay que estaríamos allí bajo su protección. ¿Y ahora simplemente nos soltaba por ahí por nuestra cuenta y riesgo?

Vair estaba centrado en Zyrnase mientras le daba instrucciones:

—Llévalos al bar de arriba y asegúrate de que Tauce los cuida. Dile quién es ella, y que yo te he dicho que podía entrevistarlo. —Solo lanzó la más breve de las miradas en mi dirección mientras lo decía—. Enviaré a Shalee para hablar con ella también, cuando esté disponible.

Zyrnase asintió, pero tengo la sensación de que no estaba exactamente emocionado con lo que me pareció un apaño recién pergeñado. Y no pude evitar la sospecha de que estábamos a punto de ser arrojados a los lobos.

—Espera. ¿No necesitas estar presente para su entrevista con ese Tauce? —preguntó Jay—. ¿Ni con Shalee?

Vair sonrió.

—Estoy seguro de que Tauce y Shalee se las arreglarán bien sin mí.

—Pero pensé que estabas preocupado por la protección de Amy...

—No pasa nada —interrumpí a Jay—. Estaré bien.

Esperaba.

No estaba dispuesto a dejar que Vair pensara que necesitaba o quería que me hiciese de niñera en su club. Y era perfectamente capaz de entrevistar a unos K por mi cuenta, sin su supervisión... ni su interferencia.

Vair me sonrió, con su sonrisa de depredador y sus

dientes de resplandeciente blancura que destacaban en su rostro suavemente esculpido y bronceado.

—Claro que lo estarás.

Se acercó y me agarró por los hombros, marcando mi piel desnuda con el calor de sus palmas e invadiendo mi espacio personal. Sus labios pasaron como entes intangibles junto a mi mejilla antes de sumergirse en mi oído para susurrar:

—Cuento con que serás agradable con los otros alienígenas, querida. No me decepciones.

¿Qué diablos?

¿Qué significaba eso?

Vair intercambió unas palabras rápidas en su propio idioma con Zyrnase mientras se alejaba de mí, con una sonrisa sexy y encantadora en su rostro perfecto.

Cuando Vair se fue y mientras seguíamos andando por otro pasillo a varios pasos de distancia de seguridad por detrás de Zyrnase, le di a Jay un codazo en el bíceps y siseé en su oído:

—¡Deja de provocar a los K!

—¿Yo? Si has empezado tú.

—¿Yo? ¿Qué he hecho yo?

—Chica, tienes que controlar tu lujuria cuando estás cerca de Vair. No puedes mirar así a ningún tío.

Mierda.

—¿Así, cómo? ¿Cómo lo estaba mirando?

—Igual que si quisieras hacer bebés alienígenas con él.

—No es verdad.

—Sí lo es. Y como si quisieras ponerte a hacerlos allí mismo en el pasillo, delante de mí y de Zyrnase.

—Han sido imaginaciones tuyas.

Él se echó a reír.

—Bueno, no era el único que me estaba imaginando cosas. Estoy bastante seguro de que Vair estaba a punto de aceptar tu oferta no verbal justo antes de que yo me metiera en medio.

—Sí, bueno... gracias por eso. Te lo agradezco. Pero ha sido tonto por tu parte, y peligroso. Lo que me recuerda... —Le golpeé el brazo otra vez—. ¿Estás tratando de que te maten alardeando de nuestra experiencia ficticia en clubs de sexo?

—Oh, vamos, fue genial. Y ahora sabemos que se puede putear a los krinar igual que a los humanos. Estoy pensando en hacer de eso el tema de *mi* reportaje exclusivo sobre los K.

ENTRAMOS EN EL BAR DE ARRIBA DEL CLUB-X DE VAIR atravesando un último agujero en el último de los pasillos. Las luces multicolores que nos recibieron nos trajeron recuerdos de nuestra primera visita, al igual que los matices musicales etéreos y llorosos de algún instrumento misterioso que sonaba en medio de las vibraciones más agudas y el ritmo de fondo.

La zona del bar era similar a la que habíamos visto antes, pero definitivamente no era el mismo espacio, por lo que me pregunté cómo de grande sería el club.

Esta habitación era un poco más pequeña que aquella en la que habíamos estado durante nuestra primera visita, pero con reservados más íntimos, con cortinas que podían correrse, a lo largo de las paredes, en lugar de las mesas circulares que la otra vez vimos que servían como barras. La pista de baile estaba aquí ligeramente elevada, y había una gran barra circular de aspecto futurista fabricada con lo que parecían ser metal y vidrio blanco moldeado, iluminado desde dentro.

Era fácil detectar a los krinar que había en la habitación: su altura superior, tono bronceado y alucinantes atributos de supermodelos los hacían distinguirse hasta de los más atractivos de los humanos que había en la pista de baile. Como la vez anterior, los K vestían ropa sencilla y de colores claros, que acentuaba el aspecto sano y bronceado de su piel, y tejidos que se ajustaban a sus cuerpos poniendo énfasis en sus físicos agraciados e impresionantes, haciéndome sentir por un momento fuera de lugar y arrepentida por mi selección de vestuario, mientras me secaba disimuladamente las húmedas palmas de mis manos en la falda de mi vestido.

Después de un mes de obsesionarme con mi última visita, volvía a estar oficialmente en el club-X de Vair. Y justo cuando estaba empezando a controlar mis nervios y mi cara de póker, estalló un alboroto en la pista.

—¡Te dije que no volvieras por aquí!

CAPÍTULO DIECINUEVE

La música se apagó y las luces se encendieron, iluminando el jaleo que acababa de estallar.

Un enorme hombre krinar con la cabeza completamente afeitada y unos llamativos ojos de color amarillo verdoso sostenía por la garganta a un joven humano alto y de aspecto elegante con una sola mano. Por grande que fuera Vair, este K calvo parecía serlo incluso más, quizá unos centímetros más alto y unos diez kilos más de puro músculo.

Si me hubiera cruzado con él por la calle a plena luz del día y llevando una bolsa del supermercado, podría haberme sentido lo bastante inquieta como para darme la vuelta y alejarme de él a toda marcha. Verlo sostener con tanta facilidad a un humano que se debatía en el aire era decididamente aterrador.

—¿Quién *cusacks* ha dejado entrar a este tío otra vez? —preguntó el terrorífico K. Sus ojos, más amarillos que verdes ahora, escudriñaron por aquí y por allá la habitación con aire acusador antes de volver a mirar con renovado desdén al hombre que tenía cogido—. Último aviso. ¿Algún krinar quiere reclamarlo?

Esos ojos completamente amarillos, colocados en medio de rasgos perfectamente simétricos, afilados y que tanto resaltaban contra su piel profundamente bronceada, mostraban cero compasión por la víctima que tenía entre sus manos, que se estaba poniendo de color púrpura por la falta de aire y se aferraba desesperadamente a la enorme mano que le rodeaba la garganta.

Y quiero decir cero.

Tiré del codo de Jay.

—Tenemos que hacer algo.

—Lo sé, pero ¿qué? —susurró, con el rostro pálido—. ¿Conseguir que nos maten?

—Tauce no lo matará —Zyrnase nos tranquilizó, con voz carente de preocupación.

¿Eso era Tauce? ¿El K que Vair había elegido para "cuidarnos" era este alienígena asesino con ojos de loco que estaba estrangulando a un hombre en medio de la pista de baile?

Nos habían arrojado a los lobos, de verdad.

—¿Me tomas el pelo? —exclamó Jay—. ¿Ese es el tipo al que se supone que ella va a entrevistar? *¿Sola?* ¿Dónde está Vair? Quiero hablar con él.

—No hay ninguna necesidad de eso. ¡Tauce!

La voz con tono dominante de Zyrnase hizo que el

gigantesco K soltara al pobre humano, que se desplomó en el suelo, semiinconsciente.

—Y no vuelvas —dijo Tauce con frialdad al hombre, que ahora estaba temblando y tosiendo en el suelo, agarrándose el cuello y luchando por poder respirar otra vez.

Las palabras del K encerraban la promesa de una muerte segura para él si era lo suficientemente tonto como para desobedecerlas.

¿Pero por qué?

¿Qué demonios había hecho ese hombre? No parecía tener más de veintitantos años. Y obviamente no era rival para un K. ¿Qué podría haber hecho mal que justificara tal tratamiento?

Dejando a un lado mi miedo al K de ojos amarillos, di un paso adelante cuando Jay y Zyrnase comenzaron a discutir sobre la elección de Vair de niñera y de entrevistado para mí.

Otros K se acercaron y sacaron al hombre humano de la pista de baile, las luces se atenuaron y la música volvió a sonar mientras Tauce se alejaba en dirección al bar, con un gesto de disgusto y enfado aún cincelado en el rostro. Lo cual, por lo que yo sabía, podría tratarse de su expresión habitual.

El corazón se me puso en la garganta mientras daba otro paso, y luego otro.

Me dije a mí misma que era porque tenía curiosidad. Que era simplemente mi espíritu de reportera, motivado para conocer los hechos con respecto a la situación, a comprender lo que un humano podría haber hecho en un club de sexo alienígena para merecer ser atacado y amenazado de la forma que acababa de presenciar.

No era porque sintiera que el comentario de Vair sobre "ser agradable con los otros alienígenas" fuera un reto, o porque quisiera mostrarle a Vair que era lo bastante valiente como para enfrentarme a cualquier temible alienígena que él estuviera dispuesto a plantarme delante.

Y ciertamente no era porque su influencia apelase al adicto a la adrenalina que buscaba emociones de mi subconsciente, el que carecía del buen juicio para evaluar el verdadero peligro al verse frente a él. Esto iba de aclarar los hechos y hacer que mi K respondiera a las preguntas de la entrevista para mi próximo artículo.

Haciendo acopio de valor, me acerqué con cautela hasta que me encontré delante de la enorme bestia K que se afanaba furiosamente detrás de la barra. Levantó la vista al notar que yo estaba allí y sonrió. *Y de algún modo consiguió parecer todavía más aterrador al hacerlo.*

—Bueno, buee-no, hola, cosita linda. —La mirada lasciva de sus ojos verdes me quitó el ceñido vestido en cuestión de segundos—. Soy Tauce. —Se estiró por encima de la barra iluminada que había frente a nosotros, ofreciéndome su enorme mano estrujagargantas—. ¿Tu primera vez en el club?

—¡Yieeeccch! —Zyrnase lanzó un grito de angustia de extraño sonido por detrás de mí, desde donde había estado discutiendo con Jay—. ¡Es la humana de Vair!

Tauce retiró su mano a una velocidad antinatural, exclamando algo que sonaba como "joder" pero con más sílabas. Sus ojos estaban muy abiertos y miraron incrédulos por encima de mi hombro en dirección a Jay y Zyrnase.

—¿Charl? —preguntó.

—Eh, no, mi nombre es Jay. —Jay se lanzó apresuradamente junto a mí con ademán protector. Le ofreció a Tauce su mano—. Supongo que ya conocerás a Zyrnase.

Tauce no estrechó la mano de Jay. La mirada desdeñosa que dirigió a mi amigo hizo que el K me gustase incluso menos que diez segundos atrás.

—Me refería a la dama —dijo, apuntando con su mandíbula ancha y cuadrada en mi dirección.

—Su nombre tampoco es Charl —le dijo Jay—. Es Amy.

Los ojos de Tauce se volvieron un tono que era casi amarillo neón cuando su mirada molesta pasó de Jay a Zyrnase.

—Ni siquiera lo digas, Z. No esta noche.

—Vair quiere que cuides de ellos.

—¡Jo, *cusack!*

Decidí que "cusack" debía de ser el equivalente en krinar de "joder"... o algo en esa línea. En cualquier caso, no era una expresión de felicidad.

Zyrnase y Tauce discutieron en krinar. No duró mucho, y supe que Tauce había perdido la partida cuando se pasó una enorme mano por la cara y se lamentó diciendo "cusack" tres veces en rápida sucesión.

~

ZYRNASE NOS DEJÓ EN LAS HÁBILES MANOS ASESINAS DE Tauce. Tauce se pasó la mayor parte de los primeros veinte minutos con nosotros sirviendo bebidas e ignorando nuestra presencia mientras permanecíamos detrás de la barra sin hacer nada, manteniéndonos fuera de su camino lo máximo posible.

Cuando no estaba poniendo alguna bebida, estaba dibujando cosas en la palma de su mano con su dedo índice, generalmente con sus fosas nasales en tensión y su labio superior dibujando un rictus de desprecio. A veces parecía estar leyendo cosas en su antebrazo. Yo no podía decidir si todavía estaba haciendo pucheros por la oportunidad perdida de cometer un homicidio en la pista de baile, o si toda su ira alienígena estaba dedicada a nosotros.

Jay intentó entablar una conversación con él, pero fue en vano. No fue hasta que decidimos dejarlo estar con su cabreo y lanzarnos a explorar la sala por nuestra cuenta cuando eligió interactuar, *para detenernos.*

Nos acorraló detrás de la barra y nos hizo saber que no debíamos abandonar su compañía. Quedó claro que Vair había designado a Tauce como nuestra niñera-barra-guardaespaldas, una revelación que era un tanto tranquilizadora en el sentido de que significaba que

Vair aparentemente quería mantenernos seguros mientras estábamos en su club. Y por otra parte, también era un poco decepcionante.

Pasar el rato con el K gruñón mientras él trabajaba con cara de perro fue muy anticlimático, después de la cantidad de especulaciones y nerviosismo que Jay y yo nos habíamos creado en las últimas veinticuatro horas.

—¿Hemos pasado por veinte paredes que se disolvían para esto? —se lamentó Jay.

Señaló que si teníamos que quedarnos sentados mirando las musarañas con ese tío cabreado durante el resto de la noche, sería mejor que empezásemos a beber. Por desgracia, el bar del club-X no estaba equipado con los chupitos de vodka que Jay acostumbraba a tomar. De hecho, no estaba abastecido en absoluto... era literalmente una barra vacía.

Tauce simplemente agitaba su mano o pedía cierta bebida, y esta aparecía, elevándose desde compartimientos ocultos por debajo de la superficie de cristal blanco de la barra. Haciendo que su papel de "barista" pareciera un poco superfluo, en mi opinión.

El exótico jugo de fruta púrpura mezclado con alcohol suave que Vair me había dado la última vez que había estado allí parecía ser la opción más popular entre los humanos que frecuentaban el club. Jay comenzó a referirse a él como un cóctel "Shirley Temple extraterrestre" después de haberse tomado dos vasos y no haber cogido el punto que quería.

—Creo que lo hacen a propósito —dijo Jay, sorbiendo ruidosamente los restos de su segundo vaso en vano mientras Tauce meditaba y nos vigilaba desde el otro extremo de la barra.

—¿Hacen el qué?

—Servir bebidas tan suaves y poco cargadas que después de un rato estás tan desesperado por pillar un subidón que firmarías encantado porque cualquier K disponible te pinchara una vena. Tiene sentido ¿no?

Me eché a reír y negué con la cabeza.

—No lo sé. Todavía estoy con la primera, y puedo empezar a sentir el efecto del alcohol. Definitivamente siento algo... como una especie de calor o energía fluyendo a través de mí. Tal vez sea solo la música... O mi menguante adrenalina.

—Creo que son los ojos con visión láser de Tauce quemándote el trasero. En serio, estoy a punto de retarle a un duelo para defender tu honor si él no deja de mirar.

—Shhh, no hables tan alto; te va a oír.

—Esa es la idea. Te diré una cosa: lo último que me figuraba era que iba a aburrirme esta noche. —Jay dejó su vaso vacío en la barra—. Es, literalmente, el único escenario que nunca contemplé antes de venir aquí.

No pude más que estar de acuerdo. Pero me parecía mal sentirme decepcionada por eso. Tendríamos que encontrarnos aliviados en vez de aburridos.

—Eh, al menos estamos a salvo —le recordé a Jay—. Eso es lo más importante. Este es un resultado mucho mejor que cualquier otro escenario.

—Habla por ti. No todos valoramos la seguridad por encima de todo en la vida, pequeña. —Jay agitó la mano por encima de su vaso como habíamos visto hacer a Tauce.

No pasó nada. Cuando Tauce lo había hecho, el bar se había abierto y se había tragado el vaso.

—Te ordeno que te lleves el vaso —entonó Jay con una voz ridícula, lo bastante fuerte como para conseguir que Tauce frunciera el ceño.

—Corta el rollo. Pensará que nos estamos burlando.

—Bien. Vair dio a entender que íbamos a trabajar en el bar. Dijo que podríamos echar un vistazo por ahí y hacernos una mejor idea del funcionamiento interno de su club. Nada de lo que hemos hecho con Tauce hasta ahora se acerca a eso ni remotamente. —Jay gritó la última parte en dirección a Tauce—. También dijo que podríamos entrevistar a Tauce, pero el tío ni siquiera se digna hablar con nosotros. Solo se queda allí, fingiendo que hace garabatos en su mano y que lee cosas de su antebrazo.

Juraría haber podido escuchar los dientes de Tauce rechinar a cinco metros de distancia mientras Jay continuaba con su diatriba. El K parecía estar ahora dibujando con furia en su palma.

—Y en cualquier momento en que otro K o un humano intenta interactuar con nosotros, el calvito antisocial este los asusta. Vair nos está tratando como a niños, Amy. O conseguimos algunas bebidas de verdad y una entrevista de verdad con un K, o te digo que nos larguemos de aquí.

Vale. Como si fuese tan fácil. Vair estaba tramando algo con este arreglo; simplemente yo no podía averiguar qué. Entretanto, intenté calmar a Jay y hacer que se callara la puta boca antes de que llegara demasiado lejos con sus provocaciones a nuestra niñera alienígena.

Pero entonces Jay dejó de hablar él solito, hipnotizado por la visión de una escultural morena K acercándose a la barra.

Su cabello brillante y largo hasta los hombros caía en ondas sueltas y naturales, y vestía un vestido ajustado, asimétrico, corto y blanco, que era la fusión perfecta entre la elegancia informal y la alta costura chic. Su mirada se detuvo brevemente cuando pasó por encima de Jay antes de encontrarse con la mía. Ella sonrió y extendió su mano hacia mí, y noté cómo sus ojos marrones lucían unos llamativos tonos de ámbar.

—Soy Shalee.

Estreché la mano que me ofrecía Shalee y le di un firme apretón. Tauce no hizo ningún amago de detenerme.

—Encantada de conocerte. Yo soy Amy

—Lo sé. Trabajo estrechamente con Vair. Es un placer conocerte, Amy.

Mi corazón se aceleró y algo en mis entrañas se retorció ante esas palabras, incluso mientras conservaba una sonrisa agradable en mi cara.

—¿Oh? Qué bien. ¿Desde hace cuánto?

No había pretendido preguntar eso en voz alta, pero viendo que no podía retractarme de ello, decidí elaborarlo.

—¿Qué clase de trabajo? ¿Qué haces con él?

¿Te estás acostando con él?

—Investigación. —Inclinó la cabeza, estudiándome con los ojos entrecerrados mientras el lado derecho de su boca se curvaba hacia arriba—. En su mayor parte.

Zorra.

—Yo soy Jay. —Mi mejor amigo lanzó su mano hacia adelante, prácticamente apartándome de su camino para ponerse directamente frente a Shalee.

Cogí la indirecta y me quité de en medio.

La sonrisa de Shalee se hizo más amplia.

—Hola, Jay. —Le estrechó la mano y yo me quedé observando cómo el normalmente cortés y socialmente sofisticado Jay se quedaba allí, embobado y sin palabras, mirando a la magnífica compañera de trabajo de Vair, con pinta de empezar a babear de un momento a otro.

—No estamos juntos —dijo por fin, señalando con un gesto de cabeza en mi dirección—. En caso... en caso de que te lo estuvieras preguntando. —Todavía tenía cogida su mano.

—Lo sé.

—Esto va a sonar como la frase para ligar más cursi del mundo —empezó a decir Jay, y luego se detuvo para recuperar el aliento.

Pensé en darle un empujón y sacarlo de allí para salvarlo de sí mismo, pero no sabía si sería capaz de despegar su mano de la de Shalee. Y una parte pequeña y malvada de mí quería escuchar la frase para ligar más cursi de Jay para reírme un poco.

—Te juro que anoche soñé contigo —Jay confesó con total sinceridad.

Ay, Dios.

Shalee hizo un gesto con la frente, también aparentemente mostrando un genuino interés, como queriendo decir: "tienes que estar bromeando".

—¿De verdad? Y ¿qué estábamos haciendo?

No hablaba en serio, ¿verdad? Parecía demasiado lista para picar con eso. ¿Nunca habían oído esa frase tan manida en Krina?

—En mi sueño, eras una enfermera. —Jay se aclaró la garganta—. Y me hacías... una visita a domicilio.

Tosí. Ruidosamente. Pero Jay no apartó la vista de Shalee para captar mi señal.

—¿En serio? —Sonaba auténticamente intrigada. *No podía ser que se dejara engañar con esto*—. ¿Y cuál era el tratamiento?

—Me diste algún tipo de medicina para prevenir la resaca.

Ella se mordió el labio, evaluándolo con una sonrisa sexy.

—¿Funcionó?

Esto era como estar viendo porno del malo. Ella *tenía* que estar jugando con él.

Él asintió. *Y se sonrojó.* Nunca había visto a mi amigo sonrojarse antes.

—Muy bien, en realidad. —Señaló la pista de baile —. ¿Te gustaría...?

—Sí —respondió ella—. Me gustaría.

No podía ser posible.

Ella me miró.

—No te importará que te lo coja prestado un rato, ¿verdad?

Bueno, de hecho sí me importaba. Pellizqué el codo de Jay para llamar su atención. Él ni siquiera se inmutó. Era como si estuviera hipnotizado por el rostro de Shalee.

—Oh, bueno, creo que Tauce quiere que nos quedemos...

—Llévatelo —intervino Tauce, haciéndome callar—. No pasa nada.

CAPÍTULO VEINTE

Perdí de vista a Jay y a Shalee después de su segundo baile, cuando se fueron a la zona de los reservados junto a la pared y corrieron las cortinas. A juzgar por cómo habían estado uno encima del otro en la pista, no esperaba ver a ninguno de ellos en bastante rato.

La situación tenía un increíble parecido a la última vez que yo había estado allí, cuando Jay me había abandonado por Shira, la Barbie alienígena; pero era peor, porque ahora yo no estaba con Vair. Y la marcha de Jay y el subsiguiente festival del amor en la pista de baile con Shalee habían hecho que acusara aún más profundamente su ausencia.

También había hecho que quedarme sola con Tauce se me hiciera casi insoportable.

Pero, me recordé a mí misma, al menos estaba a salvo.

La seguridad era un punto clave.

Me había rendido con respecto a las gafas y las llevaba como diadema en vez de en los ojos, para poder mirar entre el público y observar a la gente, que era mejor que observar como Tauce contemplaba su propia mano. Estaba empezando a aceptar el hecho de que realmente ya no podía ver bien con mis gafas puestas.

Otros treinta minutos y un "Shirley Temple extraterrestre" más tarde, mis tacones de aguja ya me estaban matando. Mi noche no parecía ir de forma expeditiva en ninguna dirección, y yo no tenía nada que perder, así que decidí intentar sacar a colación algunas de las preguntas de la entrevista que Jay había preparado.

—Ejem, entonces, ejem, Vair dijo... dijo que podía entrevistarte. ¿Eso qué...? Ejem, ¿te parece bien?

Tauce no reaccionó. Ni siquiera movió una pestaña. Se quedó allí, mirándome fijamente.

Me moví nerviosa, y me coloqué un mechón de pelo detrás de la oreja.

—Entonces, ¿cuáles son los planes definitivos de los krinar para nosotros como sociedad?

Sabía de antemano que era una mala pregunta. Tauce lo confirmó.

Abrió mucho los ojos. Luego parpadeó lentamente.

—¿Te ganas la vida con esto? ¿Y te *pagan*?

Gilipollas.

—Vale. ¿Qué hay de lo de empujar al planeta entero hacia el veganismo cuando todos vosotros estáis aquí cogiendo colocones con sangre humana? Eso puede ser difícilmente calificado de dieta vegana.

Soltó un suave gruñido y se pellizcó el puente de la nariz, sacudiendo la cabeza.

Joder.

—¿Cuánto tiempo llevas trabajando aquí?

Me volvió la espalda.

¿Ni siquiera pensaba responderme a eso?

—¿Cómo encuentras lo de vivir en Nueva York? —le grité mientras se alejaba hacia el otro extremo de la barra.

—Hola, Tauce. —Una llamativa rubia se acercó a donde él se había ido para ignorarme y se inclinó sobre la barra, esparciendo parte de su amplio escote, que rebosaba de su ultra sexy, casi inexistente vestido—. ¿Te veré más tarde en el sótano?

Al principio pensé que podría ser una krinar, pero luego vi que no era lo bastante alta. Al mirarla más de cerca, me di cuenta de que me resultaba vagamente familiar, pero sabía que no la conocía.

Mientras observaba la apática respuesta de Tauce a su coqueteo, caí de golpe y supe donde la había visto antes: en las portadas de la prensa amarilla, junto a las cajas, a la salida del supermercado. Era una conocida estrella de culebrón que había estado en la misma serie durante años. Estaba bastante segura de que había ganado numerosos premios Emmy. Pero yo no me acordaba de su nombre, porque nunca había visto su popular serie.

Ella dejó de intentar seducirlo y se apartó cuando

Tauce ignoró sus tetas y prefirió dibujar en su palma con el dedo de esa manera extraña en la que lo había estado haciendo.

Me apresuré a acercarme a él en cuanto ella se fue.

—Oh Dios mío. ¿Esa era...?

—Sí —me cortó Tauce, poniendo los ojos en blanco—. Sí que lo era. Sí, es una especie de... famosa de la televisión —Lo dijo como si fuera el trabajo más tonto que una persona pudiera tener, o por el cual estar impresionado—. Todos los humanos lo preguntan cuándo ella aparece.

Tranquilizaba mucho pensar que yo era igual que todos los otros humanos estúpidos con los que Tauce se encontraba en el club de Vair.

—¿Viene mucho por aquí?

Él se encogió de hombros y pensé que había dado la conversación por terminada. Pero un instante después, dijo:

—Es una ninfómana; le gusta tener un K en cada agujero cada vez que viene aquí. A mí me gusta metérsela por el culo.

Vale. Era mi turno de parpadear lentamente.

Me resistí. Porque esto era un gran avance tratándose de Tauce. ¿Tal vez si el tema fuera el sexo me contaría algo?

—¿Tenéis una sociedad poliamorosa en Krina?

Sus ojos verde-amarillentos me escanearon de arriba a abajo.

—Nos gusta practicar el sexo. A veces en grupo. Más frecuentemente en parejas.

Interesante. *¿Qué preferiría Vair?*

—Nosotros no estamos aquejados de esas puritanas restricciones sociales que son una plaga en tu sociedad.

—¿Una plaga? —Tuve que soltar una risita. Estaba casi mareada por la emoción de que finalmente me hiciese caso y respondiera a mis preguntas—. Eso es un pelín dramático.

Me respondió con su mejor gesto imperturbable al estilo Tauce.

Vale, pues.

—¿Alguna vez se emparejan los krinar para toda la vida? Ya sabes, ¿os casáis? ¿O algo parecido a eso? ¿Igual que los humanos?

Hizo una mueca como si acabara de notar un olor horrible.

—Si tenemos mala suerte…

Vale. Y me habría apostado el riñón izquierdo a que la K que acabase cargando con Tauce de por vida se consideraría la más desafortunada de todas.

—Así que, ¿es más una convención social entonces? ¿No porque la pareja krinar quiera hacerlo?

—No. Lo hacen porque quieren. —Miró a su palma, distrayéndose con lo que estuviera viendo allí.

Lo estaba perdiendo. Necesitaba redirigir la conversación hacia el sexo.

—He escuchado a la actriz rubia preguntarte si te vería en el sótano más tarde. ¿Es ahí donde, eh… te has liado con ella otras veces?

Tauce levantó la vista de la palma de su mano, y su frente se arqueó en un gesto divertido.

—¿Liarme con ella? ¿Quieres decir follármela? —Hizo un gesto de negación con la cabeza—. No me puedo creer que seas la humana de Vair.

—¿Y eso qué significa? —No pude evitar mostrar en mi voz la afrenta que sentía por el tono que él había usado. Zyrnase se había referido a mí en esos mismos términos cuando me presentó a Tauce. No había querido interpretarlo o analizar su significado demasiado profundamente en aquel momento—. ¿Quieres decir que soy la invitada humana de Vair cuando dices eso? —Pregunté llena de esperanza.

Él sonrió con malicia. Algunos tíos conseguían que sus sonrisas maliciosas tuvieran un aire de "gallito sexy"; Tauce solo parecía un capullo.

—No, pequeña reportera, significa que eres propiedad de Vair. Significa que él es tu dueño.

Me obligué a coger aire mientras sentía cómo toda la sangre abandonaba mi rostro.

No te alteres, no te alteres. No dice lo que parece estar diciendo.

—¿Quieres decir mientras estoy aquí en su club? ¿Como en un intercambio de poder erótico? ¿Algo del tipo dominación y sumisión? Porque no he... no he acordado hacer nada... de esa clase... —Me detuve, tragando saliva con fuerza ante la desagradable expresión de regocijo que invadió los rasgos de Tauce.

Inclinó su cabeza más cerca de la mía, atravesándome con sus penetrantes ojos de color verde amarillento.

—Los K no necesitamos el permiso de los humanos

—me informó con un susurro frío—. Cogemos lo que queremos. Nos quedamos lo que reclamamos como nuestro.

Mi rostro ardía de indignación.

—Yo no tengo dueño, Tauce.

Él se echó a reír. Su risa le daba aún más puntos en la escala de los cabrones que su sonrisa.

Reconociendo la inutilidad de continuar discutiendo sobre ese asunto con él, dada mi compleja situación actual, decidí cambiar de tema.

—¿Y qué ha pasado antes con ese tipo en la pista de baile? —Me puse las gafas de nuevo sobre los ojos, sin querer ver más de lo imprescindible la cara de Tauce—. ¿Qué ocurrió?

—Le advirtieron de que no volviera aquí.

—Sí, eso ya lo pillé por lo que tú dijiste. ¿Pero por qué? ¿Qué había hecho para ser expulsado del club?

No era de extrañar que, en respuesta, me encontrase con la borrosa expresión pétrea de Tauce, y con él ignorándome para juguetear con su palma a continuación.

—¿Qué es eso de no parar de hacer cosas en la palma de tu mano?, ¡vale ya! —Estaba un poco más que hasta las narices.

Al notar mi tono, levantó la cabeza de golpe.

—Estoy trabajando —dijo, como si afirmara lo obvio.

—¿Estás trabajando? ¿En la palma de tu mano?

—Sí.

—Perdona. —Negué con la cabeza—. No te sigo. ¿Cómo funciona eso?

—Igual que vosotros los humanos trabajáis con vuestros dispositivos móviles.

—¿Tienes un teléfono diminuto en tu mano? ¿Dónde? —Me acerqué más, intentando agarrar su mano, invadida por la curiosidad.

Él la apartó antes de que pudiera tocarlo.

—No es un teléfono. Y no es para que tus ojos humanos lo vean.

Ah. Vale. El cuento de *"El traje nuevo del Emperador"*: un dispositivo K que era invisible para los humanos no aptos. Pegaba totalmente con su avanzado universo de paredes que se disolvían.

Era el pie perfecto para abordar el tema de la tecnología K y preguntarle a Tauce si los krinar pretendían compartir en algún momento alguno de sus avances con nosotros. Pero en vez de eso, me encontré preguntándole:

—¿Tienes algo de beber más fuerte en este lugar?

Me puse las gafas de nuevo encima de la cabeza y me froté los ojos doloridos.

Lo que realmente quería preguntar era a qué hora terminaba mi turno de esa noche. Porque eso es exactamente lo que me parecía estar haciendo: trabajar en un turno de un trabajo mierdoso en el que no parabas de mirar al reloj, en el que desperdiciabas horas y horas de tu vida hablando con personas con las que nunca hubieras estado dispuesta a relacionarte de no haber sido compañeros de trabajo.

—No para ti —respondió Tauce.

Asentí, volviendo a ponerme las gafas en su sitio.

—Lo imaginaba.

—¿Y qué tal un cambio de escenario? —sugirió Tauce.

—¡Sí! —acepté, con un poco demasiado de entusiasmo—. Quiero decir que sí, que sería genial. Me encantaría recorrer otras partes del club.

Me levanté las gafas de nuevo para poder ver su rostro y sopesar su sinceridad, pero estaba ocupado jugando con su estúpida palma una vez más. Cuando terminó, levantó la vista y me lanzó un estoico:

—Ven conmigo. Ahora tengo que llevar el bar de abajo.

Pasamos por un agujero que Tauce había hecho en la pared de detrás de la barra, y recorrimos un oscuro y sorprendentemente breve pasillo hasta un pequeño ascensor.

Me sentí algo inquieta por dejar a Jay en el bar de arriba, pero tenía la sensación de que estaría a salvo con Shalee. Y yo no tardaría mucho, racionalicé, aunque no tenía idea de cuánto tiempo se suponía que trabajaría Tauce en el bar de abajo al que nos dirigíamos.

Cuando el ascensor se abrió a nivel del sótano, esperaba encontrar un pasillo o al menos otra pared que Tauce necesitaría disolver antes de llegar a nuestro destino final. Pero en cambio, las puertas se abrieron y nos encontramos en medio de una animada escena.

Una escena para la que yo estaba lastimosamente poco preparada.

La gente, y los alienígenas, estaban practicando el sexo. *Por todas partes.* En jaulas suspendidas del techo, en jaulas en el suelo, en medio de la pista de baile, contra la pared... *colgando encadenados, en algunos casos.*

¡A una mujer se lo estaban comiendo todo sobre una mesa a escasos metros de nosotros!

Se me secó la boca de golpe al encontrarme con los ojos de mirada petulante de Tauce. Estaba claramente disfrutando con mi incomodidad.

—Preferiría trabajar en el bar de arriba —conseguí decir.

Me lanzó una mirada que decía que no iba a conseguir nada de lo que quería, al menos no de él.

—Quiero hablar con Vair sobre esto.

Él sonrió con malicia.

—Estás de suerte. Vair es la razón por la que estás aquí abajo. Sígueme.

Echó a andar tranquilamente y yo me debatí entre no querer quedarme sola en medio de esta escena de bar tan súper pornográfica y no querer seguirle y descubrir cuán peor podría llegar a ponerse. Cuando no le seguí de inmediato, se volvió y me lanzó un silbido.

Un auténtico. Silbido.

Oh, Dios mío. Vaya tipo. Puse los ojos en blanco y

me mordí el labio para evitar decirle que se fuera al *cusacking* infierno.

Sin darme tiempo a pestañear, ya lo tenía delante, con esa expresión perpetuamente iracunda y estreñida que yo había apodado interiormente "cara de Tauce", durante la hora y cuarenta y tres minutos en que había soportado su compañía.

—¿No entiendes la palabra *sígueme*, humana?

—Oh, ¿es eso lo que has dicho? No te he oído con la música y los gritos que hay aquí abajo.

Cambió el silbido por un gruñido. Luego pareció hacer un intento de recobrar la compostura.

—Escucha, *Amy*... —Me llamó por mi nombre por primera vez, y logró que pareciera una enfermedad grave que él no quería contraer—. Alguien va a chuparte y follarte primero y hacerte preguntas después si no te pegas a mí aquí abajo.

Me había convencido al pronunciar "chuparte".

Levanté la mano en señal de rendición.

—Lo pillo. Tú primero. Te *seguiré*.

Me pegué a Tauce mientras él se abría paso a través del sótano de Sodoma y Gomorra. Por horrorizada que estuviera ante las visiones y sonidos que me rodeaban, me encontré también excitándome contra mi voluntad por algunos de ellos.

Cualquier incipiente esperanza de que a Vair no le fueran las cosas realmente perversas se hizo añicos mientras pasábamos junto a gente desnuda, amordazada y atada para parecer mobiliario sexual, y atada a cruces de San Andrés en forma de X.

¿Por qué, oh, por qué no habría tenido la boca cerrada y me habría quedado en la seguridad de la barra del bar de arriba?

Mi sistema estaba sobrecargado, mis dedos temblorosos continuamente deslizaban mis gafas hacia arriba y hacia abajo entre el puente y la punta de mi nariz, divididos entre querer mirar y no querer saber nada.

Estaba tan desorientada que apenas noté los pasos que daba, ni mucho menos presté atención a dónde íbamos, y antes de darme cuenta, había atravesado una abertura que Tauce había hecho en una pared. Delante de mí estaba la famosa actriz rubia del bar de arriba, involucrada en una escena que podría haber felizmente vivido mi vida entera sin llegar a contemplar.

CAPÍTULO VEINTIUNO

Varios hombres, Krinar, la estaban acariciando.

Y estaban dentro de ella.

Al mismo tiempo.

Había otros esperando su turno. Y a juzgar por los sonidos infrahumanos de euforia que surgían de ella, la hermosa actriz ganadora de varios Emmys estaba al cien por cien de acuerdo con eso. Pero claro, probablemente la habrían mordido, y como había dicho Jay, un mordisco de un K era como la más potente de las drogas.

Tauce me empujó desde atrás y yo entré de golpe en la habitación, casi tropezándome con mi propia mandíbula desencajada por el asombro que ahora me llegaba hasta el suelo, mientras yo hacía lo que podía para ignorar los sonidos que escuchaba. Para no ver lo que estaba presenciando.

Vair estaba sentado en una chaise longue elevada a los pies de la cama. Su asiento parecía estar flotando sobre el suelo, igual que la plataforma de la cama circular. Al percatarse de mi torpe entrada, su silla flotante giró en mi dirección. Él se asemejaba al mismísimo dios griego Dionisio, sentado en su trono, moreno y hermosísimo, observando sin inmutarse la orgía desplegada ante él. *Completamente desnudo.*

Giré sobre mis talones, intentando escapar hacia el bar de arriba, y me encontré con que Tauce ya se había ido y la abertura por la que yo había entrado se había sellado.

—Ven, no seas tímida. —Los brazos de Vair me rodearon desde atrás al instante, su risa profunda era justo lo bastante audible para poderla escuchar por encima del zumbido de terror que dominaba mis oídos y la mujer llegando al orgasmo detrás de mí, mientras él medio me arrastraba y medio me llevaba hasta el asiento que él había estado ocupando—. Quiero que observes y tomes notas para mí.

¿Tomar notas?

Mientras él volvía a sentarse, me colocó directamente en su regazo, con un brazo rodeando firmemente mi cintura, por lo que no habría sido capaz de moverme ni un milímetro aunque no hubiera estado paralizada por el shock.

—Esta es tu ocasión para obtener respuestas. Te gusta observar y relatar los hechos, ¿recuerdas?

Se estaba burlando otra vez de mí. Pero estaba demasiado cagada de miedo para que me importase. Me encontraba en su regazo desnudo, en una habitación sellada donde una orgía estaba teniendo lugar.

Mis reflejos de lucha despertaron de forma tardía, y me revolví salvajemente intentando librarme de él.

—¡No, no puedo! No funciono así. No me va el sexo en grupo. Por favor, ¡soy espantosa en lo de ser multitarea!

—Shh-shh... tranquilízate. —Me tapó la boca con la mano—. Te he pedido que observes y tomes notas. —El tono de auténtica irritación en su voz me ayudó más a tranquilizarme que sus palabras en sí. Me hizo mover la cabeza hasta adoptar una postura poco natural, hasta que me encontré directamente mirando a su expresión resplandeciente— Nadie te toca excepto yo, pequeña humana. ¿Lo entiendes?

Su afirmación fue dicha en un tono que era realmente de protesta, hasta un poco desagradable, y la expresión "pequeña humana" que brotaba de sus tensos labios sonaba más como una afrenta que como el término cariñoso que me había parecido antes. Así que no tenía sentido que mi corazón se ablandara ante sus palabras ni que el miedo paralizante que había sentido dejara abruptamente de existir.

Nadie me tocaría excepto él. Podía vivir con eso; al menos, por el momento.

Sus dedos se doblaron, y se clavaron en mis mejillas, demandando silenciosamente mi respuesta. Asentí contra su mano, y sus ojos se suavizaron, aunque sus labios no los secundaran.

Soltándome la boca, me puso derecha en su regazo

y colocó en mis manos sudorosas una libreta electrónica de extraño aspecto. Era ligeramente más grande que mi teléfono, pero más ligera. Escuché confusa sus bruscas instrucciones mientras me explicaba cómo funcionaba el aparato, y me mostraba cómo podía tomar notas manualmente o usando la grabadora.

Oh, Dios mío, ¿estaba hablando en serio sobre lo de tomar notas?

Vale, podía hacerlo. Yo era una *reportera*. Tomar notas de una orgía era mejor que que alguien esperase que yo participara en una.

Tragué saliva y me forcé a levantar la vista del aparato electrónico que tenía en la mano hacia el grupo de cuerpos masculinos perfectamente formados, haciendo movimientos ondulantes y moviendo las caderas frente a mí.

Tan solo has de desconectar emocionalmente y contar los hechos, Amy.

Yo no era quien para poder juzgar las "fantasías" de otras personas, pero ¡Jesús!: había mucho que digerir al mismo tiempo una vez que dejé de intentar ignorarlo.

Un krinar genéticamente perfecto en su masculinidad, cuya polla Miss Emmy estaba cabalgando, estaba acariciando suavemente su clítoris y rindiéndoles pleitesía sus pezones, chupando una perfecta areola rosada detrás de la otra. Pero las cosas que le decía entre pezón y pezón contradecían la aparente dulzura de sus caricias. Porque la estaba llamando sucia ramera. Diciéndole lo puta y obsesa que estaba siendo.

En contraste con esto, el alienígena que la sujetaba por las caderas, controlando su posición para lograr la máxima penetración mientras follaba su entrada de atrás, estaba murmurando lo preciosa y bella que era, lo buena chica que estaba siendo con ellos y lo dulce que era sentir cómo su tenso culo le apretaba la polla.

Y había otro K más jugueteando con ella, agarrándole el pelo a puñados y acariciando su enorme erección directamente en su cara.

—Enséñame cómo suplica una buena zorra con un coño hambriento de alienígena —le exhortó, antes de dejarla lamer el líquido preseminal. Le permitió rodear con sus labios, tan gruesos como si una abeja le hubiera picado, la gruesa punta de su polla antes de agarrarla por el pelo y apartarla de él para volver a acariciarle el rostro con la polla justo fuera del alcance de su lengua extendida, hasta que volvió a estar satisfecho con sus súplicas.

Mis mejillas estaban tan rojas que me dolían. Me escocían los ojos por no pestañear. Esto era tan tremendamente retorcido.

Claramente horroroso.

Y horrorosamente sexy.

Estaba tan excitada que estaba segura de que Vair podía sentirlo en su pierna a través de la fina tela de mi vestido de TJ Maxx, todavía con sus etiquetas puestas. Decididamente, ahora ya no podría devolverlo.

Céntrate en los hechos. Solo relata los hechos.

—¿Me estás pidiendo ayuda para contar los hechos? —Vair me apoyó la barbilla en el hombro.

Mierda. ¿Lo había dicho en voz alta?

—Eres libre de entrevistarme —ofreció. Su firme pecho se apretó contra mi espalda, y el brazo que me aprisionaba por la cintura me atrajo más todavía hacia su regazo, hasta que mi culo estuvo apoyado en sus genitales.

Por un lado, su proximidad me hacía sentir segura y protegida en esa pequeña habitación dominada en ese momento por unos cuantos K desnudos, enormes y excitados que blandían erecciones sobrehumanas en la cama/escenario flotante frente a mí. Al mismo tiempo, la erección alienígena que sentía ponerse dura contra la raja de mi trasero estaba resultando en igual medida un obstáculo para conseguir mantener la exigua paz mental a la que me estaba agarrando. Luego la palma de su otra mano se apoyó en mi muslo, justo por debajo del borde de mi vestido, y su dedo empezó a describir despreocupadamente círculos en la parte interior de mi rodilla.

No era capaz de que mi cerebro y mi boca formulasen ninguna respuesta. Ni pude hacer que mis manos dejaran de temblar lo suficiente como para utilizar la libreta electrónica que él me había dado.

—Un hecho. —La voz grave de Vair inundó mi oído mientras sus labios lo rozaban con suavidad—. La hembra humana ha estado disfrutando de orgasmos extensivos causados por las manos, bocas y pollas de múltiples machos krinar desde hace ya más de treinta minutos.

¿Se suponía que yo tenía que apuntar eso?

No lo hice. Ya me resultaba difícil hacer que mis pulmones tomaran suficiente aire.

—Un hecho: a la hembra humana le han inyectado saliva krinar a petición suya —continuó Vair—, haciéndola más receptiva al orgasmo, y preparando su cuerpo para participar en relaciones sexuales más prolongadas con múltiples parejas.

Saliva K... ¿inyectada?

Sus pequeños círculos iban subiendo lentamente por la parte interior de mi muslo.

—¿No la han mordido? —Intenté sonar analítica. Objetiva.

Fracasé por completo.

—No. No la han mordido.

Entrevístalo como haría una reportera. Tú eres reportera.

—¿No es el único objetivo de este club que los K puedan beber sangre humana?

—Sí. Y no.

Muy útil.

—¿Por... por qué una inyección de saliva? —Yo estaba jadeando.

—Es nuestra saliva en vuestro torrente sanguíneo lo que provoca la sensación de éxtasis y el efecto afrodisíaco sobre el que con tanto cariño escribiste en tu artículo.

¿Estaba detectando un tinte de amargura? Primer punto para Amy.

Y esto era información secreta valiosa. *Céntrate en descubrir datos.*

—¿Cómo? ¿Por qué iba vuestra saliva a...?

—Vuestra sangre contiene una hemoglobina de las mismas características que la de los primates de Krina, quienes solían ser nuestra principal fuente de sustento en nuestro planeta natal antes de que los cazáramos hasta su extinción hace millones de años.

No estaba preparada para tal explicación.

Sus musculosos muslos se movieron por debajo de mí, separándome a la vez las piernas. Su mano se movió más arriba por debajo de mi vestido como si tuviera todo el derecho a hacerlo, enviando un escalofrío de expectación directamente hasta mi vientre: una emoción que contrastaba marcadamente con la oleada de miedo que sacudía los latidos de mi corazón.

—Hay una sustancia química en nuestra saliva que fue diseñada originalmente para hacer que nuestras presas se sintieran atontadas y dóciles, lo que nos permitía alimentarnos de ellas sin resistencia.

Eso era algo muy jodido, así, con mayúsculas.

—Esa misma sustancia tiene ahora el efecto de mejorar vuestra experiencia sexual humana cuando os mordemos.

Yo era oficialmente su *presa.*

Y acababa de abrirme más de piernas para el depredador que me sostenía.

—Con el advenimiento de los sustitutos sintéticos de la hemoglobina y la manipulación de nuestro propio

ADN durante los últimos millones de años, ya no necesitamos la sangre de una especie hermana para sobrevivir.

¿Ahora solo lo hacían por diversión?

Todo eso era muy perturbador. Sin embargo, de alguna manera sexy... al estilo de una teoría de la evolución realmente retorcida y sucia.

—Pe-pero, ¿por qué inyectarlo?

Su mano estaba ya tan cerca... El calor que desprendía entre mis muslos estaba haciendo que mi clítoris se lanzara a un baile frenético y enloquecido.

—Porque de esta manera, los hombres krinar tienen el control de sus propios deseos. —Su voz sonaba paciente cuando la punta de su nudillo entró por fin en contacto con mi ropa interior empapada, encontrando la evidencia de mi respuesta instintiva de "presa"—. No tienen que preocuparse por dejarse llevar y follar con demasiada fuerza a una hembra humana. Ni demasiado rápido. Los humanos sois una especie frágil. Hemos aprendido a tratar bien a nuestra comida.

Qué mono. Mi E.T. tenía sentido del humor. *Uno perverso.*

—Les hace más fácil centrarse únicamente en las necesidades del cliente humano.

—¿Cliente?

—Parroquiano, sujeto, paciente... lo que prefieras. También somos menos territoriales cuando no bebemos la sangre de nuestras presas. Hace que sean más fáciles de compartir.

¿Paciente? ¿Compartir?

Podía sentir los latidos de mi sexo mientras él empezaba a acariciarme suavemente con el dorso de la mano.

—Cómo... eso no es: esto no es sexy... —me quedé sin aliento cuando puso más presión—... en absoluto.

Oh, Dios, ¿a quién estaba tratando de convencer? ¿A mí misma? ¿A Vair? ¿A los tres alienígenas que esperaban su turno con la estrella de culebrón y que ahora me miraban con ojos hambrientos mientras se acariciaban, disfrutando del olor de mi miedo y mi excitación?

—Mmmm. —Vair inhaló profundamente contra mi cuello—. Yo no estoy de acuerdo, amor.

—Tú no eres la comida —señalé, dirigiendo una mirada furtiva a uno de los K cuando tuvo la audacia de relamerse mientras me miraba.

—Los humanos estáis obsesionados con los vampiros. —La voz de Vair encerraba diversión—. Los habéis idealizado durante siglos. —Sus labios acariciaron mi oreja—. Fantaseado con ser sus presas.

Maldición, eso era cierto.

—No todos nosotros.

—Por supuesto. No *tú*, Amy. —Soltó una risita—. Tú, nunca. Mi turno de hacer preguntas.

No discutí. Volvía a estar en el mundo de Vair, jugando según sus reglas, cayendo rápidamente bajo su hechizo.

—¿Nunca has fantaseado sobre ser compartida?

Negué con la cabeza, aliviada de que fuera una pregunta fácil.

Él todavía me estaba acariciando. Apenas. *Perezosamente.* Justo lo suficiente para mantenerme incómodamente excitada y tensa.

—Eso es bueno. Porque yo nunca te compartiré.

Estaba tan caliente que me estaba derritiendo.

—Dime, ¿estás disfrutando de los ojos masculinos puestos en ti ahora mismo?

—No —admití sin aliento—. En absoluto. —Otra fácil.

—Estupendo. Yo tampoco lo estoy disfrutando.

Dijo algo en su idioma K, y el aire brilló y onduló frente a nosotros como si fuera agua, antes de adquirir una calidad plateada y translúcida que expandió la longitud de la habitación para formar una pared entre nosotros y los demás ocupantes: una pared que se parecía a un espejo de dos caras.

Sin embargo, no tuve un momento para reflexionar sobre este fenómeno locamente impresionante, porque el dedo de Vair se metió por la parte baja de mis bragas y las rompió con un rápido tirón.

Sentí el golpe del aire fresco en la zona descubierta, donde desesperadamente deseaba sentir sus calientes dedos.

Y tantísimo más.

—¿Mejor? —preguntó mientras me abría más las piernas con las rodillas y deslizaba su mano sobre mis pechos y alrededor de mi cuello.

No respondí. Mi corazón martilleaba en mi pecho cuando sus labios presionaron mi oreja y sus dedos se apretaron alrededor de mi garganta.

—Hecho: estás lista para que te folle ahora mismo. Tan lista que estás rezando para que lo haga sin que tengas que pedírmelo. Estás esperando que te muerda, ¿verdad? Para darte la excusa que necesitas para perder el control y suplicarme que te lo haga hasta que te olvides de haber pensado jamás que jugar sobre seguro en la vida era una buena idea.

—Por eso has estado meneándote adelante y atrás, frotándote contra mi puño, moviendo tu perfecto y delicioso trasero contra mi erección, ¿verdad? Has estado alimentando la esperanza de que perdiera el control. Esperando que me convirtiera en un depredador salvaje y brutal que coge lo que quiere para no tener que admitir que tú lo deseas.

—Bueno —continuó con una risita oscura—, estás de suerte. He sido un salvaje muy paciente, Amy. Durante *todo un mes*. Te he dado tiempo para escribir tu artículo. Tiempo para que pusieras tu mente en orden. Tiempo para venir a mí según tus reglas. No lo has hecho. Ahora está ocurriendo según las mías.

—Te voy a follar —dijo las palabras lentamente, su aliento caliente contra mi oído mientras mi pulso latía frenéticamente contra sus dedos—. Luego te voy a morder. —Su voz era tranquila y serena, controlando la violenta urgencia que irradiaba de él—. Y luego te voy a follar *de verdad*.

Paralizada por el miedo y la excitación, me quedé en silencio mientras su otra mano me quitaba la libreta electrónica de las manos sudorosas. Ni me moleste en ver qué hacía con ella.

Luego me quitó las gafas.

No me opuse.

—Quítate el vestido si quieres conservarlo.

No me moví.

Mi cuerpo se sacudió por acto reflejo cuando mi vestido y mi ropa interior me fueron arrancados del cuerpo segundos después.

CAPÍTULO VEINTIDÓS

Vair se puso en pie, levantándome de su regazo. Mi cuerpo desnudo se inclinó hacia adelante y medio tropecé al perder el equilibrio sobre mis tacones, hasta que mis manos encontraron un punto de apoyo en la extraña pared de cristal que nos separaba de la orgía de la estrella de culebrones.

Sentí un momento de pánico al notarme completamente expuesta, allí desnuda salvo por los tacones, con la nariz a milímetros de la superficie de cristal, que parecía sólida y a la vez estar viva, fluida como el agua, moviéndose y vibrando de energía por debajo de mis manos, mientras me ofrecía el gráfico espectáculo de la sesión de sexo alienígena en grupo que estaba volviéndose cada vez más salvaje.

Sin embargo, nadie al otro lado del cristal me miraba. Me dije a mí misma que no podían verme, que tenía que ser un espejo doble dado lo que Vair había dicho acerca de no disfrutar de otros ojos masculinos posados en mí. Aun así, jamás me había sentido más desnuda y vulnerable.

Di un paso atrás, empujando contra el cristal. Pero no llegué demasiado lejos, ya que mi culo chocó contra los firmes muslos de Vair. De pronto, sus manos estaban por todas partes, su cuerpo se frotaba a lo largo de todo el mío desde atrás.

Y mis manos estaban... atascadas.

Literalmente atascadas.

Ese cristal alienígena *estaba* vivo. Me había rodeado las muñecas, sujetándolas contra su superficie. Mis manos estaban colocadas al nivel del pecho, y podía ver dónde el vidrio se había transformado en unas esposas de cristal gruesas y transparentes alrededor de mis delgadas muñecas.

—¿Vair? —Sonaba aterrorizada.

Estaba aterrorizada.

La palma de su mano derecha se cerró sobre la mía contra el cristal y su boca me rozó la mejilla, susurrando palabras tranquilizadoras que no entendí mientras yo seguía debatiéndome en vano.

Entendí al instante por qué la gente usaba palabras de seguridad.

Porque yo necesitaba una. Y no la tenía.

—Tranquila, querida. —Enlazó sus dedos con los míos contra el vidrio viviente mientras su mano izquierda se cerraba en un puño al cogerme por el pelo —. Todo va bien. La pared no te hará daño. —Él inclinó mi cabeza hacia atrás—. Nunca permitiría que nada te hiciese daño.

—¡No me gusta estar atada! —Mis ojos miraron suplicantes los suyos: dos oscuros charcos de lujuria que me estudiaban, y no sin compasión, noté, ya que él pareció valorar de verdad mi súplica. *Brevemente.*

Luego sus labios rozaron los míos en el primer beso auténtico y consciente que habíamos compartido desde que habíamos vuelto a vernos.

—Esta vez te gustará —prometió suavemente. Me mordisqueó el labio inferior, lo sostuvo suavemente entre sus dientes y lo chupó—. Porque estás conmigo. —Él se apoyó en mí, con su erección presionando inequívocamente contra mi culo, tan dura y enorme que me causó otra oleada de inquietud—. Y sabes que siempre te mantendré a salvo.

No sabía eso.

¿Cómo diablos iba a saber yo algo así?

Su especie era enemiga de mi planeta. Él me estaba chantajeando. Me estaba sujetando contra una pared móvil y translúcida sacada directamente de una historia de terror de ciencia ficción, planeando joderme mientras me veía obligada a presenciar la orgía alienígena erótica y enloquecida que tenía lugar a solo unos metros, al otro lado de dicha pared espeluznante.

En mi vida había estado tan aterrorizada y excitada.

—Te adoro, pequeña humana.

"Pequeña humana" había vuelto a ser una expresión cariñosa, y él me besó sin la agresividad que yo había anticipado cuando anunció por primera vez que me iba a follar, a morderme, y luego a follarme "de verdad", en ese orden. Su delicadeza me cogió por sorpresa cuando sus labios acariciaron y mordisquearon los míos hasta que se relajaron y le permitieron profundizar el beso.

—Te adoro —murmuró antes de deslizar su lengua dentro de mi boca en un beso lánguido e hipnótico que hizo que todo mi cuerpo se sintiera tan cargado de deseo que casi me alegré de que existieran las sujeciones de la pared para sostenerme—. Jamás te haré daño.

Sus palabras no tenían sentido. Los K no adoraban a los humanos. Y seguro que él iba a hacerme daño.

Mi cuerpo no notaba la diferencia entre verdad y mentira. Le daba igual que él fuera la amenaza obvia que incluso mis instintos defectuosos deberían haber reconocido.

Me dejé caer contra él, con los pezones dolorosamente erectos, y anhelando la fricción donde el aire fresco los golpeaba. La excitación inundó mi sexo y goteó por el interior de mi muslo y mi vientre se tensó con la necesidad de que él me llenara. Que metiera su polla alienígena allí donde nunca debería haberse aventurado.

A mi cuerpo no le importaban los detalles más obvios del asunto ni que entrásemos en un terreno decididamente peligroso e incierto. Quería perder el control.

Porque a la mierda con el peligro y las consecuencias; a veces una chica solo necesita que la follen.

Así que le devolví el beso como una mujer besa a un hombre cuando ella quiere exactamente eso, silenciosamente desafiándolo a que me lo diera. Sabiendo que Vair cumpliría.

Tragué su gemido de aprobación cuando sus manos rozaron por fin mi piel erizada, con una caricia demasiado ligera y breve sobre mi tembloroso vientre y contra mis pezones, doloridos por que los satisficieran.

Abrí las piernas y levanté el culo hacia su entrepierna, suplicante.

Él deshizo el beso, y dijo con respiración entrecortada:

—Tan dulce. Justo como sabía que serías.

Su mano se deslizó por la parte baja de mi vientre para tocar entre mis muslos empapados antes de moverse para agarrar mi trasero.

—Este culo me ha perseguido durante un mes —confesó, bajando a besos por mi espina dorsal hasta que estuvo de rodillas detrás de mí, besando, lamiendo y chupando la parte inferior de mi trasero en su boca de una manera que seguramente iba a dejar marca.

Por mucho que mis ex novios hubieran disfrutado mi parte posterior, ninguno de ellos me había dado un chupetón allí antes. Había algo muy erótico, ligeramente tabú y extrañamente humillante en la forma en la que Vair estaba adorando mi trasero.

Escuchar los ruidos que estaba haciendo y saber lo excitado que él se ponía al besarme el culo, me empujó más allá del límite de mis propias nociones preconcebidas y que había mantenido durante mucho tiempo sobre el decoro, más allá de que me importara que una pared de vidrio viviente me contuviera mientras era devorada desde atrás por un alienígena aterrador y dominante. Me puse de puntillas sobre los tacones, inclinando el culo más arriba para él, mientras sus dedos separaban mis nalgas carnosas para hacer sitio a su lengua exploratoria.

Cuando esa lengua caliente me tocó, lamiéndome desde el clítoris hasta el ano, perdí el control. Y por "perdí", quiero decir que me puse ruidosa.

Mientras Vair mordisqueaba, chupeteaba y lamía cada milímetro de mis partes expuestas y sobreestimuladas, eché por la borda años de comportamiento bien arraigado, seguro y apropiado, y empecé a soltar unos gritos que rivalizaban con los que lanzaba la estrella de culebrón al otro lado del cristal, aunque ella estuviera en pleno subidón de saliva K y siendo follada por una habitación llena de krinar salidos y empalmados.

Cuando todos los ojos de los de la orgía se volvieron en mi dirección, me di cuenta de que, aunque no podían verme, definitivamente me escuchaban. Y les gustó lo que estaban oyendo. Mucho.

Pude notarlo por la forma en que sus iris brillaron de excitación, sus pupilas se dilataron y sus movimientos se aceleraron: o bien acariciando sus propias pollas o bien moviéndose dentro de la humana, a la que atendían como cliente-barra-parroquiana-barra-paciente; vi que los ruidos que yo hacía les excitaban inmensamente.

Sus ojos hambrientos miraron sin ver en mi

dirección, y supe que se estaban imaginando las cosas que Vair podría estar haciéndome detrás de la partición de doble espejo.

Quería bajar el volumen pero no pude.

Todo era demasiado excitante. Tan sucio y emocionante que apenas podía creer que estuviera ocurriendo.

Y estaba pasando de verdad.

Era demasiado para poder resistirlo: la presión de la lengua de Vair moviéndose contra mi clítoris, sus dedos apretando y sosteniendo separadas mis nalgas, su pulgar acariciando superficialmente la entrada a mi vagina...

Y luego su dedo largo y firme comenzó a entrar dentro de mí, allí donde ningún hombre se había aventurado jamás, provocando una serie de súplicas intercaladas con blasfemias cuando me corrí contra su cara.

CAPÍTULO VEINTITRÉS

No tuve tiempo de recuperarme. Mi orgasmo apenas se había disipado, y ya tenía a Vair de pie detrás de mí, con su grueso falo presionando firmemente contra mi resbaladiza vagina a pesar de las contracciones residuales que intentaban impedirle la entrada.

Me temblaban tanto las piernas que ya no me sostenían. Me mantenía derecha gracias a la sujeción de la pared y a Vair, que me rodeaba la cintura con sus grandes manos mientras apretaba con sus fuertes músculos contra la parte posterior de mis muslos a la vez que me la metía hasta dentro, hasta el límite.

Se me escapó un sonido que estaba a medio camino entre un gruñido y un grito de satisfacción cuando alcanzó mi cérvix.

Lo sentía más grande de lo que yo lo recordaba. *Enorme*, a pesar de lo mojada que estaba por mi orgasmo y los fluidos que se apresuraban a lubricar mi sexo para permitir su entrada.

Pero esta no era una entrada normal.

Parecía como una posesión primitiva, una invasión profunda y devoradora, con sus dedos clavándose con fuerza en mi cintura hasta casi producirme dolor.

De su pecho surgió un gruñido de satisfacción, reverberante. Lo sentí resonar por todo mi cuerpo, desde las puntas de los pies hasta las yemas de mis atrapados dedos. Y lo supe...

Esto era reclamar el territorio.

Cualquier mínima duda que hubiese tenido acerca de eso quedó erradicada en el momento en que él comenzó a moverse. Me la clavaba hasta el fondo con cada movimiento, con empentones controlados pero brutales, a la vez tiernos y despiadados, embistiendo profundamente, llenándome hasta el punto de ser excesivos, aunque sus delicados dedos sobre mi resbaladizo clítoris y sus palabras cariñosas me animaban y persuadían a dejarle entrar más adentro, a aceptarlo por completo.

Comenzó a decir cosas sin sentido desde detrás de mí, diciendo que yo le pertenecía, que estaba hecha para él. Asegurándome que me adaptaría a él, que mi cuerpo estaba predestinado para aceptar el suyo dentro de mí por toda la eternidad.

Supe que hablaba en serio. Instintivamente, sentí que esta no era la típica charla de alcoba de los K ni una exageración suya cuando me prometió que esta vez iba a quedarse conmigo, que tenía la intención de follarme así *para siempre*.

No podía definir de manera lógica cómo sabía eso. Era una consciencia profunda, alcanzada de forma visceral. Algo que yo sentía en los movimientos de su polla dentro y fuera de mí, mientras él llenaba espacios que ningún hombre había alcanzado jamás. En la calidez que se extendió por mi pecho al sentir cuánto me deseaba, *me necesitaba* a su lado.

Era algo aterrador y maravilloso.

Embriagador y que invitaba a la reflexión.

Pero, fundamentalmente, yo no estaba preparada para procesar tan complicada dicotomía de emociones con las manos atadas mientras me daban desde atrás y yo observaba una orgía alienígena en el sótano de un club-X.

Así que lo aparté de mi mente, lo atribuí a mi intuición defectuosa, desconecté y lo arrinconé a algún lugar de mi materia gris para valorarlo más en otro momento.

Esto era solo sexo.

Un sexo perverso, jodidamente excitante, fruto de un chantaje, y que hacía temblar la tierra.

No era necesario ahondar en emociones inoportunas y confusas, para tratar de discernir el significado de las palabras de Vair ni descubrir cualquier otra intención oculta que él tuviera aparte de follarme hasta hacerme perder la razón. No cuando todo mi cuerpo estaba tenso y vibrante como una cuerda de guitarra, y mi sexo excitado y listo para una explosión que yo era incapaz de contener.

Estaba lanzando agudos gemidos animales y gruñidos jadeantes al ritmo del ruido de golpeteo de las pelotas de Vair contra mi trasero. Gritando cosas que no tenían sentido. Mi coño jamás se había sentido tan utilizado y adorado.

Y cada uno de los K de la sala contigua estaba excitándose con la expectación colectiva de mi siguiente orgasmo. Había conseguido de alguna manera eclipsar a una bellísima estrella de culebrón.

Sabían por los sonidos que hacíamos lo mucho y bien que me estaban follando al otro lado del espejo, con Vair compensando el tiempo perdido, y saber eso era más excitante de lo que debería haber sido.

En general, darme cuenta de lo mucho que estaba disfrutando de todo esto me perturbaba enormemente. *Pero no lo bastante como para evitar la llegada del veloz tren de mercancías de mi orgasmo.*

—Eso es, cariño. Déjalo salir. Enséñame quien eres de verdad.

Estallé.

Violentamente.

Estrujando la polla más grande que jamás había tenido dentro de mí, sentí las contracciones en lo más hondo de mi ser, las más potentes que había experimentado en mi vida. Mis músculos internos se agitaron, apretaron y la aprisionaron, oleada tras oleada, ordeñando y reclamando que Vair se corriera, exigiendo su rendición.

Encadenada a un aterrador muro viviente en las profundidades de un club de sexo alienígena, inclinada y follada más intensamente de lo que lo había sido jamás, me sentía cualquier cosa menos una víctima, cuando las caricias de Vair se hicieron cortas y castigadoras, su respiración entrecortada y sus palabrotas en krinar inconexas y sonoras.

De repente sentí que *yo* era el depredador salvaje, la especie dominante y conquistadora que tenía a Vair y a cada uno de los K de la otra habitación cautivos y a mi merced, mientras mi orgasmo le arrancaba el suyo a Vair, chupando hasta la última gota de la esencia que contenía su poderoso cuerpo krinar y llevándola a lo más profundo de mí... donde yo quería que estuviera.

CAPÍTULO VEINTICUATRO

Él se derrumbó encima de mí.

¿O tal vez era yo la que se había derrumbado?

Por un instante, creí haberme desmayado, pero luego me di cuenta de que era la pared la que se había oscurecido, y estaba completamente opaca. Los sonidos de los otros K gruñendo y los golpeteos de carne contra carne también se habían apagado, porque mi propia respiración trabajosa sonó de repente con fuerza en la habitación ahora demasiado silenciosa en la que estaba sola con Vair.

También podía escuchar sus jadeos. Sentirlos soplando en mi coronilla.

La pared me había soltado las muñecas. Estaba emparedada entre ella y Vair, con su brazo todavía en la cintura, sosteniéndome erguida contra él, y su polla todavía parcialmente dura enterrada en lo más hondo de mi cuerpo.

Sus labios se deslizaron por mi mejilla empapada de sudor, llenándola de besos mientras murmuraba:

—¿Estás bien?

No tenía respuesta para eso.

No estaba segura de si estaba bien.

No estaba segura de lo que me acababa de pasar, de si alguna vez volvería a estar bien.

—Necesito que lo estés —me dijo cuándo no respondí—. Porque no hemos terminado, querida.

Mis músculos reaccionaron palpitando y envolviéndole con un apretón.

—Esa es mi niña buena —ronroneó en mi oído. Lo sentí endurecerse y alargarse dentro de mí a su vez—. Siempre lista para mí.

Hice una mueca cuando salió; estaba dolorida por nuestro brusco polvo. Pero más allá de eso, fue el no sentirlo ya dentro de mí lo que me fastidió. Aunque solo fue un momento, porque me dio la vuelta en sus brazos para que quedara mirándole a la cara.

Sus manos me agarraron por el culo, y mis pies todavía con los tacones puestos, abandonaron el suelo cuando alzó mis piernas para envolverlas alrededor de su cintura. Noté lo fría que estaba la pared contra mi espalda húmeda cuando me presionó de golpe contra ella.

—Te he echado de menos —dijo, y puso sus labios contra los míos. Degustándolos. Luego *devorándolos.*

La punta de su erección palpó los tiernos pliegues entre mis piernas, y yo me agarré a sus hombros, empujándole más cerca, sintiendo cómo mi cuerpo se derretía contra el suyo cuando el suave y erótico movimiento de su lengua en mi boca imitaba al del grueso órgano abriéndose paso dentro de mí.

Arqueando mi espalda contra la pared para sostenerme, incliné mi pelvis hacia adelante, meciéndome y apretándome contra él, propiciando su posesión a pesar de lo dolorida e hinchada que me sentía por dentro.

Lo necesitaba tanto que era algo más fuerte que mi propia incomodidad.

Estaba loca de deseo por él. Más loca todavía ante la perspectiva de que esa noche fuese a terminar.

Y tendría un final. Era prácticamente la única certeza que existía en el marco de ese baile insostenible en el que estábamos participando.

Sin embargo, quería que el momento continuara. Quería que esos sentimientos y esa conexión entre nosotros fuesen reales. Que se quedaran permanentemente dentro de mí aunque yo supiera que no tenían derecho a hacerlo.

Él entró más profundo dentro de mí, penetrándome hasta el fondo, y haciéndome jadear ante tal plenitud. Se detuvo, permitiendo que me acostumbrara.

Nuestras frentes se encontraron. Su nariz acarició la mía mientras nuestras respiraciones se entremezclaban.

—¿Me has echado de menos?

No estaba segura de lo que me estaba preguntando. ¿Estaba preguntándome si lo había echado de menos desde la última vez que nos habíamos visto esa misma noche? ¿O si le había echado de menos en el último mes?

Fuera una cosa o la otra, no tenía respuesta para ninguna de las dos. Vair no era alguien a quien pudiera permitirme extrañar.

—¿Recuerdas esta habitación de tu última visita?

Negué con la cabeza. ¿Había estado en el sótano de su club-X durante mi última visita? Eso era nuevo para mí. Pero no del todo imposible de creer, considerando que muchos detalles sobre los acontecimientos que siguieron después de que él me hubiese mordido seguían borrosos en dentro de mis otros recuerdos mucho más potentes.

Lo que más recordaba eran las sensaciones que había sentido con sus caricias. El olor de su piel, el sabor de su boca y su sexo, los sonidos que él había hecho. Me acordaba, también, de las muchas posturas en las que me lo había hecho, pero eso solo eran instantáneas de colorida imaginería en mi memoria, intercaladas con las poderosas olas de lujuria que había cabalgado, una y otra vez.

Sentí su sonrisa contra mis labios.

—¿Te gustaría ver *mis* recuerdos favoritos?

Era una de esas preguntas de Vair que no requerían respuesta. Me lo iba a enseñar, fuera lo que fuese.

Escuché los "recuerdos" de Vair antes de verlos mientras las imágenes de video tridimensionales cobraban vida a nuestro alrededor en el espacio anteriormente silencioso.

De mi pecho brotó una risita nerviosa, más bien de

vértigo que de angustia, aunque no hubiese nada divertido en esas imágenes eróticas de nosotros dos que se vieron cuando volví la cabeza para ver esas nuevas grabaciones de mi primera visita al club-X.

Para mi sorpresa, vi que había practicado el sexo con Vair estando atada antes de la presente noche.

Y definitivamente me había gustado.

Hubo imágenes de Vair haciéndomelo por detrás mientras estaba inclinada y atada a lo que parecía un caballete acolchado. Imágenes de él follando mi boca del revés mientras yo estaba doblada hacia atrás, atada a un banco.

Mi sexo palpitó rápidamente en torno a su polla, mientras yo miraba los impactantes videos.

Él empezó a moverse dentro de mí. Lenta y suavemente, pero con un ángulo que era *tan* profundo...

Mis muslos se flexionaron; Mis tobillos se apretaron alrededor de su cintura.

—¿Ves lo bien que estamos juntos? —Sus dientes mordisquearon el lóbulo de mi oreja—. ¿Lo perfecto que es? —Sus preguntas fueron entregadas como constataciones de un hecho.

Lo que yo veía es que mi E.T. era un hijo de puta pervertido, mucho más allá de lo que mi anterior experiencia sexual dentro de lo estándar podía haberse figurado.

Éramos totalmente incompatibles.

En otro holograma, estaba atada a una de esas cruces de San Andrés en forma de X, gimiendo y gritando mientras Vair se arrodillaba frente a mí, y su boca y sus manos trabajaban mi sexo sin piedad.

Mis entrañas se apretaron alrededor de Vair al verlo. Roté la pelvis hacia él.

Podría haber sido la imagen visual más excitante que jamás hubiese visto. Era una imagen que sabía que se quedaría impresa en mis retinas. Una que no podía, *no quería*, evitar haber visto.

Éramos claramente inadecuados el uno para el otro.

—¿Ves porqué tuve que traerte de vuelta a mi club? —Su boca estaba ahora lamiendo mi garganta, y sus dedos pellizcando mis pezones.

Lo veía.

Y sin embargo... no lo veía.

—¿Estás bien, mi amor?

Asentí. Sintiéndome abrumada. Necesitando más. Deseando menos. Ansiando todo lo que mi terrible amante alienígena tenía que ofrecerme.

—¿Te gusta esto? —Él entró y salió despacio de mí.

Estirándome.

Calmándome.

Haciéndome arder por dentro y anhelar más.

No era capaz de hablar. Asentí de nuevo.

—Te voy a morder, Amy.

Era una afirmación. Pero la forma en que lo soltó me hizo saber que yo tendría elección en el asunto, una oportunidad para decirle que no si no lo deseaba.

Me hizo desearlo todavía más.

Asentí, elevando mi garganta hacia su boca saqueadora. Mis dedos se deslizaron por el pelo sedoso de su nuca, acercándolo más a mis caderas y girando contra él, encontrando sus empentones demasiado lentos y demasiado suaves.

—Sí... eso es, querida. Muéstramelo. Te daré todo lo que me pidas.

Sus movimientos se aceleraron y sus caderas empujaron y giraron entre mis muslos con renovada urgencia cuando su boca se clavó en la columna de mi cuello y su mano se deslizó entre nuestros cuerpos para tocar mi palpitante clítoris.

Sentí el aguijón de su mordida y grité, con una pizca de miedo corriendo a través de mí cuando el dolor cortante de sus dientes afilados rompió mi carne frágil. Dolía, ardía de una manera perversamente carnal, y en poco tiempo, el impulso erótico y chupador de sus labios y lengua me arrancó un orgasmo de una fuerza incandescente que hizo que viese borroso, que mi piel ardiera y mi corazón se desbocara.

Después de eso, perdí la noción de nada que no fuera un placer sin sentido, y mi cuerpo se convulsionó una y otra vez con orgasmos devoradores, perdida en un mundo en el que solo existía Vair, solo nosotros, persiguiendo un éxtasis que era poco menos que divino.

Fui vagamente consciente de que Vair me estaba bañando en algún momento, muchísimo tiempo después... podrían haber sido horas o días. De la compañera de trabajo de Vair, Shalee, examinándome y tomando mis constantes vitales en lugares extraños y con dispositivos médicos alienígenas mientras ella y Vair hablaban en voz baja.

Recordé estar mucho más que destrozada, agotada pero luchando contra la llamada del sueño, no queriendo que mi noche con Vair terminara. Me acordé de haber hecho el ridículo diciéndoselo a Vair, diciéndole que no quería dormirme y despertar sola en mi apartamento, como la primera vez que había estado en su club. Luego traté de disimular quejándome de que había sido su saliva K la que me había hecho decirlo.

Él me besó y me prometió estar allí cuando me despertara mientras me metía en la cama más cómoda en la que yo me había acostado jamás. Al poco, me quedé dormida con el sonido arrullador de su profunda voz hablándome en krinar, y con la sensación de sus dedos acariciándome lentamente mis cabellos.

CAPÍTULO VEINTICINCO

Mis sábanas nuevas me rozaban el cuerpo de la forma más sensual posible; acariciándolo ligeramente y amoldándose a mis piernas desnudas de una forma celestial. ¡Dios mío, qué suaves eran! Tenía que encargar otro juego igual… si podía acordarme de cuándo y dónde las había comprado.

Un momento… ¿había comprado sábanas nuevas?

Desde detrás de mis párpados cerrados noté que la habitación estaba demasiado iluminada. Nunca había habido tanta luz en mi dormitorio por las mañanas. Entonces recordé que me había quedado donde Jay. Que estaba durmiendo en su sofá para decidir qué hacer sobre lo de ir al club-X de Vair la siguiente…

¡Mierda!

Me senté como un resorte.

Con el corazón acelerándose, miré boquiabierta el entorno poco familiar. No estaba en casa de Jay. Estaba en un dormitorio enorme, con ventanas de suelo a techo por toda la pared que mostraban magníficas vistas de las nubes y el cielo. En un loco momento de idiotez sonámbula, temí que Vair me hubiese abducido en su nave extraterrestre.

Luego salté de la cama y vi los benditos y conocidos rascacielos de Nueva York allá abajo.

¿Abajo?

Jesús, qué altos estábamos. En un ático en alguna parte.

—Buenos días.

Al escuchar la voz de Vair, me di la vuelta tan deprisa que casi me caigo.

—Hola —dije automáticamente, con la cara ruborizada y los ojos recelosos cuando se encontraron con los suyos. Estaba apoyado de forma despreocupada contra la pared junto a la puerta, y me di cuenta de que debía de estar en su habitación.

Mierda. ¿Había pasado la noche en casa de Vair?

Me miré y me sentí aliviada al notar que no estaba desnuda. Llevaba puesta una camisa de hombre muy *grande* y muy suave. Sin duda, una camisa de Vair.

Vair ya estaba vestido, se veía arreglado, elegante, y devastadoramente atractivo, mirándome con su mirada oscura y apreciativa.

—Buenos días —dije, sonando como una imbécil. Yo estaba fuera de lugar; no sabía qué decir ni qué hacer.

Él sonrió.

—El baño está por ahí si lo necesitas. —Señaló a mi derecha—. Encontrarás toallas y los artículos de aseo que precises.

—¡Genial! —Prácticamente chillé la palabra mientras marchaba directa en la dirección que había señalado, haciendo mi mejor esfuerzo para no correr, y también para enmascarar mi espanto al notar que la cama y las mesitas de noche flotaban sobre el suelo de la misma manera que los muebles del sótano en el club-X de Vair.

—Oh, y Amy —gritó, justo cuando yo ya llegaba a la puerta abierta de su lujoso baño.

—¿Sí? Salté y me giré, soltando una exclamación de asombro cuando lo encontré de pie justo detrás de mí.

Me cogió por los hombros y me sostuvo para que no me cayera, frunciendo el ceño. Parecía que estaba a punto de preguntarme si estaba bien de esa manera en que lo hacía siempre, así que lo alejé.

—Tengo que hacer pis *urgentemente*.

—Por supuesto. —Soltó mis hombros—. Solo quería decirte que el baño, como el resto del apartamento, es inteligente. Está equipado con una tecnología krinar programada para responder a mi voz, gestos y órdenes mentales. Aún no lo he programado para responderte, por lo que es posible que necesites algo de ayuda para ajustar la ducha a tu gusto si decides que quieres ducharte esta mañana.

Dejé de tomarme en serio sus palabras justo después de que se refiriera a su lujoso ático como "apartamento". Las aparté y las ignoré por completo desde el momento en que me había dado a entender que iba a programar su ducha para responder a mis órdenes, como si yo fuera a estar ahí y usarla tan a menudo que iba a ser necesario.

Sacudí la cabeza y lo despedí con una sonrisa temblorosa.

—Solo voy a usar el servicio y luego me marcharé, ¿vale? Ya... me ducharé en casa.

Me metí en el baño y cerré la puerta antes de que él pudiera decir una palabra más. Luego me obligué a respirar lentamente mientras contaba hasta diez.

El baño de Vair era, en una palabra, ridículo. Mis ojos se deleitaron en el mármol blanco y negro, en la enorme bañera a ras de suelo y en una ducha con espacio para veinte personas, con una pared de cristal que con vistas a la ciudad.

No podía lidiar con eso. Y de verdad tenía que hacer pis.

No había un inodoro normal, sino un cilindro hueco de porcelana vertical con bordes redondeados donde debería haber estado el inodoro. Sin embargo, faltaban varios componentes críticos; a saber, agua y un mecanismo para tirar de la cadena.

Oh, qué demonios. Me senté encima y alivié mi vejiga de todos modos. Cuando terminé, me di cuenta de que tampoco había papel higiénico en el baño. Levanté los ojos al techo. *Los descuidos típicos de los solteros también se extendían a los alienígenas, al parecer.*

Estaba considerando mis opciones cuando una

brisa cálida golpeó mi trasero sin previo aviso. Salté del cilindro con un gritito.

Al mirar hacia abajo, a la porcelana blanca, no vi ningún rastro de orina, a pesar de que seguía sin haber agua en el cilindro y no había escuchado tirar de la cadena. También me sentía limpia y seca.

Bueno, era diferente, pero bastante útil, tenía que admitir.

El lavabo parecía un poco más normal, pero no había controles ni botones en los grifos. Asumiendo que tenía sensores de movimiento, agité mis manos debajo de ellos. Salió una sustancia parecida al jabón, seguida de agua unos segundos más tarde.

Uf, estupendo.

Después de lavarme la cara, me miré en el espejo y noté que tenía un aspecto mucho mejor de lo que sentía por dentro. Mi piel presentaba un aspecto limpio y saludable, y no tenía terribles círculos oscuros bajo los ojos, como habría podido pensar.

Había un cepillo de dientes sin estrenar y una pasta de dientes tamaño de viaje en el mostrador, e hice uso de ellos. Parecía como si estuvieran allí solo para mí, lo que me hizo preguntarme qué harían los krinar para lavarse sus propios dientes.

A pesar de todo lo que había sudado la noche anterior, noté que no apestaba. De hecho, mi cabello y mi cuerpo parecían recién lavados. Me vinieron a la mente confusas imágenes de Vair bañándome en algún momento durante la noche.

Y de Shalee comprobando cómo estaba.

Incluso en medio de la menguante bruma inducida por el mordisco de la pasada madrugada, recordé haber pensado que sus métodos para controlar mis constantes vitales, como ella lo había llamado, eran bastante poco ortodoxos.

Se me disparó el pulso al recordar cómo ella había insertado un fino dispositivo médico del tamaño de un tampón en mis partes íntimas. Me dejé caer sobre un banco de mármol junto a la entrada de la ducha, levanté los pies y abrí las rodillas.

Después de la cantidad de sexo intenso y duro que había tenido con Vair, que era *enorme* físicamente, según todos los estándares humanos, el simple hecho de orinar debería de haber sido doloroso esa mañana. Pero me sentía perfectamente bien. Y todo se veía perfectamente bien ahí abajo, igual que la primera vez que me había liado con Vair en su club. Eso también me había desconcertado la vez anterior, y me hizo preguntarme al principio si solo me había imaginado los acontecimientos de nuestro primer encuentro en un club.

Era ampliamente sabido que los krinar tenían una tecnología de curación avanzada, dado que les habían contado a los humanos lo de su extensa longevidad. ¿Era posible que Vair y Shalee hubieran utilizado su tecnología médica Krinar conmigo? ¿Solo para que mi chichi se recuperara antes?

Por loco que sonara, parecía ser la mejor explicación de cómo había logrado librarme de sentir molestias. ¿Pero por qué harían algo así? ¿Y sin mi consentimiento?

¿Me habrían hecho otras cosas?

Me quité la camisa de Vair, me puse en pie, e inspeccioné el resto de mi cuerpo en el espejo de la pared, notando que no tenía ninguna marca ni moretón de los que tendría que haber tenido por la forma en que Vair me había sujetado y tocado la noche anterior, apretando y agarrándose a mis carnes como si no hubiese un mañana. Tampoco había marcas de mordiscos en mi cuello.

Ni en mi culo.

Mientras escaneaba cada centímetro de mi persona, me di cuenta de lo bien que podía ver cada detalle, cada pequeño poro de mi piel sin marcas.

¡Mi vista!

Ya no llevaba mis gafas. No tenía idea de dónde habían ido a parar después de que Vair me las hubiera quitado junto con mi ropa.

Mierda, ¿habían hecho algo también para corregir el defecto visual que había sufrido toda la vida? ¿Es por eso que había estado viendo mejor sin gafas en las últimas semanas?

¿Pero por qué lo harían? *¿Por qué a mí?*

Volví a sentarme en el banco de mármol, apoyé los codos en las rodillas y dejé caer la frente en las manos, mientras las palabras espantosas de Tauce sobre que yo era propiedad de Vair flotaban en mi mente. *Lo de cómo los K cogían lo que querían y se quedaban lo que reclamaban como de su propiedad.*

Oh, Dios. No era más que lo que Vair mismo había dicho mientras me daba por detrás en el sótano del club-X. Había dicho que le pertenecía, que pensaba quedarse conmigo esa vez y que tenía la intención de follarme por toda la eternidad.

—¿Amy?

Di un respingo al oír el sonido de la voz de Vair y su suave golpe llamando a la puerta del baño.

—¿Estás encontrando todo lo que necesitas ahí dentro?

—¡Sí! —grité—. Todo va bien. Ya... ya salgo, un momento.

Volví a ponerme su camisa y salí del baño. Él estaba allí fuera de pie, esperándome, con los ojos llenos de dulzura y una leve sonrisa en los labios. Era casi como si *intentara* no resultar amenazante.

Como si el depredador que había en él hubiera olfateado mi miedo y pánico.

Tendió su mano hacia mí.

—Ven. Voy a enseñarte esto.

Deslicé mi mano en la suya e hice todo lo posible por mantenerme serena mientras me guiaba a través de la gran opulencia que constituía su "apartamento".

El lugar era enorme. Antes tenía que haber ocupado la totalidad de los tres pisos superiores del edificio.

Impecable y moderno, elegante y minimalista, con ventanas de suelo a techo de tres pisos de alto, el ático era un modelo de líneas limpias y simetría arquitectónica. Y los muebles futuristas de Vair y sus electrodomésticos y equipos tecnológicamente avanzados complementaban de alguna manera las superficies de mármol más convencionales y los suelos de roble con diseño en espiga que recordaban a las residencias tradicionales de Park Avenue.

Tan impresionantes como el interior del espacio, las vistas desde las ventanas eran además asombrosas. Ya no estábamos en el Meatpacking District, eso seguro. La vista desde la sala principal daba al norte, y estábamos lo bastante altos como para poder ver hasta el otro lado de Central Park, hasta el puente de George Washington.

No había palabras. Pero encontré una.

—¡Guau! —susurré, y mi voz ronca de por las mañanas se perdió en el inmenso espacio.

Lo mismo que yo.

—¿Te gusta? —El pulgar de Vair acariciaba hacia adelante y hacia atrás la piel sensible de mi muñeca.

Asentí.

—Es... impresionante.

Era obra de un genio de la arquitectura. *En Park Avenue.* Una codiciada residencia de Nueva York que probablemente estaría tasada en algún lugar cercano al rango de los cien millones de dólares. Y yo estaba de pie dentro de ella, viendo todo Central Park, cogida de la mano del propietario de un club de sexo para los invasores extraterrestres, que vivía en él.

Necesitaba irme.

Él le dio a mi mano un suave apretón.

—Gracias.

Ante sus palabras, me giré de las vistas y lo encontré sonriéndome como si realmente estuviera satisfecho con mi reacción.

—Me alegro de que lo apruebes.

No sonaba en absoluto sarcástico.

Tragué saliva, luchando contra la voz del pánico dentro de mí que estaba gritándome: *¡corre!*

—No es que necesites mi aprobación —dije con una risa nerviosa, sintiéndome diminuta dentro de mi enorme camisa de Vair y en ese gigantesco ático.

Su mano se movió contra la mía y sus dedos se reposicionaron para entrelazarse con los míos.

—No hay necesidad de que estés nerviosa, Amy. —Su pulgar reanudó sus caricias remolonas.

Mi ritmo cardíaco se disparó. La sangre palpitaba en mis oídos y mis mejillas hormigueaban por el calor. Se me revolvió el estómago y empezaron a aparecer manchas oscuras en mi campo de visión. De repente, me sentí más aterrorizada allí de pie cogida de la mano de Vair de lo que lo había estado en el sótano de su club-X, rodeada de hombres K excitados y sujeta por una pared viviente de cristal.

Este miedo era ridículo, pero también muy real.

Supe que Vair lo notaba también. Cuando me preguntó si estaba bien, percibí la preocupación en su voz, que sonaba muy lejana a través de los latidos de la sangre en mis oídos.

Por pura fuerza de voluntad y por el miedo aún

mayor de quedar en ridículo conseguí evitar desmayarme allí mismo, cerré los ojos y asentí.

—Tengo miedo a las alturas —murmuré, sabiendo que tenía que decirle algo—. No debería haberme acercado tanto a la ventana.

Antes de poder respirar, me levantó, me cogió en sus brazos y me llevó al otro extremo de la habitación. Me puso en una superficie flotante, como la de un sofá, y me dijo que volvería. Un instante después, regresó con un vaso de líquido rosa claro, y yo me lo bebí todo sin siquiera preguntar lo qué era.

Ese fue el momento en que supe la verdad.

Ya no tenía miedo de Vair.

No era el aterrador alienígena krinar que había en él lo que me hacía sentir pánico.

Eran las emociones y reacciones para mí alienígenas que él me estaba provocando.

Necesitaba recobrar la compostura y salir echando leches de su ático.

Sentí el peso de sus cálidas palmas en mis piernas cuando se arrodilló frente a mí. Le miré a sus ojos oscuros, e inmediatamente, lo lamenté.

No fue la preocupación que vi allí lo que me inquietó, ni fue la sinceridad. Fue la comprensión. El conocimiento silencioso en sus ojos sin fondo que proyectaban sin palabras que él entendía que estaba siendo una mentirosa de mierda. *Y que no le importaba.*

—Sé que tienes miedo de muchas cosas, Amy. —Su voz era baja y suave—. Pero no creo que las alturas sean una de ellas.

Ninguno de los dos se atrevió a hablar. Podría haberse oído el sonido de un alfiler al caer. Pero no fue un alfiler lo que escuché: era la banda sonora de la serie *Expediente X* lo que empezó a sonar suavemente a lo lejos.

Mi teléfono.

CAPÍTULO VEINTISÉIS

Jay había estado jugueteando con la configuración de mi tono de llamada cuando estuve en su casa el día anterior. Había reconfigurado mi tono a la melodía de *Expediente X* intentando aligerar los ánimos sobre el tema de mi situación con Vair.

Ahora mismo, mi teléfono sonaba dentro de mi bolso. *En alguna parte.*

—Ah… ese es mi bolso —dije, colocando mi vaso vacío en la mesa de café flotante a mi lado—. Quiero decir, el móvil que tengo en el bolso. ¿Podría cogerlo? Creo que estoy oyendo sonar mi teléfono.

Había metido el móvil dentro de mi pequeño bolso de noche cuando fui al club de Vair. Tauce lo había guardado en un compartimiento oculto dentro del bar de arriba la noche anterior, y yo no había pensado en cogerlo cuando bajamos al sótano.

—Por supuesto. —Vair se puso de pie con esa gracia felina propia de él, y abandonó la habitación. Mi teléfono había dejado de sonar cuando regresó y me entregó el bolso.

Mi primera sorpresa al recuperar el teléfono fue ver la hora.

—¿De verdad pueden ser más tarde de las once? —protesté, más para mí que para Vair—. No puedo creerme cuánto he dormido.

—No te dormiste hasta casi las cuatro de la mañana. Todavía te vendrían bien unas cuantas horas más de descanso.

—Estoy bien. ¿Cuánto has dormido *tú*? —contesté a la defensiva, sonando como una niña malhumorada, y sintiéndome como si me hubieran echado la bronca—. No puedes haber dormido mucho más que yo.

—He dormido tres horas. Los krinar no necesitamos la misma cantidad de sueño que los humanos.

¿No? Oh. Bueno, eso era práctico para ellos. Los humanos probablemente habríamos hecho más avances como especie si no tuviéramos que dormir tanto.

Me puse de pie y caminé hacia las ventanas, cansada de sentir los ojos de Vair clavados en mí. Necesitaba espacio para pensar.

Comencé a caminar de un lado a otro mientras miraba mi actividad telefónica reciente. Había dos llamadas perdidas de Jay, veintinueve de mis padres y ocho nuevos mensajes de voz.

Joder. Era domingo. Les había dicho a mis padres que les llamaría, y los domingos siempre les llamaba antes de las diez de la mañana. Probablemente ya habrían llamado a la policía de Nueva York, al FBI y a la Guardia Nacional. Hacía mucho que pensaba que era una bendición para mí que, a menos que hubiera evidencias de violencia o circunstancias sospechosas, alguien tenía que pasar veinticuatro horas sin dar señales de vida antes de que legalmente pudiera ser considerado una persona desaparecida. Independientemente de cuántas veces las fuerzas del orden se lo habían dicho a mi madre, ella seguía tratando de denunciar mi desaparición cada vez que yo no me comunicaba con ella según lo previsto.

Había un mensaje de texto de Jay diciendo que no hiciera caso de su mensaje de voz anterior, porque ya había hablado con Vair, lo cual quería decir que los otros siete mensajes de voz eran de mi madre.

Puse los ojos en blanco. No sabía muy bien si lo hice por los siete mensajes de mi madre o por el hecho de que Jay y Vair hubieran hablado mientras yo dormía.

Mientras intentaba inventarme una explicación plausible, *una mentira*, para mis padres, volvió a sonar el tono de *Expediente X*.

Mierda. Era mi madre. Yo no quería cogerlo con Vair escuchando, pero sabía que ella iba a seguir llamando y volviéndose loca si no lo hacía. *Y que empezaría a llamar a todos sus conocidos de Nueva York para organizar una partida de búsqueda.*

—Hola, Mami.

—Amy, ¿eres tú? —Su voz histérica atravesó la línea

telefónica a un volumen tan alto que aparté el teléfono de mi oído.

—Sí, mamá, ¿quién iba a ser si no?

—Son casi las once y media —gritó—. ¿Dónde te habías metido?

—Oh, eh... perdona por no haberlo cogido. Yo, ejem... me fui a una clase de Bikram yoga que había temprano. Ha sido genial, pero súper-intensa. Y volví tan cansada que me quedé frita. Ni he oído sonar el teléfono hasta que me he despertado hace un momento.

Me justifiqué pensando que había una parte de verdad en eso. Pero sabía que sonaba igual que una mentirosa compulsiva. Le eché una mirada furtiva a Vair. Su expresión era obstinadamente inexpresiva, mientras me observaba ir de acá para allá, frotándose distraído su turgente labio inferior.

—¿Bikram yoga? —Mi madre pareció confusa al otro lado de la línea. U horrorizada. No pude decidirme sobre si era lo uno o lo otro, y ella repitió —¿Bikram yoga? ¿Has estado haciendo Bikram yoga?

—Sí, Bikram yoga. Acabo de empezar a probarlo. Oye, ahora mismo no es buen momento. Tengo un montón de tareas atrasadas y la fecha límite de ese artículo del que te hablé es el martes. Os llamo después por la noche, ¿vale?

—Amy, ¿sabes cuántas personas han muerto haciendo Bikram yoga? ¿No leíste los artículos que te envié sobre el gurú Bikram que fue condenado a prisión?

Oh, vaya. ¿Por qué no me habría inventado una excusa sobre algún proyecto comunitario de jardinería o algo así? La escuché gritar llamando a mi padre y supe que no era capaz de pasar por esto ahora mismo.

—Ahora he de colgar, mamá. Luego te llamo. —Colgué y apagué mi teléfono; después me volví hacia Vair.

—¿Qué?

Su expresión seguía siendo irritantemente inexpresiva.

—Yo no he dicho nada.

—Pero me estás juzgando.

—Si tú lo dices, mi amor.

—Tú no lo entiendes. No conoces a mis padres, ¿vale? A veces con ellos es mejor contarles una mentira piadosa. —¿Por qué me estaba justificando? No le debía ninguna explicación.

Él se echó a reír.

—Todo lo contrario. Los entiendo muy bien. Debo confesar que tu madre me aterroriza.

—¡Ja! Seguro. —La idea de que a Vair le aterrorizara mi madre era cómica.

—Lo digo en serio. Esos correos electrónicos que te envía constantemente... —sacudió la cabeza, con una ceja arqueada—. Es algo perturbador. Incluso para el comportamiento humano.

Me quedé sin aliento. Sentí como si me hubieran dado un puñetazo en el estómago. ¿Había accedido a mi cuenta de correo electrónico personal? Jesús, ¿por qué sorprenderme por ello siquiera? Ese hombre, *ese alienígena*, me había grabado en video sin mi conocimiento ni consentimiento. Debería haberme dado cuenta de que habría hurgado en todos mis asuntos personales y privados. Aun así...

—¿Has leído mis correos electrónicos personales?

—Por supuesto, querida. —Sin rastro alguno de arrepentimiento.

—No soy tu "querida". Y el comportamiento de mi familia no es de tu incumbencia. —¿Cómo se atrevía a juzgar a mi madre?

Su sonrisa se esfumó, y su mandíbula de militar de anuncio se tensó con gesto severo.

—Lamento discrepar. Todo lo referente a ti es de mi incumbencia. Todo lo que te afecte a ti es asunto mío.

Mi estómago volvió a retorcerse. Hablaba en serio al cien por cien.

—Bastante despótico, ¿no crees? Oh, es verdad, eres un krinar. Invadir la privacidad de un ser humano inferior no es gran cosa, es algo que entra totalmente dentro del ámbito del comportamiento habitual de los krinar.

Dejando a un lado el instinto protector y defensivo hacia mis padres, su observación de "incluso para el comportamiento humano" me corroía a otro nivel, porque demostraba lo mala que era su opinión acerca de mi raza... y, por extensión, de *mí*. Aunque, por supuesto, ¿cómo podría alguien que carecía del respeto básico por mi derecho a la privacidad verme como algo que no fuese un ser inferior?

Su mirada tenía un aire pensativo, pero su tono fue directo.

—Solo espero que entiendas que cada vez que tus padres te dicen "ten cuidado" te están diciendo "te queremos". Tú sabes eso, ¿verdad?

Esta conversación no estaba teniendo lugar.

—Una vez más, Vair, lo que sí entiendo es que todo lo que mis padres me digan es asunto mío y no tuyo. —Escuché el eco de mis palabras en la enorme sala, y me di cuenta de lo mucho que había elevado el tono.

Necesitaba calmarme.

—Es la única forma que conocen de expresar su afecto por ti: advirtiéndote constantemente de cualquier peligro y compartiendo de forma exagerada sus temores acerca de tu bienestar.

Tragué saliva para deshacer el nudo no deseado que se había formado en mi garganta, y solté una risa forzada.

—Claro que lo sé. Eso es de primero de psicología. Deberías ceñirte a ser superior en lo de disolver paredes y toda esa tecnología avanzada de los K y dejar lo de entender las emociones a los terapeutas.

Él sonrió con socarronería, mostrando su perfecta y blanca dentadura.

—Créeme, a veces desearía poder hacer eso. Pero hay muchos otros krinar con habilidades superiores para disolver paredes y muy pocos inclinados a estudiar las conductas del ser humano.

Sentí que me estaba perdiendo un chiste privado.

—Tus padres te programaron para responder al

miedo. A las amenazas constantes de peligro e intimidación. Y has crecido hasta sentirte tan aterrorizada como fascinada por esas amenazas. —Sacudió la cabeza y dio un paso en mi dirección—. Buscas la verdad por encima de todo, y sin embargo, mientes tan fácilmente... especialmente a ti misma. Eso te convierte en una interesante y deliciosa paradoja, Amy.

Me estaba vacilando otra vez.

¿O tal vez no?

Se acercó un paso más. El espacio entre nosotros de repente se cargó de tensión sexual. Sabía que tenía que disiparla.

—Vale. —Dejé caer las manos en gesto de derrota—. Tienes razón. No tengo miedo a las alturas. ¿Tan mala mentirosa soy, pues? ¿Qué diablos quieres de mí?

Él no respondió, así que llené el silencio.

—Mira, solo soy una hija única de la ciudad de Skaneateles con unos padres sobreprotectores y paranoicos. Probablemente tendría que haber aceptado la beca que me ofrecían e ir a la universidad en Syracuse, cerca de mi casa, como mis padres querían que hiciera —divagué, mientras él se acercaba más—. Pero quería hacerlo por mi cuenta. Así que me gasté demasiado dinero en mi título de la Universidad de Nueva York. Y ahora, a los veinticuatro, estoy tratando de sacarle provecho aquí en la ciudad para así lograr salir de los números rojos.

Siguió moviéndose sinuosamente, más cerca. Retrocedí otro paso, y luego me detuve.

—En realidad ni siquiera soy muy buena reportera. Aún —añadí—. Y cuando mi jefe me estuvo dando sin parar estúpidos articulitos de relleno, me desesperé.

Estaba lo suficientemente cerca para tocarme ahora. Sabía que debía dejar de justificarme y disculparme, pero sus suaves ojos negros me animaban a continuar.

—Así que fui a tu club-X. Nunca quise ofenderte o molestar al Consejo krinar. Estaba solo buscando un golpe de suerte. Una oportunidad de escribir una noticia real que ofreciera al público humano más información útil sobre los K de que la que hemos recibido en los dos años que han pasado desde la invasión. ¿No puedes intentar entender eso y dejar de castigarme por mi artículo?

Su suspiro me abanicó la frente.

—Amy, ya te lo dije, creo que tu reportaje fue brillante. No deseo castigarte por ello, ni dejaré que nadie lo haga.

—Entonces, ¿por qué estás haciéndome esto? —Pestañeé otra vez al sentir el traicionero aguijón de las lágrimas—. ¿Por qué me estás chantajeando?

—También te he explicado eso, cariño. No regresaste a mi club, y necesitaba que lo hicieras.

—Pero *¿por qué?*

—Porque... —Él sonrió y me apartó un mechón de cabello de la frente—. Soy un hijo único de ochocientos cuarenta y siete años del planeta Krina, que vino a la Tierra para tratar de ayudar con la transición y con la asimilación de nuestras especies. Pero después de verte, perdí de vista todo lo demás. Me encontré solo interesado en asimilarme contigo.

Escuché la sangre latir de nuevo en mis oídos. Sabía que los krinar eran longevos, pero nunca lo había considerado en términos cuantificables.

¿Tenía ochocientos cuarenta y siete años?

¿Y él quería asimilarse *conmigo*?

Ninguno de los dos habló mientras sus dedos trazaban la línea de mi rostro y acariciaban la columna de mi garganta, y su toque ligero como una pluma enviaba una emoción deliciosa a través de mí. En mi cabeza se arremolinaban un millón de preguntas. Planteé al menos la de menor relevancia.

—¿Tú también eres hijo único?

Él asintió, y las comisuras de sus labios amagaron una sonrisa.

—Sí. —Se inclinó hacia mí, sobrevolando con besos fantasma mi frente sin tocarla—. Por eso, me temo que estoy acostumbrado a conseguir lo que quiero, y no me gusta compartir. —Su tono, que había sido ligero y juguetón, se volvió serio y ardoroso al decir—: Lo que me recuerda que ya no quiero que pases más la noche en casa de Jay.

Mi espalda se puso tensa. Me aparté de él mientras mi espina dorsal se enderezaba.

—Lo siento... ¿en qué forma te incumbe eso a ti? ¿Cómo sabes siquiera...? ¿Me has estado espiando?

Era una pregunta estúpida. Ambos sabíamos que la respuesta era sí. Ambos sabíamos que me había visitado la noche anterior en casa de Jay. Pero sentí necesario preguntarlo, de todas formas.

—Jay me dijo ayer cuando hablamos por mensaje que te habías quedado con él el viernes.

Oh.

—Pero sí, en realidad te he estado espiando —continuó con toda naturalidad—. Muy intensamente. Es mi segundo pasatiempo favorito.

Me dio un vuelco el estómago al oírle admitir eso. Y lo más loco de todo era que no estaba segura de si era a causa de las náuseas o por las mariposas que sentía.

Había estado en lo cierto. Vair me había estado vigilando en todas partes.

Y no parecía arrepentirse lo más mínimo.

CAPÍTULO VEINTISIETE

—¿Entonces... también *hay* cámaras ocultas instaladas en mi apartamento? ¿Igual que en mi oficina? —Otra pregunta estúpida, pero necesitaba oírle responderla.

Él me miró directamente a los ojos y respondió sin disculparse:

—Sí. Bastantes.

—¿Por qué?

—Me gusta mirarte, Amy. —Sus nudillos rozaron mi pómulo—. Mucho.

Yo tragué saliva.

—¿En todas las habitaciones?

—En todas las importantes.

¿Qué significaba eso?

—No lo entiendo.

Pero sí que lo hacía. Solo es que no quería hacerlo.

—Es sencillo, Amy. —Sus labios me rozaron la frente y sentí que el peso de sus palabras me marcaba en otros lugares—. Me gusta grabarte. Me gusta mirarte. —Me besó los párpados, la nariz—. Especialmente cuando te tocas. En tu cama. En la ducha. Aquella vez en el cuarto de estar...

Oh, Dios.

—Me gusta imaginar en qué podrías estar pensando. Sobre mí.

Esto no era excitante.

—Las cosas sucias que fantaseas que estamos haciendo.

No era excitante.

Mis pezones no estaban de acuerdo. Mi coño tampoco.

Todas las cosas de Vair que no tendrían que haberme excitado, de alguna manera lo hacían. Y no había nada al respecto que pudiera explicarlo de un modo racional.

Su brazo se cerró alrededor de mi cintura, y su otra mano se deslizó por debajo de la camisa que me iba grande, entre mis nalgas, para cogerme por mi desnuda zona central desde atrás. Presioné ambas manos contra su pecho, empujando contra él. Él no se movía.

—Tenemos que parar —protesté—. No tenemos nada en común.

—Tú misma lo acabas de decir: los dos somos hijos únicos. Una base tan sólida como cualquier otra para una relación.

Gruñí. *Todo eso era una locura.*

—Esto no puede funcionar.

—Querida mía, ya está funcionando. —Su boca se

posó en mi cuello, besando y chupando la piel sensible de allí—. Goteas de lo mojada que estás.

—Pero no somos... compatibles. —Gemí, mientras sus dedos hallaban mi empapado centro.

Mis manos habían encontrado el camino hasta sus hombros, pero ya no lo estaban alejando.

Estaban clavándose en él para acercarlo.

—Yo no soy una persona a la que le gusten los club de sexo —intenté argumentar a través de la bruma de la lujuria que me envolvía rápidamente—. No me van todas esas... cosas... pervertidas.

Escuché la risa por lo bajo en lo profundo de su pecho, la sentí en el temblor de sus hombros bajo mis dedos.

—Por supuesto que no, cariño. Sin embargo, lo soportas tan bien por mí…

Antes de darme cuenta, él me levantaba alto entre sus brazos. Los dos habíamos sido desnudados por obra de alguna tecnología K, y mis piernas estaban enroscadas con fuerza alrededor de la cintura de Vair. Su lengua caliente acarició rítmicamente las profundidades de mi boca mientras la punta roma de su erección presionaba mi entrada.

Y luego me mantuvo allí, con su polla apenas dentro de mí, mientras susurraba sucias promesas, y sus dedos jugueteaban provocándome de un lado a otro desde la hendidura de mi trasero hasta el punto en que estábamos conectados, hasta que me tuvo moviéndome desesperadamente para soltarme de su sujeción en mi esfuerzo para deslizarme hacia abajo y empalarme en él.

Pero él no me dejó.

Comencé a suplicarle cuando sus dedos se deslizaron entre nosotros y se puso a jugar con mi clítoris hasta que mis entrañas se apretaron y mi excitación goteó hasta formar una película sobre la testaruda y dura polla alojada demasiado poco profundamente en mi interior.

Pero mis súplicas no fueron suficientes.

No, solo cuando comencé a admitir, siguiendo sus indicaciones, todas las cosas que me gustaban de su club, a confesar mis más sucias fantasías masturbatorias, me deslizó lentamente sobre su grueso falo.

Para entonces, estaba tan agradecida que grité de placer a cada centímetro. Gemí y arqueé mi pelvis hacia él mientras él me levantaba y me bajaba, yendo un poco más profundo cada vez, y mi cuerpo le daba la bienvenida y adoraba toda su longitud mientras estiraba mis paredes y me abría poco a poco hasta que finalmente estuvo completamente dentro.

Luego nos sentó a ambos en una de las sillas flotantes y me dijo que tomara lo que quisiera de él.

Y lo hice.

Con mis piernas a horcajadas en sus caderas y mis rodillas hundiéndose un poco en la superficie suave pero firme de debajo de nosotros, comencé a cabalgarle, con mis caderas rotando, subiendo y bajando, arriba y abajo. Gimió mientras chupaba su lengua en mi boca, besándolo con un abandono sin sentido que estaba en consonancia con los movimientos de mi cuerpo.

Sus dedos hurgaron entre mis nalgas. Sus caderas se movían hacia arriba para profundizar la penetración mientras yo me empalaba una y otra vez.

—Tan apretada. —Gruñó—. Tan perfecta.

Sus manos se volvieron bruscas y urgentes sobre mis senos mientras yo rebotaba y movía mi cuerpo hacia arriba y hacia abajo, perdiéndome en la sensación de su polla clavándose tan profundo en mí, disfrutando de la libertad y el control que tenía sobre nuestra unión.

Sus dedos presionaron urgentemente contra mi clítoris, y amortigüé mis gritos contra su cuello, y mi boca se aferró a él, chupando y saboreando el olor y el sabor de su piel.

—Eso es... —Su voz era ronca—. Justo así, cariño. Márcame.

Mis músculos internos se tensaron con más fuerza al oírle decir eso, y le agarraron posesivamente mientras yo empezaba a correrme.

—Joder. Eres toda mía. *Para siempre* —gruñó él.

Mis paredes internas se apretaron a su alrededor y mis dientes se hundieron por acto reflejo en su cuello mientras mi cuerpo estallaba, convulsionando con el orgasmo.

Entonces, él tomó el control de nuestros movimientos, embistiendo con toda su longitud dentro de mí, con sus grandes manos en mi culo, sacudiéndome arriba y abajo en un rápido frenesí mientras rugía y maldecía, vaciándose en mi interior de todo lo que tenía que dar dentro.

DESPUÉS DE QUE MI ALUCINANTE ORGASMO HUBO remitido un poco y mi cerebro fue capaz de procesar otras cosas aparte de la lujuria ciega, volví a tener una vez más un ataque de remordimiento postcoital. La proclamación de Vair de "toda mía para siempre" pudiera haber tenido algo que ver con eso... recordándome los comentarios de Zyrnase y Tauce sobre que yo era "la humana de Vair".

Propiedad krinar.

Me quedé callada mientras Vair y yo nos duchábamos juntos. Después de nuestra ducha, él insistió en pasar la extraña luz roja de un fino dispositivo médico plateado sobre las áreas donde temía haber dejado moretones o rasguños en mi piel. Me explicó que utilizaba tecnología de curación basada en nanocitos.

Yo se lo permití. Pero cuando quiso insertarme el dispositivo del tamaño de un tampón que Shalee había utilizado conmigo para curar cualquier posible abrasión interna, salté y más o menos le dije que cortara esa mierda, que mi coño y yo no éramos tan frágiles y que no me importaba sentir un dolorcillo que me recordase a él en los próximos días.

Probablemente debería haberlo dejado así cuando

él se echó atrás y no insistió en el asunto, pero en cambio, mencioné el misterio de mi visión mejorada y le pregunté si había hecho algo para curar mis problemas de vista.

Su respuesta fue un sí, sin disculparse, confirmando lo que yo más o menos ya sabía.

Una vez más, me quedé en silencio, en conflicto sobre si estar agradecida o enojada por su interferencia.

Me quedé mirando con distante fascinación mientras me fabricaba ropa que ponerme salida de la nada: un vestido informal y ligero de manga larga, tipo túnica, en un tono pálido de azul, junto con un par de sencillos zapatos de tacón bajo. Esto explicaba su capacidad para hacer esos rápidos cambios de vestuario que yo había presenciado. O más exactamente, su capacidad de desnudarse en cuestión de segundos.

Era todo muy surrealista. Tan extraño y abrumador que me sentí distanciarme cada vez más, para evitar volverme loca. Porque, en el fondo de mi mente, estaba cada vez más asustada de que él no me permitiera irme.

—Entonces... ¿y ahora qué? —le pregunté cuando por fin hube hecho acopio del valor necesario, mientras me ponía los zapatos qué él había hecho para mí.

—Bueno, estaba pensando que podríamos tomar un desayuno bastante tardío juntos —me propuso con una sonrisa de adoración—. Tal vez dar un paseo. Hablar. También podríamos quedarnos aquí —ofreció, con una insinuación de algo carnal en sus ojos oscuros. *Este alienígena era insaciable—*. ¿Qué te gustaría que sucediera a continuación, Amy?

Su indulgente sonrisa y la gentil manera en que me lo había preguntado casi me hicieron querer ir a pasear con él.

Pero tenía que saber a qué atenerme.

Yo tragué saliva.

—Eh… me gustaría irme a casa. A mi apartamento. ¿Sola?

Me miró un instante, frunció los labios y asintió lentamente.

—Vale. Zyrnase puede llevarte. O Robert. Pero preferiría que comieras algo antes de irte, si te apetece.

¿Me iba a dejar ir? ¿Y ya estaba?

¿Y había un krinar llamado Bob?

—¿Y entonces me podré marchar? Si... ¿si como algo primero?

Sus ojos oscuros perdieron toda expresión.

—Amy, puedes irte ahora, sin comer, si quieres. Pero creo que te sentirás mejor si metes algo de comida en el estómago. Hemos pasado una larga noche juntos. Y una larga mañana.

¿De verdad me dejaba marchar?

—Pero ¿y eso que dijiste antes sobre, eh... que yo te pertenezco... quiero decir, que soy *toda tuya...*?

—Tú no eres mi prisionera, Amy. —Su voz carecía de expresión, y su tono sonaba a cansado—. Llamaré a Robert para que te lleve. —Salió del dormitorio.

Y no volvió. Ni siquiera para decir adiós.

Finalmente, Zyrnase vino a decirme que mi coche estaba abajo.

El krinar llamado Bob resulto no ser ningún krinar. Era un humano de mediana edad, de Queens. Me llevó de vuelta a mi apartamento.

Sola.

CAPÍTULO VEINTIOCHO

DESPUÉS DE QUE BOB SE ALEJARA, ME FUI HASTA CASA DE Jay para coger las cosas que había dejado allí la noche anterior. Acabé escuchándolo poner por las nubes a Shalee, la bellísima y brillante doctora krinar colega de Vair, durante horas.

Jay estaba completamente enamorado de ella, a pesar de que continuaba profesando que no era algo serio, que solo estaban planeando divertirse juntos.

—Sabes, es que ella es bi y yo soy bi, y a los dos nos van la ciencia, la medicina y todo eso...

—¿A ti te va la ciencia? ¿Desde cuándo? ¿Y la *medicina?* Jay, tener muchos medicamentos con receta en el armario del baño no cuenta.

—¡Miau! —Se echó a reír y emitió un bufido gatuno, haciendo el gesto de darme un zarpazo—. A alguien que yo me sé no le mordieron lo suficiente anoche en el club.

Siguió parloteando sobre Shalee un poco más, y

luego me ofreció quedarme en su casa otra vez, pero dije que no. No porque temiera la desaprobación de Vair, sino porque necesitaba estar sola un rato.

Exhausta, me dirigí a casa, y después de llamar a mis padres y escuchar a mi madre echándome un discurso sobre los peligros del Bikram yoga durante más de cuarenta minutos, me metí en la cama temprano.

Y luego me quedé mirando al techo, despierta, durante casi toda la noche.

PASÉ TODO EL LUNES EN UN ESTADO CONSTANTE DE pánico y agotamiento, esperando que Vair se presentase en cualquier momento y exigiera que me subiera a su limusina y volviera a su club. Me imaginaba los ojos amarillos de Tauce siguiéndome por las esquinas y escuchaba su desagradable voz en mi cabeza, burlándose de que yo era la "propiedad" de Vair.

No era capaz de comer. No dormí bien a la noche siguiente. Y no era capaz de escribir.

Cuando llegó el martes y no pude terminar mi artículo sobre la dieta vegana forzada por los K, entregué el artículo que había escrito semanas atrás sobre los cachorros siameses, un mes después de cuando el editor, Gable, lo hubiese querido, y después de que todos los demás medios de la ciudad ya hubiesen cubierto la historia.

Probablemente iba a ser despedida.

Mientras tanto, Jay sorprendió a todos en el *Herald* al entregar un artículo de opinión bien escrito sobre las similitudes entre los krinar y los seres humanos, destacando los rasgos universales de inteligencia emocional que ambas especies compartían. Incluso incluyó pruebas anecdóticas del comportamiento "encabronado" de los krinar, cambiando nombres y descripciones de los krinar implicados, por supuesto, para "proteger a los inocentes" *y su propio trasero*. El artículo de Jay sobre los K fue probablemente lo único que salvó *mi* trasero de nuestro jefe esa semana.

Para el miércoles, comencé a sentir pánico de que Vair no apareciera exigiéndome que entrara en su limusina. Para el jueves, el miedo de no volverlo a ver nunca más se había apoderado de mí.

Pero entonces él me envió un mensaje de texto esa noche. Me envió un video. *De nosotros.* Con el mensaje de que lo viera y pensara en él... porque él estaba pensando en mí.

No respondí el mensaje de texto.

Pero vi el video. Y terminé masturbándome con los dedos en el sofá de mi cuarto de estar. Sabiendo que Vair me estaba mirando. Y probablemente grabándolo.

Había alcanzado la cota más alta en cuanto a la disfunción.

Para el viernes, mi estómago era un puro nudo, mientras esperaba ansiosamente el próximo movimiento de Vair, con la esperanza de que llamara o escribiera un mensaje de texto e, idealmente, me chantajeara para que volviera a su club ese fin de semana.

Hice una nota mental para llamar a mi terapeuta y ver si todavía me recibiría de tanto en tanto.

Poco después de las tres de la tarde del viernes, Jay asomó la cabeza en mi oficina y me dijo que cogiera el bolso y me encontrara con él en la escalera trasera diez segundos. Trece minutos más tarde, estábamos con un amigo de la universidad de Jay, ahora agente de la CIA, en una pequeña cafetería ubicada en la periferia del Distrito Financiero.

—Me alegro de verte, hombre —le dijo Jay con una sonrisa antes de volverse hacia mí—. Amy, este es Stephen, mi amigo de la universidad de quien te hablé. Stephen, esta es Amy.

Nos dimos la mano, agarramos nuestros cafés y encontramos asientos en una mesa tranquila de la esquina. El amigo de la CIA de Jay, Stephen, era un tipo alto, rubio, de ojos azules y de aspecto totalmente estadounidense, que tendría que haber estado en Nueva York para hacer castings, en lugar de trabajar para el Servicio Nacional Clandestino de la CIA. Pero entonces él comenzó a hablar, y lo entendí totalmente.

—Como estoy seguro de que es usted consciente, Sta. Myers, hace dos años, después del Gran Pánico, los gobernantes del mundo firmaron el Tratado de Coexistencia con los krinar, permitiéndoles establecer asentamientos en varios puntos del planeta. Desde entonces, hemos hecho nuestro mejor esfuerzo para cooperar con el Consejo de los krinar, para poder convivir con estos K. La mayoría de los suyos eligieron climas cálidos y áreas aisladas y escasamente pobladas para construir sus principales Centros K. —Stephen detuvo su lenta y monótona perorata para tomar un sorbo de su café negro, y le eché a Jay mi más discreta mirada de reojo.

—Construyeron asentamientos en Costa Rica, Tailandia y las Filipinas. Pero también hay algunos Centros K aquí, en los Estados Unidos. Tienen uno en Nuevo México, y en Arizona...

—Stephen, tío —le interrumpió Jay—. Esa es información que podemos obtener en la Wikipedia o con una búsqueda general en Google. ¿Puedes decirnos por qué Amy está en una lista del gobierno?

¡Gracias a Dios!

—Vale. Estaba a punto de llegar a eso. Como usted bien sabe, aunque muchos humanos desprecian a los K y siguen temiendo y odiando su soberanía, hay quienes los ven como dioses y los adoran como tales. —Su habla y su postura imitaban a la de un señor de cincuenta años. Era difícil creer que tenía nuestra edad—. Los clubs-Xeno, o clubs-X, surgieron casi inmediatamente fuera de los Centros K como lugares para que los K y los humanos que los idolatran... interactuaran —Hizo en el aire el gesto de las comillas al decir "interactuaran", provocando unos desagradables flashbacks a la conversación de cuatro horas con mi madre en la que ella no usó más que eufemismos para explicarme el acto sexual.

Luego se detuvo, volviendo su atención completamente hacia mí.

—Sta. Myers, entiendo que está familiarizada con esos club-X. ¿Es eso correcto?

—Stephen, ya sabes que lo está. Ella es la Amy Myers que escribió el artículo del *Herald* sobre ese club-X que está aquí en la ciudad de Nueva York. ¿Puedes abreviar por favor? Tenemos que volver a la oficina en algún momento de esta tarde.

—Por supuesto. Claro que sí. En los últimos dos años, han tenido lugar más y más casos problemáticos de krinar y seres humanos que se han *excedido* en estas interacciones en los clubs-X...

Volvió a dibujar comillas en el aire al decir "interacciones", y estuve a punto de levantarme y largarme. Me conformé con revisar furtivamente mi teléfono en busca de nuevos mensajes de texto de Vair.

Maldita sea. Nada todavía.

Soplé mi café y tomé un sorbo.

—Al principio existió la preocupación por el aspecto adictivo y los posibles efectos a largo plazo de estas interacciones con los K. Pero luego hubo víctimas mortales.

El café que acababa de tragar se volvió ácido en mi estómago.

—Perdón: *¿qué?*

—¿Víctimas mortales? —Jay me lanzó una mirada nerviosa—. ¿Quieres decir... por los mordiscos de los K? ¿Hay humanos que han muerto? ¿En los clubs-X?

—Los *adictos* a los K han muerto —puntualizó Stephen—. Xenófilos.

No pude evitar notar que lo había dicho de una manera que parecía como si él sintiera que se lo merecían.

—¿Cómo? —preguntó Jay, y su rostro palideció mientras daba palmaditas a un lado de su garganta sin darse cuenta—. ¿Por la pérdida de sangre?

—No estamos seguros.

—¿Por el síndrome de abstinencia? —Tuve que preguntarlo. Mis mejillas se enrojecieron cuando Stephen me lanzó una mirada escandalizada.

—No lo sabemos. —En su crédito, había que decir que su tono monótono no cambió ni un segundo—. El Consejo de los krinar le dio a nuestro gobierno muy poca información. Pero nos aseguraron que el investigador krinar que iban a enviar aquí investigaría el asunto a fondo e implementaría controles estrictos para todos los clubs-X en el futuro. Nuestro gobierno acordó proporcionar todo el apoyo necesario para que el investigador K y su equipo establecieran un club-X clandestino aquí en la ciudad, y para evitar la interferencia humana en el proceso de selección orgánica necesario para su estudio. La idea era que la población densa y diversa de la ciudad de Nueva York les garantizaría el acceso a un acervo genético humano más amplio para que Vair lo analizara que las áreas remotas y rurales que rodean los Centros K donde ocurrieron estas muertes.

—¿*Vair?* —Con la sorpresa, creo que lo susurré. Al mismo tiempo, Jay casi lo había gritado.

—Sí, ese es el nombre del investigador jefe krinar que envió el Consejo. —Stephen se volvió hacia mí—. Creo que usted le conoce, señorita Myers. —Su tono y expresión no variaron, pero percibí que esos ojos azules suyos me juzgaban—. Por lo que entendemos, es un científico conductual. ¿No es eso correcto?

Sentí una opresión en los pulmones. Negué con la cabeza y luché por respirar mientras tartamudeaba:

—Yo-yo... no sé... nada... sobre él. ¿Conductual?

—No estamos seguros de su título o posición exactos dentro de la sociedad krinar —explicó Stephen —, pero tenemos motivos para creer que es más o menos la versión krinar de un psicólogo o conductista de prestigio.

—Espera un minuto —intervino Jay—. ¿Nos estás diciendo que Vair es un terapeuta sexual en Krina?

—No. Estoy diciendo que él es el investigador principal que el Consejo krinar envió para recopilar datos empíricos sobre los efectos a corto y a largo plazo del intercambio de sangre y saliva entre los K y los humanos.

—¿Datos empíricos? —Jay entonó con incredulidad —. ¿De un club de sexo?

Stephen se detuvo para tomar un fastidiosamente largo sorbo de café antes de responder.

—Sí. Probando los efectos secundarios de la saliva de los krinar en humanos. Registrando los síntomas de la abstinencia, midiendo lo rápido que los humanos se vuelven adictos. También midiendo lo rápido que se vuelven adictos los K, investigando curas potenciales, ese tipo de cosas.

Oh, Dios mío. ¿Yo era un conejillo de indias?

¿Una rata de laboratorio extraterrestre?

Las piezas empezaron encajar en mi mente, formando un rompecabezas muy perturbador. Recordé el comentario brusco de Vair del domingo sobre la poca inclinación de los K a estudiar la conducta humana y la forma en que se había referido a los humanos que iban a su club como *sujetos* y *pacientes*.

—Entonces, ¿cuál es la lista del gobierno en la que está Amy? —preguntó Jay, recordándome el motivo de esa reunión.

—Se llama la lista *charl* —respondió Stephen.

—¿Charl? —Los ojos de Jay se iluminaron—. Amy, ¿te acuerdas de cuando Zyrnase y Tauce...?

—¿Qué significa eso? —le corté.

—Los charl son una clase de humanos bajo la protección de los krinar. Nuestro gobierno ya no tiene jurisdicción sobre ellos. En realidad, tampoco parece tenerla el Consejo krinar, sin el permiso expreso del krinar a quien pertenece el charl.

—¿A quién pertenece? —Jay miró boquiabierto a su amigo de la universidad—. ¿Disculpa?

—Nuestra división tenía la intención de censurar el artículo de Amy, temiendo que interfiriera con las pruebas de Vair... estropeando todo el programa de investigación del club-X. Es bastante inusual tener un club-X aquí en la ciudad, tan lejos de un Centro K.

Según mis fuentes, el Consejo estuvo de acuerdo y tampoco agradeció que su artículo llamara la atención sobre las instalaciones de pruebas de Vair. Pero Vair intervino y reclamó a Amy como su charl, prohibiendo al Consejo y a nuestro gobierno hacer nada que obstruyera la difusión de su reportaje sobre el club-X.

¿Vair había permitido que mi artículo se publicase? ¿Se había opuesto al gobierno de los Estados Unidos y al Consejo krinar en esto? Más importante aún, ¿me había reclamado *como perteneciente a él y había hecho que mi nombre saliera en una lista de "intocables" para el gobierno?*

—¿Cuántos humanos hay en esa lista charl? —preguntó Jay.

—No tengo la libertad de divulgar esas estadísticas.

—¿Cómo puede un K simplemente reclamar derechos de propiedad sobre un ser humano? —objetó Jay—. ¿Y cómo diablos puede nuestro gobierno estar de acuerdo con eso?

Adoré a Jay por preguntarlo, pero temía que la respuesta fuese obvia: los K estaban por encima de nuestras leyes humanas. Nuestro gobierno tenía que aceptar lo que ellos quisieran.

—No tenemos elección —confirmó Stephen—. Como he dicho, hacemos todo lo posible para cooperar con el Consejo krinar y para coexistir con los K. —Sus ojos recorrieron la cafetería, en gran parte vacía, y después añadió—: Una división de Seguridad Nacional aquí en la ciudad tuvo muchos problemas poco después del Día K por interferir con una de sus charls.

Me miró con desaprobación al decir la última parte. Jay se dio cuenta.

—Ella no es una de sus *charls*, Stephen. Ella es un ser humano, una ciudadana estadounidense y una periodista jodidamente buena. ¿Qué puedes hacer para ayudarla?

Stephen sacudió la cabeza.

—Acabo de decírtelo: no puedo hacer nada.

—¿Y qué hay del FBI? ¿O, demonios, no sé, las Naciones Unidas? ¿Nadie? Vamos, tiene que haber alguna organización secreta anti-K por ahí que nos ayude, ¿verdad? ¿Una casa segura para charls en alguna parte?

—No. No hay nada. Y eso no serviría de todos modos. Los K tienen maneras de rastrear a su charl. No hay ningún lugar en que alguien pueda esconderla.

—¡Tienes que estar tomándome el pelo! ¿Me llamaste y me pediste reunirte con Amy para decirle que está jodida? ¿Que está registrada como propiedad K y no hay nada que nuestro gobierno o cualquier organización mundial pueda hacer al respecto?

—No, solicité reunirme con Amy porque quería pedirle que dejara de escribir artículos sobre los club-X. —Los ojos de Stephen se dirigieron hacia mí—. Independientemente de la decisión de Vair de deleitarse con usted como su charl, su artículo *ha* interferido. Lo quisiera así o no, su exposición popularizó el club-X de Vair, poniéndolo en conocimiento de humanos inocentes e ingenuos que de otro modo no lo hubieran sabido o ido a buscarlo. Si le importan su país y su propia especie, dejará de llamar la atención sobre el alto nivel de "éxtasis" que se obtiene al compartir sangre y saliva entre K y humanos. No correrá el riesgo de dar glamour a lo que sabemos que es una adicción peligrosa y potencialmente fatal a esos alienígenas.

CAPÍTULO VEINTINUEVE

Jay iba acelerado, parloteando y disculpándose a cien por hora durante el breve trayecto en taxi de vuelta a la oficina. Yo apenas lo escuchaba mientras miraba sin ver por la ventanilla.

Una vez de vuelta en el *Herald*, fingí estar trabajando lo que quedaba del día.

Salí de mi asustado, confuso y comatoso estado de shock a las 5:30 pm, cuando recibí el mensaje de texto tan esperado pero ahora ya no tan deseado de Vair, que me invitaba a regresar a su club esa noche. Le respondí con un mensaje diciendo que no era de su propiedad, indicando con todas las mayúsculas que pude que jamás en la puta vida iba a ser su charl.

Él no me respondió.

Esperé diez minutos antes de enviarle otro furibundo mensaje de texto diciéndole que tampoco estaba interesada en ser mordida y follada hasta la muerte como su rata de laboratorio sexual.

Silencio.

Quería llamarlo fraude y mentiroso, pero se me ocurrió que Vair me había estado diciendo la verdad la mayor parte del tiempo al *estilo Vair*. Y eso solo me hizo enfadarme más.

Así que le envié otro mensaje de texto diciendo que si alguna vez volvía a estar a menos de cien metros de mí, llevaría ese asunto de la falsa charl a lo más alto y apelaría al Consejo krinar aunque, racionalmente, sabía que a ellos no les importarían en absoluto ni mis derechos ni ayudarme.

No tuve noticias de Vair en todo el fin de semana.

Seguí enviándole mensajes cabreados. Apenas dormía, y revisaba neuróticamente mi teléfono en busca de una respuesta suya.

Por la noche, yacía despierta en mi cama, imaginando la satisfacción que podía obtener yendo a su club hecha una furia y gritándole a Vair en su cara que se fuera al infierno de los krinar. Pero esas fantasías de alguna manera siempre tomaban un giro equivocado al desarrollarse en mi mente, a menudo culminando conmigo encadenada a una pared de cristal viviente o a una cruz de San Andrés, y gritándole a Vair por razones totalmente distintas.

Así que no volví al club de Vair ese primer fin de semana.

Pero Jay sí. Fue a ver a Shalee.

Dijo que tenía la intención de interrogarla sobre las muertes de xenófilos de las que Stephen nos había hablado. Pero más allá de eso, dijo que quería entender cómo funcionaba la saliva krinar en el sistema humano como un narcótico-barra-afrodisíaco para determinar, como él dijo, si la experiencia sexual más intensa de su vida lo había sido por la misma Shalee o sólo por sus escupitajos.

Cuando pasó por mi oficina el lunes por la mañana para ponerme al tanto de cómo había ido su visita al club, nuestro editor y jefe, Richard Gable, estaba saliendo, después de haberme lanzado un raro "buen trabajo" acerca del artículo que había entregado esa mañana sobre los posibles peligros futuros de la dieta vegana impuesta por los K.

—¡De quitarse el sombrero, Myers! Realmente echo de menos mi beicon. —Le dio una palmada a Jay en el hombro cuando se cruzaron—. Buenas tardes, Jay.

Jay le ofreció una enorme sonrisa falsa y respondió:

—Buenas tardes, Dick —como siempre hacía. Y como en cada ocasión, Gable le recordó que Dick era el nombre de su padre, y que a él le llamaban Gable o Richard.

Usar el diminutivo de Richard, Dick, o en inglés coloquial, "capullo", era una broma infantil y estúpida, pero algo en la forma en que Jay la usaba de forma distinta cada vez impedía que perdiera su gracia. Sacudí la cabeza y reprimí la sonrisa que me nacía hasta que estuvimos solos y Jay cerró la puerta de mi oficina.

Me había enviado un mensaje de texto el domingo por la noche para decir hola y hacerme saber que estaba bien, diciendo que estaba demasiado cansado para hablar pero que me informaría en el trabajo al día siguiente. A juzgar por la expresión satisfecha y relajada en su rostro y el alegre ritmo de sus pasos, parecía que había tenido una buena visita al club de Vair.

Dejé de lado los pensamientos sobre Vair y mis propios sentimientos heridos y le pregunté:

—¿Y? ¿Cómo te fue con Shalee?

—Genial. Y antes de que preguntes, *mamá*, la respuesta es no, ella no me mordió de nuevo.

Eso era un alivio. Le hice prometer a Jay que no volvería a dejar que le mordiera un K después de lo que habíamos averiguado por Stephen.

—Pero hicimos otras cosas. —La sonrisa de Jay se agrandó, y un rubor de lo más adorable se propagó desde su cuello hasta sus mejillas—. Y creo... creo que tal vez la química que tenemos es por algo más que por culpa de sus escupitajos.

Después de hablar efusivamente sobre Shalee durante diez minutos, continuó explicándome lo que ella le había contado sobre las muertes que habían ocurrido en los clubs-X cerca de los Centros K. Shalee le había explicado que debido a que existían muy pocas parejas de krinar y humanos en Krina, en el momento de la invasión se sabía poco acerca de la frecuencia o la cantidad en la que los K y los humanos podían intercambiar su sangre y saliva. Y que, desafortunadamente, no se habían realizado suficientes investigaciones, antes de que el equipo de Vair viniese a Nueva York.

Le había contado a Jay que en el caso de que se diera un emparejamiento romántico entre un krinar y un humano, la preocupación del krinar por la fragilidad humana del charl evitaría de forma natural los excesos. Pero en el caso de los encuentros de club-X más casuales, a menudo se prestaba menos atención a la seguridad, porque las acciones venían impulsadas por la pura lujuria y el buen juicio empañado por el delirio inducido por los mordiscos.

Además, los humanos que iban a estos clubs a veces se liaban con varios K cada noche, por lo que les extraían demasiada sangre con demasiada frecuencia. Esto explicaba la necesidad de un miembro de la seguridad del club-X como Tauce, un K lo suficientemente aterrador para, con suerte, asustar a los xenos más recalcitrantes para que no regresasen, a fin de salvarlos de ellos mismos.

Shalee había dicho entonces que la respuesta consistía en investigar más e implantar regulaciones más estrictas, confirmando lo que Stephen nos había contado.

—Escucha, pequeña, sé que estás molesta y te sientes traicionada. Y créeme, estaba listo para darle un puñetazo a Vair por esa mierda arcaica de la charl como propiedad alienígena cuando Stephen nos lo contó el viernes. Pero después de hablar con Shalee, creo que tal vez estar en la lista charl no sea tan malo como parece.

—Jay, él me reclamó como su *propiedad*.

—Sí, para protegerte tanto de su gobierno como del

nuestro, *y* permitirte alcanzar un éxito periodístico, algo que nunca habrías logrado de otra manera, ya que tanto el Consejo como nuestro gobierno planeaban darle el toque de gracia a tu artículo sobre el club-X.

—¿Te estás escuchando? Como si me importase mi éxito periodístico si el precio a pagar es mi libertad como ser humano.

Él puso los ojos en blanco.

—Vale. Pero, Amy, echa un vistazo a tu alrededor. Estás sentada en tu oficina, acabas de escribir otro artículo sobre los K para el *Herald, y te irás a tu apartamento esta noche tal como hiciste durante las últimas siete noches, por no mencionar el mes pasado, sin ninguna interferencia y prácticamente ningún contacto por parte de Vair, exceptuando aquella única vez que te hizo ir a su club-X.*

Todo eso eran motivos válidos que deberían haberme hecho sentirme mejor. Pero por alguna razón, me sentía aún más desanimada.

—Me arregló la vista sin siquiera preguntarme.

—¡Oh, vaya un villano! —Jay levantó una ceja hacia mí—. Reconócelo, nadie te está tratando exactamente como a una prisionera. Ahora que lo pienso... —Hizo una mueca y soltó un silbido entre dientes—. El tío te dejó en paz durante *un mes*, incluso después de que te reclamara como su charl. *Horror.* —Sacudió la cabeza, lanzándome una falsa mirada de lástima—. En todo caso, tal vez debas preocuparte de que él solo lo hiciera por ser amable y no esté tanto por ti.

No perdí tiempo en regañar a Jay por su obvia

maniobra de celestino simpatizante de los K, y él tuvo un ataque de risa. Le dije que estaba feliz por él y por Shalee, pero que necesitaba sacar su trasero enamorado de mi oficina antes de que yo le tirara a la cabeza el gran perforador de agujeros de mi mesa.

Y por suerte para él, lo hizo.

CAPÍTULO TREINTA

El lunes, después de mi charla con Jay, estaba menos enfadada por todo aquello. Para el miércoles, todavía sin noticias de Vair, me di cuenta de que estaba deprimida.

Al llegar el viernes por la noche, sin haber recibido una palabra de Vair y con todo el tiempo libre de Jay monopolizado por Shalee, noté que me sentía sola, aunque me costó dos copas de vino tinto en mi vacío apartamento admitirlo.

En medio de mi estado achispado, pensé en ponerme alguna otra cosa que no fuera mi feo pijama y coger un taxi hasta el club de Vair. Pero en vez de eso, guardé la botella de vino y saqué el helado de chocolate. Me pasé el resto de la noche escribiendo, y eliminando, montones de mensajes de texto para Vair.

El sábado llegó y pasó, todavía sin contacto. Y el domingo se cumplieron las dos semanas desde la última vez que había visto a Vair.

En ese momento, comencé a temer que pudiera volver a pasarse un mes sin verme. Incluso comencé a preguntarme si el comentario burlón de Jay habría sido certero y que tal vez Vair simplemente no estaba tan interesado en mí.

Pero luego me recordé a mí misma que *podía* verme... si estaba mirando.

Así que decidí darle algo que ver. Después de todo, había recibido un mensaje de texto suyo invitándome a volver a su club después de la última vez que me había hecho un dedo en la sala de estar.

Comencé con un pequeño espectáculo de masturbación en la cocina para calentarme, sin saber si esa sería una de las habitaciones "importantes" en las que Vair habría establecido su vigilancia. Envalentonada por lo empoderada que me sentí después, me puse un nuevo conjunto de sujetador y bragas y me di placer en el dormitorio.

A la mañana siguiente, me desperté extasiada ante un mensaje de Vair: otro video de nosotros. Al verlo, me sentí inspirada para montar un número en la sala de estar, encima de la mesa de café, vestida para el trabajo con mi blusa y falda lápiz más formalitas.

Hacia el mediodía del lunes, estaba tan cachonda que consideré cerrar la puerta con llave y darle a Vair otro espectáculo allí mismo en mi oficina. Afortunadamente, la cordura prevaleció y opté por ir a comprarme un café y una ensalada en el delicatesen de abajo.

Era casi la hora de salir, y mis dedos estaban

volando sobre el teclado cuando un krinar alto, moreno y sexy a rabiar entró en mi despacho como si fuese el dueño del *Herald*.

Ya había cerrado la puerta de mi oficina y se apoyaba despreocupadamente contra ella mientras yo luchaba por respirar con normalidad, preguntándome si me había vuelto completamente loca y simplemente me lo estaba imaginando allí de pie.

Aturdida, me levanté y salí de detrás de mi escritorio mientras lo miraba con incredulidad.

—Te he echado de menos, Amy.

Parecía inmenso allí, en mi diminuta oficina, bloqueando casi toda la puerta mientras me miraba con esos intensos ojos castaño oscuro que todo lo consumían.

—¿Me has echado de menos?

Mis pezones respondieron antes de que yo encontrara la voz para hacerlo. Mis músculos internos siguieron su ejemplo.

—Yo... estoy en el trabajo, Vair. —Lo dije tanto por mí como por él.

Él sonrió.

—Lo sé. Y necesito verte tomar lo que deseas. Ahora. Mientras estás en tu trabajo. —Sus ojos se oscurecieron junto con su tono—. Inclínate sobre tu escritorio para mí.

Un escalofrío me atravesó a toda velocidad. Y que el Señor me ayude, pero no lo dudé ni un segundo. Simplemente me di la vuelta y lo hice, aplastando mis manos contra el frío y duro escritorio laminado cuando Vair me levantó la falda de lápiz por encima de la cintura.

No era capaz de razonar. Ya estaba jadeando, todo mi cuerpo se calentó cuando mi sexo cobró vida por el ansia.

—Abre las piernas, querida.

Lo hice.

Hizo un ruido de aprobación cuando su mano se movió hacia abajo sobre mi trasero desnudo para frotarse contra el tanga húmedo entre mis muslos.

—Del todo. —Su otra mano presionó suavemente contra la parte baja de mi espalda, aplastándome contra el escritorio mientras tiraba de mi tanga hacia un lado y me metía dos dedos hasta el fondo. Estaba tan resbaladiza y mojada que no encontraron resistencia.

Joder, lo había echado de menos.

—Muy bonito —elogió, deslizando sus dedos hacia adentro y hacia afuera, girándolos y haciendo movimientos de tijera.

Con la mejilla apretada contra la superficie fría de mi escritorio, mis ojos entrecerrados miraban hacia la puerta de mi oficina... *que no estaba cerrada con llave.*

Sentí un aumento de calor detrás de mí y supe que él se había deshecho silenciosamente su ropa de la misma manera mágica que las otras veces.

Esto estaba sucediendo. Iba a follarme en mi oficina del *New York Herald*.

Y yo iba a dejarle hacerlo.

Nada de esto era normal. Nada de esto era seguro.

Hacía tiempo que la seguridad estaba sobrevalorada.

Retiró sus dedos, y sentí la suave y roma punta de su polla empujando contra mí allá donde yo estaba más que lista para aceptarlo. Incliné mis caderas hacia atrás, alentando su entrada.

—Eso es, ángel. Hazlo tú. Quiero ver cómo me metes muy adentro.

Me agarré a los lados de mi escritorio y me balanceé hacia él hasta que la ancha punta de su polla se metió lentamente dentro de mí.

—Es tan perfecto. —Exhaló, y ese fue el suspiro más carnal que jamás había escuchado—. Mira cómo te abres para abrazarme.

Me mordí el labio y reprimí un gemido cuando sus dedos rodearon la tela de mi falda arrugada para acariciar entre mis pliegues allí donde estábamos unidos.

—Tan húmeda para mí. —Su pulgar rodeó mi clítoris—. Tómame del todo, cariño.

Esto era una locura.

Me había vuelto completamente loca.

Imaginé a Vair contemplando mis abiertas partes privadas a la luz del día que se filtraba por la ventana de mi oficina. Mirándome mientras me empalaba lentamente en su enorme erección extraterrestre.

En horario de oficina.

Con mi puerta sin cerrar.

Necesitaba que me examinaran la cabeza.

—Más, mi amor. —Su pulgar presionaba y frotaba, jugando con mi carne henchida y palpitante—. Es todo para ti.

Dejé escapar un gruñido suave cuando me eché del todo hacia atrás, estirándome alrededor de la parte más gruesa de su polla hasta que sentí sus bolas apretadas contra mi húmedo centro.

Él gimió.

—Qué pequeña humana tan buena.

Su cariño condescendiente no debería haber calentado tanto mi corazón. Tampoco debería haber hecho que me apretara y volviera a chorrear a su alrededor.

Yo era un caso perdido.

Una impúdica adicta a los K, en cuanto a lo que a Vair se refería.

—Muévete sobre mí.

Era una orden.

Obedecí sin cuestionármela.

Me puse de puntillas, luego volví a pisar con los talones y así me balanceé adelante y atrás sobre su verga. Sus dedos acariciaron y pellizcaron mi clítoris. Con la otra mano me acariciaba la parte de atrás de los muslos y el trasero.

—Eso es. Más deprisa, querida. Déjame verte tomar lo que deseas. No tengas miedo.

Con los nudillos blancos a ambos lados de mi escritorio, dejé ir a mi cuerpo, ondulándose adelante y atrás, deleitándome en cada rígido centímetro de su anatomía, mientras su gruesa polla entraba y salía de mí.

Ya estaba sudando. Mi barato escritorio de oficina había empezado a hacer ruidos de crujidos bajo la presión de mis movimientos. Las pantallas de mi ordenador traqueteaban y se bamboleaban sobre la mesa.

Sin embargo, aceleré como me ordenaba.

Sabiendo que alguien podría oírnos. Que nos podrían pillar.

Porque no podía parar.

—Más fuerte. —Sus dedos se hundieron en la carne de mis nalgas—. *Más adentro.* Quiero sentir cómo te corres en toda mi polla. —Su voz sonaba menos controlada. Más urgente.

Luego comenzó a emitir un gruñido bajo y sostenido en su pecho. Sus dedos se volvieron menos suaves sobre mi clítoris. Su gran palma acometió mi culo con un apretón de los que dejan moretones.

Yo sabía que se estaba refrenando, evitando su instinto depredador de entrar dentro de mí rápido y duro, para poder verme tomar lo que yo quería.

Y eso me hizo sentirme mucho más excitada por él mientras me movía adelante y atrás, y mi ansioso cuerpo se tragaba cada grueso y duro centímetro.

—Fóllame como si nunca fueras a tener suficiente, Amy —gruñó.

Algo en mi psique se rompió ante la dura verdad de esas palabras, y grité cuando de repente estallé, con movimientos bruscos y desencajados, sobrepasada por mi clímax.

Su mano se cerró sobre mi boca, y clavó sus caderas en mí. Su pene parecía haberse hinchado de una forma, increíblemente, más grande todavía, y sus movimientos eran bruscos y profundos mientras mis paredes internas revoloteaban y se apretaban a su alrededor, liberando las últimas olas de mi éxtasis.

Me temblaban las piernas por el esfuerzo, y mi cuerpo entero me parecía como el de una muñeca de trapo estrujada, mientras él la sacaba y me colocaba de rodillas frente a él. Su polla empujó más allá de mis labios jadeantes hasta el fondo de mi garganta sin preámbulos, y derramó allí su semilla caliente, conmigo dando arcadas y tragando de forma refleja.

Su esencia de krinar cubrió mi garganta y se asentó en mi estómago, trayendo consigo la súbita conciencia de lo que acababa de hacer y dónde.

Pero antes de que un arrepentimiento postcoital completo y absoluto pudiera asentarse, Vair gimió de placer y pronunció las únicas palabras capaces en ese momento de eclipsar el horror de todo lo demás.

—*Joder.* Te amo, pequeña humana.

Yo tenía un historial de reacciones incómodas y malas a esas dos palabras. Y ni una sola vez, ni en mis sueños más salvajes, se me ocurrió que podría escucharlas de Vair: un *krinar*, un miembro de la especie alienígena enemiga dominante.

Estaba en estado de shock cuando Vair se retiró de mi boca, me levantó del suelo y procedió a alisarme suavemente la ropa y el cabello.

Luego me sentó en el borde de mi escritorio.

—¿Estás bien?

No respondí, mi mente estaba demasiado ocupada intentando librarse de su revelación.

Él me cogió la cara entre las manos y la acercó a la suya.

—Amy, hace semanas que insonoricé tu despacho. Zyrnase está vigilando afuera, en tu puerta. No pasa nada. Nadie nos ha visto ni oído.

Al escuchar eso, reprimí una risita nerviosa. Era reconfortante y perturbador a partes iguales saber que él se había tomado la precaución *y la libertad* de insonorizar mi oficina.

¿Y por qué no? Ya se había tomado la libertad de pincharla con todo tipo de equipos de vigilancia de alta tecnología.

Negué con la cabeza. Tragué saliva.

—No podemos... no podemos hacer esto. Nunca más.

La suave preocupación que había en sus ojos se transformó en algo un poco más frío. Más oscuro.

—¿Y eso por qué?

Aparté sus manos de mi cara.

—No está bien. Esto no es normal. No es sano.

—¿Y qué *es* normal, Amy? ¿Qué es sano? —Dio un paso atrás, cruzando los brazos sobre el pecho—. ¿Me lo puedes definir por favor? Porque me encantaría escucharte describir cómo es una relación "normal" y "sana" y explicarme por qué la nuestra no cumple esos parámetros.

—Nosotros no tenemos una... relación. Tú me estás chantajeando para que tenga sexo. Todo lo que hay entre nosotros está construido sobre la base de la manipulación y la coacción.

Sus ojos chispearon.

—¿Así que has odiado cada minuto, entonces? ¿Has soportado bajo coacción todos los orgasmos que te he dado?

Aparté la mirada.

—Sabes que no es eso. Es más complicado.

—Estás evitando mi pregunta. Dime qué significa sano. Describe cómo funciona una relación normal.

—No tengo que hacerlo.

—No. No sabes *cómo* hacerlo —afirmó él—. Así que prefieres tirar por la borda lo que tenemos, aunque lo desees, porque no crees que sea lo que *deberías* desear.

Estaba haciendo que me diera vueltas la cabeza.

—No te necesito para que me psicoanalices —le espeté, sosteniéndole la mirada—. No soy uno de los "pacientes" de tu club-X ni alguna xeno cualquiera adicta a ti.

Pero lo era. Totalmente.

Y él me amaba.

No, no vayas por ahí.

Su boca se tensó.

—¿Qué pasaría si te enviara correos terroríficos a diario, advirtiéndote de todos los peligros que te acechan en todos los rincones del universo? ¿Eso haría que nuestra relación fuese más *normal* para ti? ¿Eso sería sano? Si terminara todas las comunicaciones por correo electrónico y teléfono con "Mantente segura" o "Ten cuidado", ¿eso te haría sentirte amada?

—Me estás chantajeando —repetí lo obvio—. No se

puede construir una relación sobre un acuerdo de chantaje.

Un toque de diversión iluminó su mirada.

—¿Creía que la nuestra se construía sobre la base de que éramos los dos hijos únicos?

—Vair, esto ya no tiene gracia.

—Tienes razón. —La rabia se encendió en sus ojos oscuros y expresivos, junto con otra emoción de la que yo no quería reconocer a un krinar capaz: dolor—. El hecho de que todavía te creas mi estratagema de lo del chantaje... que yo alguna vez consideraría compartir un video privado de nosotros públicamente no tiene nada de gracioso para mí.

—¿Estratagema? —Mis ojos se estrecharon—. ¿Quieres decir...?

—Amy, como ya te he explicado, tus padres te programaron para responder al miedo, a las amenazas de peligro e intimidación. —Había elevado la voz en un tono agudo y enojado, contradiciendo su indiferente encogimiento de hombros—. Por supuesto, yo conté con eso, sabiendo que era el medio más rápido para que regresaras a mi club.

Me quedé boquiabierta.

—¿Contaste con eso? Eso es solo una forma más elegante de decir que te aprovechaste.

—Exactamente. —Me señaló con un dedo acusador —. ¿Y adivinas qué? Te encantó. Por dentro, te has alegrado por el hecho de que *yo* asumiera toda la responsabilidad y tuviera toda la culpa de nuestro acuerdo, permitiéndote disfrutar de lo que considerabas fantasías inapropiadas. No importaba lo que hiciéramos: sabías que podías echarme la culpa directamente a mí, y eso hizo que estuviera bien para ti.

—¡Eso no es verdad!

—Amy. —Me lanzó una mirada de sargento instructor.

Oh, vale.

—Lo que digas. Así que tal vez *algo* de eso me ponía. Eso no importa. No cambia el hecho de que todavía no somos compatibles. Demonios, nuestras especies ni siquiera pueden procrear. Shalee le dijo a Jay que las parejas de humanos y de krinar no pueden tener niños.

Vair inclinó la cabeza, y la comisura de su boca se convirtió en una sonrisa que hizo que mi pulso saltara.

—No. Ninguna lo ha hecho. *Todavía.* —Su cálida y oscura mirada se posó en mis pechos—. Es interesante que hayas pensado en eso cuando no quieres tener nada que ver conmigo y con mi manipulación y coacción.

Se inclinó hacia delante, invadiendo mi espacio y me encerrándome con una mano a cada lado de mis caderas sobre el escritorio.

—¿Así que ahora te opones a que estemos juntos porque los krinar y los humanos aún no han demostrado ser compatibles para la procreación? —Su voz era baja y ronca, sus ojos íntimos cuando preguntó —: ¿Estás diciendo que quieres tener hijos conmigo?

Sentí que mis mejillas se ponían rojas.

—No, eso no es lo que estoy diciendo.

—Hay innumerables parejas humanas incapaces de procrear. ¿Eso las hace incompatibles?

—Por supuesto que no. Deja de retorcerlo todo. Simplemente estoy señalando que ni siquiera somos de la misma especie, que literalmente venimos de dos mundos diferentes.

—Sí, y no somos lo primera pareja de krinar y humano, Amy. Y ciertamente no seremos los últimos.

Puse una mano contra su pecho mientras su cabeza se inclinaba más cerca, y su nariz estaba a un milímetro de la mía. Mi voz surgió jadeante mientras solté el último obstáculo en que fui capaz de pensar.

—Pero ¿qué pasa con mis padres, Vair? Nunca podré explicarles esto, *lo tuyo*.

Tomó mi cara entre sus manos otra vez, inclinándola.

—Ya he pensado en eso, cariño. —Su nariz acarició la mía—. Digámosles que todavía te estoy chantajeando, ¿eh? —Sentí su sonrisa contra mis labios cuando los rozó suavemente.

—Estás tan enfermo —susurré, devolviéndole el beso. Cuando me aparté para recuperar el aliento, le dije sinceramente—: Te van a odiar del todo.

Él asintió.

—Bueno, también estoy preparado para chantajearlos directamente, si es necesario. ¿Crees que la amenaza de un campo de trabajo costarricense para humanos hará que la idea de tener como yerno a un krinar de ochocientos cuarenta y siete años y propietario de un club de sexo, sea más aceptable para ellos?

Solté una risita histérica y sacudí la cabeza, incluso mientras me encogía internamente por lo mal que esa descripción de mi amante extraterrestre les sonaría a mis padres.

—No conoces a mi madre en realidad. —Me mordí el labio—. Me temo que esto requerirá múltiples videos falsos de YouTube sobre cuánto disfrutan los K del sabor del cerebro humano.

—Oh, ¿y yo soy el enfermo? —dijo él, riendo.

Me encogí de hombros.

—Bueno, cariño... por ti, creo que algo se podrá arreglar.

PARTE TRES

CAPÍTULO TREINTA Y UNO

¿Estaba esto pasando de verdad?

Me pellizqué a mí misma. Por supuesto, discretamente, pero Vair, que notaba cada jodida cosa en lo que a mí respectaba, lo vio, y una sonrisa de sátiro levantó las comisuras de sus labios gruesos y peligrosamente sexis.

—Sí, es real, pequeña humana —susurró con malicia—. Y prometo no comérmelos a *ellos*… solo a ti, ¿vale?

Un violento rubor subió por mi cuello.

—Calla —siseé, agarrando su mano y apretándola con toda mi ridícula fuerza de humana—. Nos van a oír.

Estábamos frente a la casa de mis padres en Skaneateles, donde Vair y yo estábamos a punto de cenar con mi familia por primera vez. De no haber sido por los nanocitos krinar de mi sangre, habría pensado que las palpitaciones del corazón que estaba teniendo eran un ataque cardíaco prematuro.

Pero según Vair, ya no podía tener un ataque al corazón. Ni contraer ninguna otra enfermedad humana, lo que aparentemente incluía envejecer. Ahora que era oficialmente la charl de Vair, con los nanocitos apropiados y demás, era inmune a *todo*, incluyendo a morir de vieja.

Todavía no lo había procesado completamente, y no sabía si lo conseguiría en el futuro inmediato. Bastaba con haber estado saliendo con Vair, en citas de verdad, reales, durante los últimos dos meses, desde que había aparecido en mi oficina y me había inclinado sobre mi escritorio, follando mis sesos hasta que acepté darle una oportunidad a esta locura.

No es que Vair considerara lo que estamos haciendo como "citas". A sus ojos, estábamos simplemente juntos. Para siempre. Él no era mi *novio*. Oh no. Eso sería demasiado directo e igualitario. Era mi *cheren*, lo cual, si entendía bien el término krinar, significaba que básicamente, mi culo le pertenecía.

Pero de una manera amorosa, cariñosa, siempre cuidando de mí.

Tampoco había procesado esa parte, ni tenía prisa por hacerlo. Vair actuaba como mi novio, aunque se tratara de la variedad ridículamente posesiva que incluía acosarme y grabar todos mis movimientos, y eso era lo bastante bueno para mí. Continuaba trabajando en el *Herald*, donde finalmente conseguí un par de reportajes sustanciosos, y pasábamos el resto del tiempo juntos, saliendo a cenar a los mejores restaurantes de la ciudad, visitando parques y museos, y pasando el rato con Jay y su novia krinar Shalee (*ella* no tenía problemas con esa etiqueta). Es decir, eso era cuando no estábamos manteniendo cantidades malsanas de sexo alucinante y nada convencional, o bien en el obscenamente lujoso ático de Vair o en su pervertido "centro de investigaciones"... alias el club-X.

—¿Qué te hizo decidir convertirte en un conductista humano? —le había preguntado unas semanas atrás, durante el desayuno, después de que me despertara todavía exhausta de observar una orgía del club-X durante toda la noche (mientras Vair me follaba fuera de la vista de los participantes de la orgía, naturalmente)—. No te ofendas, pero no te habría tomado por un científico.

—¿Oh? —Sus cejas se habían arqueado—. ¿Por qué otra cosa me habrías tomado?

—Oh, no lo sé... —Si hubiésemos estado en la época victoriana, lo habría calificado como un libertino de la alta sociedad, pero eso era demasiado tonto como para decirlo en voz alta—. ¿Un dueño de club de sexo *auténtico*?

Sus dientes blancos brillaron mientras elegía una fresa.

—*Soy* un auténtico dueño de club de sexo, y mi club no tiene nada de falso. Y como sabes... —esos mismos dientes se habían hundido seductoramente en la madura fruta—... disfruto. profundamente de la investigación que tú y yo llevamos a cabo allí.

Ignorando la reacción de mi cuerpo a su afirmación, así como mi deseo primordial de lamer el jugo de fresa de su delicioso labio inferior, decidí seguir adelante.

—Lo digo en serio, Vair. ¿Qué te hizo decidir elegir esta profesión? La primera vez que nos conocimos, dijiste que te habías aburrido de Krina. ¿Solo estabas jugando conmigo? ¿Adoptando el papel del playboy krinar aquejado de tedio?

Se rio de eso, pero luego su expresión se volvió más seria.

—No, cariño. Nunca he pretendido ser otra cosa aparte de lo que soy contigo. *Había estado* aburrido en Krina. Nada conseguía captar mi interés desde hacía mucho tiempo, así que durante la mayor parte de mi vida, había sido un diletante, yendo de un campo a otro sin realmente encontrarme a mí mismo o hacer ninguna contribución importante. No fue hasta que nuestro Consejo decidió venir a la Tierra cuando descubrí el campo poco explorado de la conducta humana, y eso se convirtió en mi pasión. Es decir, hasta que *tú* te convertiste en una pasión mía, pequeña humana, con tu comportamiento irracional y todo.

Le había lanzado una fruta entonces, pero más por la incomodidad de escucharle expresar de nuevo sus sentimientos que por haberse enfadado de verdad por ser llamada "irracional".

Porque lo *era*.

Era una loca irracional en lo referente a él.

Por un lado, aunque Vair a menudo me decía que me amaba o me soltaba alguna otra variación de esas mismas palabras, *yo* todavía no había reunido el valor para decirle cómo me sentía. Cómo, incluso cuando estábamos en medio de la sesión sexual más perversa y sucia, era muy consciente de un creciente tono de ternura entre nosotros, de una conexión tan profunda que parecía que estaba implantada en mi médula ósea. Por el motivo que fuera, había estado guardando silencio sobre cómo estaba empezando a echarle de menos cuando estaba en el trabajo, incluso si lo había visto esa misma mañana, y cómo cuando estábamos separados, revisaba mi teléfono a cada instante, esperando para ver un mensaje suyo.

Un mensaje horripilante, horriblemente inapropiado, que me haría desear que me tragara la tierra y tener un orgasmo al mismo tiempo.

Eso me convertía en una cobarde, estaba segura de ello, pero todo me había resultado mucho más fácil cuando consideraba a Vair un villano. *Cuando me había estado chantajeando para que hiciera lo que yo quería.*

Y sí, podía admitirlo ahora. De manera infalible, como el conductista que era, Vair había encontrado el enfoque correcto conmigo. Había necesitado sus amenazas implícitas para superar los miedos inducidos profundamente en mí por mis padres, para luchar contra mi inclinación natural para evitar todo lo que era diferente y aterrador.

Una inclinación contra la que todavía estaba luchando, en pequeña medida, de ahí mi incapacidad para admitir ante él lo mucho que estaba empezando a necesitarlo.

Cómo me estaba enamorando de él, a pesar de mi miedo persistente a lo desconocido.

—¿Estás lista? —preguntó Vair, sacándome del temeroso ensimismamiento inducido por la reunión con mis padres. Sonriendo, devolvió el apretón de mi mano... pero gentilmente, para no aplastar mis frágiles huesos humanos. Sin embargo, aún debía de parecer que estaba a punto de vomitar, porque él llevó mi mano a sus labios y me dio un suave beso en los nudillos.

—Todo irá bien, cariño, te lo prometo. Les voy a encantar. Y si no, siempre hay esos videos de come-cerebros en YouTube...

Asentí, poco convencida, pero era demasiado tarde.

Vair ya estaba llamando al timbre.

CAPÍTULO TREINTA Y DOS

Fue un verdadero desastre.

Yo ya sabía que lo sería, por supuesto, pero Vair había insistido en celebrar este encuentro, y aquí estaba, encogiéndome detrás de mi plato de brócoli recocido mientras mamá me miraba con ojos acusadores y enrojecidos y papá alternaba entre tartamudear torpes preguntas sobre cuánto llevábamos saliendo y beber demasiado vino.

En parte, era culpa mía. Más o menos les había soltado lo de Vair a mis padres sin avisar. Si bien había sido sincera sobre el hecho de que tenía un nuevo novio, hasta la noche anterior no había admitido la verdad ante mis padres.

A las 9:38 pm, cuando mamá había llamado para recomprobar la hora a la que íbamos a llegar al día siguiente, le confesé que Vair era un K.

El consiguiente ataque de histeria fue el peor que yo hube presenciado, y eso era decir mucho.

—¡Te va a matar! ¡Te asesinará mientras duermes! —mamá había sollozado al teléfono mientras papá me saturaba la bandeja de entrada con enlaces a todos los artículos negativos que existían sobre los K, algunos de ellos míos—. Te partirá el cráneo, te chupará toda la sangre y...

—No lo haré, lo prometo —me había interrumpido Vair, quitándome el teléfono, y eso provocó una serie de chillidos que debían haberse escuchado todo el camino hasta Alabama.

Recuperé el teléfono en ese momento y pasé las siguientes dos horas o más tranquilizando a mis padres, contándoles lo bien que Vair me trataba y cómo nunca, nunca comía cerebros humanos, ni siquiera cuando estaba realmente hambriento. Después de colgar por fin, había conservado mi teléfono cerca porque conocía a mi madre, y efectivamente, me había llamado seis veces más durante la noche, llorando y suplicándome que me fuera y pidiera ayuda, y que por qué, oh, ¿por qué el FBI no hacía caso a sus insistentes mensajes denunciando que me habían secuestrado y que mandaran un equipo de los SWAT para rescatarme?

Así que en definitiva, había sido una noche de lo más divertida.

Y aquí estábamos ahora, en casa de mis padres, donde mi madre había servido la comida menos sabrosa y poco apetecible que jamás le había visto hacer. Sospeché que era su versión de "vete a la mierda, malvado K". ¿Tal vez esperaba que Vair extrapolaría del brócoli súper hervido una amenaza de sobre hervirlo *a él* si alguna vez me hacía daño?

No estaba segura, pero de cualquier manera era embarazoso.

—*Perdón* —articulé sin sonido para Vair cuando mi madre se fue con mi padre a la cocina para traernos más agua y vino, que nos quitaran el mal gusto de la intragable comida—. No sé porque han hecho esto.

Señalé con impotencia la mesa, donde, además del brócoli demasiado cocido y las patatas casi crudas, había unas uvas medio aplastadas y con pinta llevar ahí siglos en un bol... aparentemente para comerlas como postre.

Los ojos oscuros de Vair brillaban divertidos.

—No te preocupes, cariño. Hará falta algo más que la mala comida para asustarme.

Así que interpretaba las acciones de mi madre de la misma manera que yo, aunque él no sabía que ella normalmente era una buena cocinera, que se había enfrentado con éxito al desafío de una nueva dieta vegetariana.

A menos que...

Le miré con los ojos entornados.

—¿Hay micros en la casa de mis padres? —medio siseé, medio susurré, sujetándome a la mesa mientras me inclinaba más cerca—. ¿También los has estado vigilando a ellos?

¿Es así como sabe que esta es una mala comida y no la comida habitual de mi madre?

El gesto risueño de su mirada se hizo aún más acentuado.

—¿Tú qué crees?

Uf. Claro que sí. Sentí un estallido de indignación en nombre de mis padres, pero no tuve oportunidad de expresarlo porque mi madre regresó con dos vasos de agua, que soltó sobre la mesa frente a nosotros con tanta fuerza que parte del líquido rebosó del borde.

Mi padre iba justo por detrás, llevando una botella de vino abierta y una bandeja con un brownie de aspecto carbonizado.

Así que *había* otro postre aparte de las uvas poco apetecibles.

—Gracias, mamá —dije, cogiendo mi agua para tomar un sorbo. Demasiado tarde, se me ocurrió que pudiera ser que hubiera escupido en el vaso de Vair, o que hubiera puesto algo malo en su comida, en general, pero aparté esa idea de mi mente.

Incluso si ella hubiera hecho algo tan horrible, no era como si él pudiera haber enfermado por ello.

—Así que, Vair... —dijo papá después de vaciar otra copa de vino—. ¿Qué intenciones tienes con respecto a nuestra hija?

Cerré los ojos y recé por poder hacer uno de los trucos de Vair para disolver la pared o el suelo, y así hundirme en el agujero y desaparecer.

—Bueno —dijo Vair con total calma—, estoy enamorado de su hija, señor Myers, así que espero tener una relación a largo plazo con ella.

Abrí los párpados una fracción de milímetro y lo comprobé.

Pues sí. Ni el más mínimo indicio de incomodidad o vergüenza en ese rostro perfectamente dibujado de él, ni ninguna de sus expresiones de burla habituales.

Parecía sincero. *Serio.* Como un Boy Scout que espera ganarse la aprobación del jefe de su patrulla.

Y mi padre lo estaba aceptando con entusiasmo, asintiendo como si estuviese en total acuerdo.

Mis ojos se abrieron más cuando mamá habló con Vair por primera vez, con una voz solo un poco más aguda de lo normal.

—¿Cómo funcionaría algo así, exactamente? Sois cada uno de diferente *especie* —enfatizó la última palabra, haciéndola sonar como algo sucio.

—Sí, lo somos, pero eso no importa —dijo Vair, brindándole una sonrisa cuidadosamente modulada. Uno que pretendía calmar y desarmar—. Estoy seguro de que recordará esa época en la historia de la humanidad en el que las personas pensaban lo mismo acerca de las uniones entre diferentes razas.

Las mejillas pecosas de mi madre se sonrojaron. A pesar de vivir en un barrio blanco al noventa y ocho por ciento, se enorgullecía de ser "ciega con respecto a la raza"—. Eso n-no... —tartamudeó—. Quiero decir, eso no es lo mismo *en absoluto.*

—¿Por qué no? —dijo Vair, con tono amable—. Si amo a su hija y ella me ama, ¿qué tiene de malo que estemos juntos?

Mamá lo miró, sin palabras por una vez, y supe que yo estaba con la misma expresión, una mirada de "ciervo delante de los faros de un camión" estupefacta y atónita, de cuando el miedo ilógico se enfrenta a una lógica irrefutable. Mi corazón palpitó sordamente en mi pecho, y mi mano se convirtió en un puño por debajo de la mesa cuando sus palabras calaron en mí, evitando las capas de tonterías que había estado usando como mis defensas.

Un krinar y una humana, enamorados. ¿Qué había de malo en ello, de hecho?

¿Por qué he estado luchando tan duro contra ello?

¿Por qué había estado tan asustada de admitir cómo me sentía?

Durante unos largos momentos, nadie dijo nada, el silencio se estiró hasta que parecía una cuerda a punto de romperse.

Entonces mi padre se aclaró la garganta.

—Ejem... ¿alguien quiere vino? —ofreció.

—No estaría mal —aceptó Vair despreocupadamente, como si todos fuéramos un grupo de amigos, y mientras mamá alargaba un brazo tembloroso y tendía su copa de vino vacía para pedir más, sosteniéndola al lado de la de Vair, yo miré a mi krinar, sabiendo, *no, sintiendo,* la verdad.

Puede que no fuésemos de la misma especie, pero él manejaba a mis padres como nadie.

～

ERA TARDE CUANDO LLEGAMOS A CASA, PERO ME SENTÍA

animada en lugar de cansada, vibrando de energía nerviosa.

—Lo hemos hecho. ¿Puedes creerte que lo hayamos hecho? —parloteé mientras Vair conducía a su ático. No había sido capaz de cerrar la boca durante todo el viaje de vuelta—. Y, oh Dios mío, la expresión en el rostro de mamá cuando los invitaste a Nueva York para el Día de Acción de Gracias... apuesto a que pensaron que ibas a decir 'Krina'. Y luego, cuando papá probó ese horrible brownie y literalmente lo escupió... ¿Crees que mamá *de verdad* intercambió la sal y el azúcar, como dijo ella, por accidente? Es decir, ¿todo el azúcar? O sea, seguro que sabía así, pero eso es algo extremo, hasta para ella. Y luego...

—Amy. —Los ojos oscuros de Vair tenían una expresión vagamente depredadora cuando me interrumpió presionando un suave dedo contra mis labios—. Silencio, cariño.

Mis ojos se abrieron de par en par mientras a continuación hacía su truco de disolver la ropa, la mía y la suya, y mi garganta se secó mientras miraba la desnuda perfección masculina que tenía ante mis ojos.

¿Alguna vez me acostumbraría a él?

¿Era posible acostumbrarse a alguien tan hermoso?

Él ya se había puesto duro, su magnífica polla se curvaba hacia su ombligo y cada músculo de su gran cuerpo aparecía cincelado con una precisión sobrehumana. Pero fue la expresión de su cara la que me robó el aliento, una mezcla de lujuria oscura y ternura descarada, de hambre y pura adoración.

Inclinándose, enmarcó mi cara entre sus grandes palmas, y mis entrañas se apretaron de expectación cuando sus labios rozaron los míos... una, dos veces y otra vez más. Su aliento era cálido y tenía un ligero sabor a vino, su lengua suave y resbaladiza cuando se adentró en mi boca, probándome, provocándome. Mis manos se curvaron alrededor de sus sólidas muñecas, y mi corazón se puso a martillear en mi caja torácica, mientras un cálido relámpago se extendió sobre mi piel y un vacío pidiendo ser llenado floreció en el centro de mi sexo.

Necesitaba que me follara.

Ahora.

Primero, sin embargo, necesitaba decirle algo importante... algo que me había pesado durante todo el camino a casa, haciendo que mis nervios tintinearan como cascabeles y mi boca funcionara sin parar.

Algo que debería haberle dicho hace mucho tiempo, pero que había sido demasiado gallina para admitir.

Respirando jadeante, detuve el beso y me aparté.

—Vair... —A pesar de mi resolución, mi voz tembló cuando lo miré fijamente, todavía sosteniendo sus muñecas como si pudiera contenerlo—. Vair, yo...

Él sostuvo mi mirada, y la ternura de sus ojos se hizo más intensa.

—¿Sí, querida?

Él lo sabía. Por supuesto que lo sabía.

Desde el principio, él me había entendido, incluso mejor de lo que lo había hecho yo misma.

—Te amo —dije, y mi voz se estabilizó cuando mi

nerviosismo se evaporó, reemplazado por una oleada de sentimiento puro y verdadero—. Amo todo lo tuyo, Vair, y quiero que hagamos un verdadero esfuerzo por que esto funcione, sin importar lo que piensen mis padres ni cualquier otra persona.

—¿Ahora sí? —murmuró, con una lenta y cálida sonrisa curvando sus sensuales labios, y cuando se acercó de nuevo, inclinando su cabeza para reclamarme con un beso voraz, lo supe.

En un club-X de Nueva York, había encontrado mi otra mitad.

Un Krinar que amaba con todo mi corazón.

EPÍLOGO

Seis años después

—¿ESTÁS LISTA? —PREGUNTÓ VAIR, APRETANDO MI mano, y yo asentí, respiré hondo e hice una rápida autocomprobación.

¿Estaba a punto de vomitar? *No.*

¿De desmayarme? *Poco probable.*

¿De chillar como una adolescente delante de su ídolo del rock? *Muy posiblemente.*

No podía evitarlo, sin embargo. En un minuto, estábamos a punto de iniciar una reunión virtual con la pareja de humana y krinar cuya tumultuosa historia de amor había fascinado recientemente a la población de dos planetas.

Korum y Mia.

El K más poderoso del Consejo y la chica humana con la que se había *casado.*

—Les encantarás —me aseguró Vair—. Su manuscrito les dejó sin aliento y saben que no hay nadie que pudiera hacer mejor trabajo con su historia.

Tragué saliva, tratando de asentar mi pulso caprichoso, que insistía en martillar como un pájaro carpintero en mi garganta.

Podía hacerlo. Seguro, decididamente, podía hacerlo. ¿Y qué si eran mucho más importantes que cualquier otra celebridad? ¿O si Korum había sido la fuerza impulsora de la invasión de la Tierra por parte de los K?

Vair creía en mí: lo suficiente para utilizar toda la buena voluntad que su investigación había generado con el Consejo krinar para conseguirme esta reunión, y yo ya no era una periodista novata. Durante los últimos seis años, había entrevistado a otros krinar, así como a funcionarios del gobierno humano y a miembros de la Resistencia. Mis artículos, historias breves y reportajes habían sido ampliamente reconocidos como bien fundamentados y perspicaces, y mi primera novela de no ficción, la inusual historia de amor de Emily Ross y su cheren, Zaron, estaba a punto de ser publicada.

Yo era una maldita profesional, y no tenía ninguna razón para estar nerviosa.

Aparte del hecho de que este era el mayor golpe a nivel periodístico de la historia.

Vale, pues.

—Hagámoslo —dije con firmeza, y mientras Vair me sonreía, el mundo se volvió un borrón.

Luchando contra el mareo, cerré los ojos y, cuando los abrí, ya no estaba en el ático de Vair en Nueva York.

—¿Amy Myers y Vair, supongo? —dijo un alto, intimidantemente hermoso krinar con peculiares ojos dorados, mirándome desde el otro lado de larga mesa flotante.

Mis nervios se asentaron cuando me sentí metiéndome en mi personaje de periodista. Con una mirada experta, observé a la diminuta joven humana que estaba a su lado y capté la soleada habitación de color marfil en la que estábamos virtualmente sentados.

Una habitación de la casa de Korum en Krina.

—Así es —respondí suavemente, inclinando la cabeza hacia la pareja en un gesto de respeto. Sabía bien que no debía intentar un apretón de manos con un K masculino. Vair estaría tentado de matarlo en el acto—. ¿Y vosotros debéis de ser Korum y Mia?

—Esos somos nosotros —dijo la chica, sonriéndome. Sus ojos eran sorprendentemente azules contra el fondo de su cabello oscuro y salvajemente rizado, y su sonrisa era absolutamente radiante en su rostro de rasgos delicados—. ¡Estamos tan encantados de conocerte, Amy! Y a Vair, por supuesto.

Un pesado brazo se deslizó alrededor de mi cintura, y miré hacia arriba para ver a Vair inclinar su cabeza mientras soltaba:

—Un placer, sin duda.

Apenas me contuve de poner la los ojos en blanco. *Los K y su ridícula posesividad.* Korum sostenía a Mia anclada a su lado como si de no ser así ella pudiese salir huyendo, así que, por supuesto, Vair tuvo que hacer un gesto similar conmigo. Daba igual que esto se supusiera que iba a ser una entrevista en serio, ni que los dos K supieran racionalmente que ninguno de ellos tenía interés alguno en la charl del otro. Ni que todos estuviésemos ahí virtualmente, y nuestros cuerpos reales estuvieran en planetas diferentes.

A sus instintos territoriales les importaban un pito la racionalidad o la razón.

—Así que, Korum —dije, centrándome en la tarea en cuestión—. ¿Qué tal si empezamos desde el principio? ¿Cómo os conocisteis Mia y tú?

Él la miró, y vi sus rasgos marcados y hermosos suavizarse. No mucho, pero lo suficiente como para transmitir lo que cualquiera que hubiese visto una grabación de su opulenta boda ya sabía.

Que él arrasaría galaxias enteras por ella.

—¿Quieres hacer los honores, mi vida? —preguntó suavemente, y ella le sonrió, con su pequeño rostro resplandeciente.

—Si insistes. —Todavía sonriendo, ella se volvió hacia mí—. Es una larga historia. No estoy segura de que quepa en un solo libro.

—Si no es así, lo convertiré en dos o tres libros —le aseguré—. Lo que sea necesario.

Y mientras la joven humana se lanzaba a contar su historia, yo empecé a anotar:

—*El aire era fresco y limpio y Mia caminaba con paso firme por un serpenteante sendero de Central Park...*

FIN

¿Te encanta el lado oscuro del romance? Puedes optar por estas excitantes y ardientes obras de Anna Zaires:

- *La trilogía Secuestrada* – la épica historia de secuestro de Nora y Julian
- *La trilogía Atrápame* – el romance cautivo de los enemigos a los amantes de Lucas y Yulia

Y ahora, pasa la página y disfruta de un avance de *Secuestrada* y *Contactos Peligrosos*.

EXTRACTO DE CONTACTOS PELIGROSOS

Nota del autor: *Contactos Peligrosos* es el primer libro de la trilogía de las Crónicas de Krinar Los tres libros se encuentran ya disponibles.

En un futuro cercano, la Tierra está bajo el dominio de los Krinar, una avanzada raza de otra galaxia que es todavía un misterio para nosotros…y estamos completamente a su merced.

Tímida e inocente, Mia Stalis es una estudiante universitaria de la ciudad de Nueva York que hasta ahora había llevado una vida normal. Como la mayoría de la gente, ella nunca había interaccionado con los invasores, hasta que un fatídico día en el parque lo cambia todo. Después de llamar la atención de Korum, ahora debe lidiar con un krinar poderoso y peligrosamente seductor que quiere poseerla y que no se detendrá ante nada para hacerla suya.

¿Hasta dónde llegarías para recuperar tu libertad? ¿Cuánto te sacrificarías para ayudar a los tuyos? ¿Cuál será tu elección cuando empieces a enamorarte de tu enemigo?

~

Respira, Mia, respira. Algo en el fondo de su mente, una pequeña voz racional, repetía sin cesar esas palabras. Esa misma parte extrañamente objetiva de ella notó la simetría de su rostro, la piel dorada que cubría tersamente sus pómulos altos y su firme mandíbula. Las fotos y vídeos de los K que ella había visto no les hacían justicia en absoluto. Vista a unos diez metros de distancia, la criatura era simplemente impresionante.

Mientras seguía mirándolo fijamente, todavía paralizada en el sitio, él dejó de apoyarse y empezó a andar hacia ella. O mejor dicho, a rondar con movimientos acechantes en su dirección, pensó ella estúpidamente, porque cada uno de sus pasos le recordaba a los de un felino selvático aproximándose con andares sinuosos a una gacela. Sus ojos no dejaban de sostenerle la mirada. Según él se iba acercando, ella podía distinguir unas motas amarillas tachonando sus ojos de un dorado claro, y unas tupidas y largas pestañas que los rodeaban.

Ella lo miró entre incrédula y horrorizada cuando se sentó en su banco, a menos de medio metro de ella, y le sonrió, mostrando unos dientes blancos y perfectos. "No tiene colmillos", advirtió alguna parte de su cerebro que aún funcionaba, "ni rastro de ellos". Ese era otro mito sobre ellos, igual que el que supuestamente odiaran la luz del sol.

—¿Cómo te llamas? —Fue como si la criatura prácticamente hubiese ronroneado la pregunta. Su voz era grave y sosegada, sin ningún acento. Le vibraron ligeramente las fosas nasales, como si estuviera captando su aroma.

—Eh... —Ella tragó saliva con nerviosismo—. M-Mia.

—Mia —repitió él lentamente, como saboreando su nombre—. ¿Mia qué?

—Mia Stalis. —Oh, mierda, ¿para qué querría saber su nombre? ¿Por qué estaba aquí, hablando con ella? En suma: ¿qué estaba haciendo en Central Park, tan lejos de cualquiera de los Centros K? *Respira, Mia, respira.*

—Relájate, Mia Stalis. —Su sonrisa se hizo más amplia, haciendo aparecer un hoyuelo en su mejilla izquierda. ¿Un hoyuelo? ¿Tenían hoyuelos los K?

—¿No te habías topado antes con ninguno de nosotros?

—No, nunca. —Mia soltó aire de golpe, al darse cuenta de que estaba aguantando la respiración. Estaba orgullosa de que su voz no sonara tan temblorosa como ella se sentía. ¿Debería preguntarle? ¿Quería saber? Reunió el valor—: ¿Qué, eh... —y tragó de nuevo — ¿qué quieres de mí?

—Por ahora, conversación. —Parecía como si estuviera a punto de reírse de ella, con esos ojos dorados haciendo arruguitas en las sienes.

De algún modo extraño, eso la enfadó lo suficiente para que su miedo pasara a un segundo plano. Si había algo que Mia odiaba era que se rieran de ella. Siendo bajita y delgada, y con una falta general de habilidades sociales causada por una fase difícil de la adolescencia que contuvo todas las pesadillas posibles para una chica, incluyendo aparatos en los dientes, gafas y un pelo crespo descontrolado, Mia ya había tenido más que suficiente experiencia en ser el blanco de las bromas de los demás.

Levantó la barbilla, desafiante:

—Vale, entonces, ¿Cómo te llamas *tú*?

—Korum.

—¿Solo Korum?

—No tenemos apellidos, al menos no tal como vosotros los tenéis. Mi nombre es mucho más largo, pero no serías capaz de pronunciarlo si te lo dijera.

Vale, eso era interesante. Ahora recordaba haber leído algo así en el *New York Times*. Por ahora, todo iba bien. Ya casi habían dejado de temblarle las piernas, y su respiración estaba volviendo a la normalidad. Quizás, solo quizás, saldría de esta con vida. Eso de darle conversación parecía bastante seguro, aunque la manera en la que él seguía mirándola fijamente con esos ojos que no parpadeaban era inquietante. Decidió hacer que siguiera hablando.

—¿Qué haces aquí, Korum?

—Te lo acabo de decir: mantener una conversación contigo, Mia. —En su voz se percibía de nuevo un toque de hilaridad.

Frustrada, Mia resopló.

—Quiero decir, ¿qué estás haciendo aquí, en Central Park? ¿Y en Nueva York en general?

Él sonrió de nuevo, inclinando ligeramente la cabeza hacia un lado.

—Quizá tuviera la esperanza de encontrarme con una bonita joven de pelo rizado.

Vale, ya era suficiente. Estaba claro, él estaba jugando con ella. Ahora que podía volver a pensar un poquito, se dio cuenta de que estaban en medio de Central Park, a plena vista de más o menos un millón de espectadores. Miró con disimulo a su alrededor para confirmarlo. Sí, efectivamente, aunque la gente se apartara de forma evidente del banco y de su ocupante de otro planeta, había algunos valientes mirándoles desde un poco más arriba del sendero. Un par de ellos incluso estaban filmándoles con las cámaras de sus relojes de pulsera. Si el K intentara hacerle algo, estaría colgado en YouTube en un abrir y cerrar de ojos, y seguro que él lo sabía. Por supuesto, eso podía o no importarle.

Pero teniendo en cuenta que nunca había visto videos de ningún K abusando de estudiantes universitarias en medio de Central Park, Mia se creyó relativamente a salvo, alcanzó cautelosa su portátil y lo levantó para volver a ponerlo en la mochila.

—Déjame ayudarte con eso, Mia.

Y antes de que pudiera mover un pelo, sintió como le quitaba el pesado portátil de unos dedos que repentinamente parecían sin fuerza, y como al hacerlo rozaba suavemente sus nudillos. Cuando se tocaron, una sensación parecida a una débil descarga eléctrica atravesó a Mia y dejó un hormigueo residual en sus terminaciones nerviosas.

Él alcanzó su mochila y guardó cuidadosamente el portátil con un movimiento suave y sinuoso.

—Ya está, todo listo.

Oh Dios, la había tocado. Tal vez su teoría sobre la seguridad de las ubicaciones públicas fuera falsa. Sintió como su respiración volvía a acelerarse, y cómo su ritmo cardíaco alcanzaba probablemente su umbral anaeróbico.

—Ahora tengo que irme... ¡Adiós!

Después no pudo explicarse como había conseguido soltar esas palabras sin hiperventilar. Agarrando la correa de la mochila que él acababa de soltar, se puso de pie de golpe, notando en lo profundo de su mente que su parálisis anterior parecía haberse desvanecido.

—Adiós, Mia. Nos vemos. —Su voz ligeramente burlona atravesó el limpio aire primaveral hasta ella mientras se marchaba casi a la carrera en sus prisas por alejarse de allí.

Contactos Peligrosos ya está disponible. Para saber más y registrarte para mi lista de nuevas publicaciones, visita www.annazaires.com/book-series/espanol.

EXTRACTO DE SECUESTRADA

Nota del autor: *Secuestrada* es una oscura trilogía erótica sobre Nora y Julian Esguerra. Los tres libros se encuentran ya disponibles.

Me secuestró. Me llevó a una isla privada.

Nunca pensé que pudiera pasarme algo así. Nunca imaginé que ese encuentro fortuito en la víspera de mi decimoctavo cumpleaños pudiera cambiarme la vida de una forma tan drástica.

Ahora le pertenezco. A Julian. Un hombre que tan despiadado como atractivo, un hombre cuyo simple roce enciende la chispa de mi deseo. Un hombre cuya ternura encuentro más desgarradora que su crueldad.

Mi secuestrador es un enigma. No sé quién es o por qué me raptó. Hay cierta oscuridad en su interior, una oscuridad que me asusta al mismo tiempo que me atrae.

Me llamo Nora Leston, y esta es mi historia.

Está empezando a atardecer y con el paso del tiempo, estoy cada vez más nerviosa por la idea de volver a ver a mi secuestrador.

La novela que he estado leyendo ya no consigue distraerme, así que la dejo y comienzo a andar en círculos por la habitación.

Llevo puesta la ropa que Beth me ha dejado antes: un vestido veraniego azul que se abrocha por delante, bastante bonito. No es exactamente el estilo de ropa que me gusta, pero es mejor que un albornoz. De ropa interior hay unas braguitas blancas de encaje sexis y un sujetador a juego. Sospechosamente, toda la ropa me queda bien. ¿Habrá estado espiándome todo este tiempo? ¿Estudiándolo todo sobre mí, incluida mi talla de ropa?

Este pensamiento me revuelve el estómago.

Intento no pensar en lo que va a suceder a continuación, pero es imposible apartarlo de mi mente. No sé por qué, pero estoy segura de que vendrá a verme esta noche. Puede que tenga todo un harén de mujeres ocultas en esta isla y que vaya visitándolas un día a la semana a cada una, como hacían los sultanes.

Aun así, presiento que llegará pronto. Lo que pasó

anoche no hizo más que abrirle el apetito, por eso sé que aún no ha terminado conmigo, ni mucho menos.

Finalmente, la puerta se abre.

Camina como si toda la estancia le perteneciera. Bueno, en realidad, le pertenece.

De nuevo, me veo absorta en su belleza masculina. Podría ser modelo o estrella de cine con esas facciones. Si hubiera justicia en este mundo, sería bajito o tendría algún defecto que compensara la perfección de sus facciones.

Pero no, no tiene ninguno. Es alto y su cuerpo musculado hace que esté perfectamente proporcionado. Recuerdo lo que es tenerlo dentro y siento a la vez una molesta sacudida de excitación.

Como las otras veces, lleva unos vaqueros y una camiseta de manga corta. Una gris esta vez. Parece que le gusta la ropa sencilla, y acierta. No necesita realzar su aspecto físico.

Me sonríe. Lo hace con esa sonrisa de ángel caído, misteriosa y seductora al mismo tiempo.

—Hola, Nora.

No sé cómo contestarle, así que le suelto lo primero que se me viene a la mente.

—¿Cuánto tiempo me vas a tener retenida aquí?

Ladea la cabeza ligeramente.

—¿Aquí en la habitación? ¿O en la isla?

—En las dos.

—Beth te enseñará la isla un poco mañana. Podrás darte un baño si te apetece —me dice, acercándose un poco más—. No te quedarás aquí encerrada, a no ser que hagas alguna tontería.

—¿Alguna tontería? ¿Cómo cuál? —pregunto. Me empieza a latir el corazón a toda velocidad al tiempo que él se para justo enfrente y alza la mano para acariciarme el pelo.

—Intentar hacer daño a Beth o incluso a ti misma. —Su voz es dulce y su mirada me tiene hipnotizada mientras me observa.

Parpadeo para tratar de romper su hechizo.

—Entonces, ¿cuánto tiempo me vas a tener aquí en la isla?

Me acaricia la cara con la mano y la curva alrededor de la mejilla. Me descubro apoyándome en su roce, al igual que un gato cuando lo acarician, pero trato de recomponerme inmediatamente.

Esboza una sonrisa de suficiencia. El cabrón sabe el efecto que tiene sobre mí.

—Espero que durante mucho tiempo —me contesta.

Por alguna extraña razón, no me sorprende. No se hubiera tomado tantas molestias en traerme aquí si solo quisiera acostarse conmigo unas pocas veces. Estoy aterrada, pero tampoco me sorprende mucho.

Me armo de valor y le hago la siguiente pregunta:

—¿Por qué me has secuestrado?

De repente la sonrisa desaparece. No responde; se limita a observarme con su inescrutable mirada azul.

Comienzo a temblar.

—¿Vas a matarme?

—No, Nora. No voy a matarte.

Su respuesta me tranquiliza, aunque obviamente puede que me esté mintiendo.

—¿Vas a venderme? —consigo articular palabra con dificultad—. ¿Como si fuera una prostituta o algo así?

—No —me responde dulcemente—. Nunca. Eres mía y solo mía.

Me siento algo más aliviada, pero aún hay algo más que tengo que averiguar.

—¿Me harás daño?

Por un momento, vuelve a dejarme sin respuesta. En sus ojos se adivina un halo de oscuridad.

—Probablemente —responde con voz queda.

Y de repente se acerca a mí y me besa, esta vez de manera dulce y suave.

Permanezco allí, petrificada, sin reaccionar durante un segundo. Lo creo. Sé que me dice la verdad cuando afirma que me hará daño. Hay algo en él que me pone los pelos de punta, que me ha alarmado desde la noche que lo conocí.

No es como los otros chicos con los que he salido. Es capaz de cualquier cosa. Y yo me veo totalmente a su merced.

Pienso en enfrentarme a él de nuevo. Sería lo normal en mi situación, lo más valiente. Y aun así no lo hago.

Siento la oscuridad que hay en su interior. Hay algo que no me encaja de él. Su belleza exterior esconde dentro algo monstruoso.

No quiero provocar esa oscuridad. No quiero descubrir lo que pasaría si lo hago.

Así que permanezco metida en su abrazo y dejo que me bese. Y cuando me agarra y me lleva hacia la cama de nuevo, no trato de resistirme de ningún modo.

En lugar de eso, cierro los ojos y me entrego por completo a esa sensación.

Secuestrada ya está disponible. Para saber más y registrarte para mi lista de nuevas publicaciones, visita www.annazaires.com/book-series/espanol.

SOBRE LA AUTORA

Anna Zaires es una autora de novelas eróticas contemporáneas y de romance fantástico, cuyos libros han sido éxitos de ventas en el New York Times y el USA Today, y han llegado al primer puesto en las listas internacionales. Se enamoró de los libros a los cinco años, cuando su abuela la enseñó a leer. Poco después escribiría su primera historia. Desde entonces, vive parcialmente en un mundo de fantasía donde los únicos límites son los de su imaginación. Actualmente vive en Florida y está felizmente casada con Dima Zales —escritor de novelas fantásticas y de ciencia ficción—, con quien trabaja estrechamente en todas sus novelas.

Si quieres saber más, pásate por www.annazaires.com/book-series/espanol.